Assassinatos & Torta de Morango

Joanne Fluke

Assassinatos & Torta de Morango

Tradução de Débora Landsberg

L&PM EDITORES

Texto de acordo com a nova ortografia.

Título original: *Strawberry Shortcake Murder*

Capa: Jeanne Mutrel
Tradução: Débora Landsberg
Preparação: Luiza Gressler
Revisão: Mariana Donner da Costa

CIP-Brasil. Catalogação na publicação
Sindicato Nacional dos Editores de Livros, RJ.

F665a

Fluke, Joanne, 1943-
Assassinatos & torta de morango / Joanne Fluke; tradução Débora Landsberg. – 1. ed. – Porto Alegre [RS]: L&PM, 2024.
304 p. ; 21 cm.

Tradução de: *Strawberry Shortcake Murder*
ISBN 978-65-5666-583-2

1. Ficção americana. I. Landsberg, Débora. II. Título.

25-98603.0 CDD: 813
CDU: 82-3(73)

Carla Rosa Martins Gonçalves - Bibliotecária - CRB-7/4782

Rua Comendador Coruja, 314, loja 9 – Floresta – 90.220-180
Porto Alegre – RS – Brasil / Fone: 51.3225.5777

PEDIDOS & DEPTO. COMERCIAL: vendas@lpm.com.br
FALE CONOSCO: info@lpm.com.br
www.lpm.com.br

Impresso no Brasil
Inverno de 2025

Para meus filhos.
Vocês pediram suas receitas preferidas.
Aqui estão elas, em forma de romance.

Capítulo 1

Um baque fez Hannah Swensen acordar assustada. Era madrugada, ela morava sozinha e havia alguém em seu apartamento. Ela se sentou e pegou a primeira coisa que viu, o travesseiro de pluma de ganso, e em seguida sua cabeça entorpecida pelo sono se deu conta de que a arma não teria muita serventia. Precisava despertar e tomar uma atitude. Então escutou um segundo barulho que vinha dos lados da cozinha. O intruso arrastava alguma coisa pelo chão de linóleo.

Hannah espiou na escuridão, mas só via o contorno indistinto da janela. Sabia que, se acendesse o abajur na mesa de cabeceira, só se tornaria um alvo mais visível, e rejeitou essa opção no mesmo instante. Hannah se levantou da cama quentinha para pegar o taco de beisebol que deixava no canto do quarto desde a noite em que desconfiara que o assassino de Ron LaSalle estava vigiando sua casa. Felizmente, isso tudo era passado, agora que o assassino estava atrás das grades.

Os ruídos na cozinha continuavam enquanto Hannah atravessava o corredor devagarinho, segurando o taco com as duas mãos. Uma pessoa menos corajosa talvez parasse para ligar para a polícia da extensão do quarto, mas a ideia de que alguém pudesse invadir a casa tirava Hannah do sério. Impossível se acovardar e se enfiar no armário, esperando alguém da polícia chegar. Tinha a vantagem de conhecer cada palmo do apartamento no escuro, e os pés descalços não faziam barulho nenhum no carpete grosso. Com um pouco de sorte e uma tacada melhor do que tinha nos tempos da Liga Infantil, conseguiria dar um golpe na cabeça do invasor antes que ele sequer atinasse com o que estava acontecendo.

A luz fraca que entrava pelas venezianas da janela da cozinha não revelava uma forma obscura encolhida contra as paredes, nenhuma figura ameaçadora agachada debaixo da mesa. Mas havia um curioso barulho de mastigação que não cessou quando ela atravessou o limiar da porta. Que tipo de assaltante arrombaria a casa e faria um intervalo para um lanchinho da madrugada? Hannah se aproximou, com o taco em riste, e suspirou aliviada ao avistar um par de olhos amarelos assustados perto dos pés da geladeira. Moishe. Ela tinha vacilado ao deixar um vaso de catnip na bancada da cozinha.

Hannah deu meia-volta e foi para o quarto, deixando o felino laranja e branco mastigando e ronronando ao mesmo tempo. Não fazia sentido repreender Moishe. O estrago estava feito, e ele simplesmente ignoraria tudo o que fosse dito. Era um gato, e Hannah tinha aprendido que gatos eram assim mesmo. Ela arrumaria a bagunça de manhã.

Teve a impressão de que assim que voltou para a cama e fechou os olhos o despertador tocou. Hannah olhou para o mostrador, eram seis horas da manhã, e ela soltou palavrões com uma veemência acima do normal ao esticar a mão para desligá-lo. Acendeu o abajur ao lado da cama e deu um enorme bocejo enquanto massageava a nuca. Moishe tinha voltado para a cama, estava aconchegado no travesseiro e ronronava alto. Não era nenhum espanto que estivesse com torcicolo. Ele tinha roubado o travesseiro preferido de Hannah outra vez.

Ela deu um longo suspiro e começou o doloroso processo de se preparar mentalmente para as milhares de coisas que deveria fazer naquele dia. Tinha saído na noite anterior. Mike Kingston, o supervisor dos detetives da delegacia de Winnetka, levara Hannah a uma festa no Lake Eden Inn, e ela só chegara em casa à meia-noite.

– Sai daí, Moishe. – Hannah despertou o gato infame resgatado da rua e recuperou o travesseiro. Em seguida, enfiou os pés nas pantufas forradas de pele que ficavam ao lado da cama e foi até a cozinha. Café era uma necessidade àquela hora da manhã, e ela tinha ajustado o temporizador da cafeteira para que já estivesse pronto quando acordasse.

Era dezembro, e em Minnesota o céu matutino se disfarçava de céu noturno. O dia só nasceria dali a uma hora e meia. Hannah teria preferido que as fileiras de tubos fluorescentes se acendessem, dando à cozinha a claridade de uma sala de cirurgia, a ouvir o telefone tocar. Nenhuma outra pessoa ligaria tão cedo, e Hannah resmungou ao pegar o fone.

– Bom dia, mãe.

É claro que Delores Swensen queria saber tudo sobre o encontro com Mike. Hannah fez uma breve descrição enquanto se servia da primeira xícara de café e o bebia, escaldante. O que era uma dorzinha em comparação com as bênçãos da cafeína? Depois de relatar que Mike a havia levado ao Lake Eden Inn, que os dois tinham jantado em um bufê com as concorrentes que estavam chegando para o Concurso de Doces das Farinhas Hartland, ouvido o discurso pós-jantar de Clayton Hart, o dono das Farinhas Hartland, e voltado para a loja para preparar a massa de cookie da fornada daquele dia, não tinha mais nada a contar.

– É isso, mãe. O Mike foi muito legal e eu me diverti bastante.

Hannah aninhou o telefone entre o ombro e a orelha e pegou a vassoura para limpar a terra e os cacos de cerâmica do vaso de catnip. Não tinha sobrado nenhuma folha. Moishe tinha arrancado todas. Em seguida, ela abriu uma nova caixa de petiscos para ele, que insistia em se esfregar em seus tornozelos sem muita delicadeza, e ela respondeu à pergunta da mãe.

– Não, mãe. O Mike não falou em casamento. Ninguém tocou nesse assunto.

Hannah revirou os olhos enquanto despejava ração seca na tigela de cerâmica do Garfield achada na Helping Hands, o brechó de Lake Eden. Delores acreditava que, se uma mulher ainda estivesse solteira beirando os trinta anos, era porque não estava se empenhando. Hannah discordava em princípio e sobretudo no caso dela mesma. Não queria se casar àquela altura da vida. A bem da verdade, não tinha nem certeza se queria se casar *algum dia*.

– Escuta, mãe... – Hannah fez um esforço consciente para manter um tom de voz agradável. – Não existe nada de errado em ficar solteira. Sou dona de um negócio de sucesso, tenho casa própria e um monte de amigos. Espera um segundinho? Preciso botar água para o Moishe.

Hannah botou o fone em cima da bancada e abriu a torneira, enchendo a tigela de Moishe até a borda. Colocou-a ao lado do pote de comida e lhe sussurrou um comentário:

– Agora ela vai começar a falar de filhos. É melhor eu tocar no assunto antes dela... Eu também não estou morrendo de vontade de ter filhos, mãe. – Hannah acomodou o fone contra a orelha outra vez. – Já tenho a Tracey, que vejo quase todo dia. Com a loja e o serviço de bufê, nem teria tempo para ser uma boa mãe.

Delores começou a argumentação já previsível e Hannah não prestou muita atenção enquanto se servia da segunda xícara de café. Não havia nada de novo: já tinha ouvido aquilo tudo. A sobrinha de Hannah, Tracey, não substituía um filho da própria Hannah, Hannah não sabia o que estava perdendo, e não existia felicidade maior do que segurar o próprio filho nos braços. Quando Delores chegou à parte do relógio biológico tiquetaqueando, Hannah olhou para o relógio em forma de maçã que ficava na cozinha, também achado na Helping Hands. Era hora de encerrar a conversa, e não seria fácil. Delores não gostava de ser interrompida no meio dos sermões.

– Preciso ir, mãe. Prometi que estaria na escola daqui a menos de uma hora.

Só dizer que estava com pressa não demovia Delores. A mãe precisava fazer mais um alerta quanto a Mike Kingston e ao fato de acreditar que ele não tinha interesse em se casar. Hannah foi obrigada a concordar com a avaliação. Fazia dois anos que a esposa de Mike tinha falecido, e Hannah sabia que ele não estava com pressa para se casar de novo. Mas então Delores resolveu falar de Norman Rhodes, o dentista solteirão de Lake Eden, e Hannah soltou um suspiro exasperado. Desde que Norman tinha se mudado para a cidade para assumir o consultório do pai, a mãe de Hannah estava em conluio com a mãe dele, Carrie, na tentativa de incentivar um romance entre os filhos.

– Sei que você é muito amiga da Carrie, mas vocês duas estão tentando criar uma coisa onde não tem nada. – Hannah respondeu logo, antes que Delores começasse a ladainha sobre as virtudes de Norman. – Eu gosto do Norman. Ele é legal, é inteligente e tem muito senso de humor. Mas somos bons amigos e não passa disso.

Delores ainda não tinha terminado, e por isso Hannah usou um truque aprendido com a irmã mais nova, Andrea. Apertou o botão de desligar algumas vezes e disse:

– Acho que meu telefone está com algum problema. Se a ligação cair, eu te ligo da loja mais tarde. – Então ela começou a falar de outro assunto e se interrompeu no meio da frase.

Hannah colocou o fone no gancho e o encarou por um tempo. O telefone não tornou a tocar e ela abriu um sorriso satisfeito. Andrea tinha jurado que ninguém jamais desconfiaria que ela mesma tinha desligado o telefone.

Vinte minutos depois, saindo do banho, Hannah vestiu uma calça jeans surrada, um pouco mais apertada na cintura do que era quando a havia comprado, com um pulôver bege de manga comprida com as palavras

COMEU COOKIES?

na frente, em letras garrafais vermelhas. Amava vermelho, mas nunca tinha conseguido achar um tom que ornasse com o cabelo ruivo.

Depois de reabastecer o pote de comida de Moishe e lhe jogar uns petiscos supostamente feitos de salmão de verdade,

Hannah correu escada abaixo até a garagem do subsolo e entrou no Suburban cor de maçã caramelada. Tinha comprado o carro ao abrir o negócio, mais de dois anos antes, e tinha achado um pintor de placas na cidade para estampar as duas portas da frente com o nome do seu estabelecimento, Cookie Jar, em letras douradas. A placa do carro, inclusive, dizia "COOKIES", e era uma propaganda móvel de sua empresa. Ou pelo menos Stan Kramer, o único contador de Lake Eden, alegava ser quando preenchia sua declaração de imposto de renda.

Hannah estava prestes a dar ré para sair da vaga que ocupava na garagem quando ouviu um grito. O vizinho de baixo, Phil Plotnik, abanava os braços e apontava para alguma coisa na frente do SUV. Ergueu uma das mãos, indicando que ela ficasse parada, e foi até lá para desligar o fio do aquecedor do carro da série de tomadas que havia na parede da garagem. Hannah agradeceu com a cabeça e lhe fez um sinal de joinha quando ele enrolou o fio no para-choque dianteiro do SUV. Ela sempre arrebentava vários fios de extensão no inverno, antes de se acostumar ao fato de que o carro ficava ligado na tomada. Phil havia economizado o custo de uma substituição.

Não nevava quando Hannah subiu a rampa e emergiu no breu gélido que antecedia o nascer do sol, mas o vento revirava os flocos caídos durante a noite. Quando baixou o vidro para usar o cartão eletrônico do portão que levantava a cancela de madeira da saída do condomínio, o ar frio entrou no SUV assobiando. Hannah levantou a gola de pele do casaco e tremeu. Fazia no máximo cinco graus abaixo de zero.

O aquecedor só entrou em ação, com seu bem-vindo sopro de ar quente, quando ela virou na Old Lake Road. Demoraria mais cinco minutos para aquecer o interior cavernoso do carro, e Hannah manteve a gola levantada. No entanto, tirou uma das luvas de couro para pegar um saquinho de cookies no banco de trás.

Hannah nunca vendia as fornadas da véspera, e os cookies tinham sobrado da produção do dia anterior. Ela os colocava em saquinhos depois de fechar a loja e os guardava no banco de trás do Suburban. Nunca iam para o lixo, e a generosidade de Hannah era lendária em Lake Eden. Crianças pequenas a chamavam de Moça dos Cookies e eram só sorrisos quando ela parava o carro e distribuía amostras. Um cookie de graça poderia se transformar em uma venda, sobretudo se a criança fosse para casa e esperneasse com a mãe para ir à Cookie Jar comprar mais cookies.

Hannah mastigava um cookie açucarado à moda antiga que tinha sobrado ao se aproximar da Cozy Cow Dairy e parar no sinal do cruzamento da Old Lake Road com a Dairy Avenue. Pete Nunke estava parado ao lado de sua caminhonete, verificando as encomendas sob as luzes fortes da plataforma de carga, e Hannah deu uma buzinadinha educada quando o sinal ficou verde e seguiu em frente. Pete era um bom entregador, mas ela ainda sentia falta de Ron LaSalle.

Dez minutos depois, Hannah parou no estacionamento da Jordan High. Eram sete horas da manhã, cedo demais para professores e alunos, e ela achou uma vaga ótima bem em frente ao auditório. Havia um banner verde imenso acima da porta dupla, declarando que aquele era o lugar do Concurso de Doces das Farinhas Hartland.

– Bom dia, Hannah – Herb Beeseman, o delegado da cidade e o único policial na folha de pagamentos de Lake Eden, cumprimentou-a com um sorriso quando ela abriu a porta. – Você chegou na hora certa.

Hannah retribuiu o sorriso e lhe entregou a sacolinha de cookies que tinha levado do carro.

– É que nem levar carvão para Newcastle, mas são cookies de melaço, seus preferidos.

– Levar carvão para Newcastle? – por um instante, Herb parecia confuso, mas depois ele riu. – Entendi. Você acha que as participantes vão me querer como degustador oficial?

– Não me surpreenderia. Afinal, você é o único aqui.

– Isso mesmo. – Herb ficou satisfeito ao pensar na possibilidade. – Não posso sair do meu posto, mas o sr. Hart falou que você pode ir entrando. Eu acendi as luzes para você.

Hannah ficou surpresa ao cruzar as portas dentro do colégio. Tinha se formado na Jordan High e já tinha perdido a conta de quantas vezes estivera naquele auditório. Agora ele estava completamente diferente. O palco de madeira, usado para as peças teatrais e apresentações dos alunos, tinha sido convertido em quatro cozinhas individuais separadas por divisórias temporárias que batiam na altura da cintura. Toda a fiação elétrica e os canos tinham sido tampados por conduítes grandes que passavam por baixo das bancadas das cozinhas e seriam fáceis de retirar ao final da competição. Uma das condições impostas pelo diretor da Jordan High, o sr. Purvis, era de que nada danificasse o chão do palco.

Depois de subir a escadinha até o palco, Hannah examinou cada uma das cozinhas. Eram idênticas, com aparelhos novos, pias e lava-louças que funcionavam. As geladeiras zumbiam baixinho, as bocas do fogão reluziam, e havia uma série completa de utensílios em cada uma das baias. Quando o concurso fosse encerrado e o vencedor declarado, o sr. Hart doaria todos os apetrechos ao departamento de economia doméstica da Jordan High. Também tinha prometido reformar totalmente a cantina e a cozinha da escola durante o verão, um gesto que fazia a chefe da cozinha, Edna Ferguson, enaltecê-lo cidade afora.

Hannah precisou de um tempo para testar todos os aparelhos e inspecionar as quatro cozinhas. Como jurada principal de um júri de cinco pessoas, sua responsabilidade era garantir que as cozinhas fossem idênticas sob todos os aspectos. Quando já estava satisfeita com o funcionamento de tudo, ela se despediu de Herb e voltou correndo para o carro. Eram sete e meia, e precisava dar uma mãozinha para que a ajudante, Lisa Herman, estivesse pronta para a clientela da manhã, que estaria esperando na Cookie Jar quando abrissem a loja, às oito.

Quando Hannah parou na vaga nos fundos da confeitaria, viu que o carro velho de Lisa estava na vaga ao lado. Uma camada grossa de gelo cobria o para-brisa, e aquela quantidade de gelo tinha demorado algumas horas para se acumular. Lisa tinha chegado bem cedinho.

Lisa estava tirando duas assadeiras de cookies do forno quando Hannah entrou. Ela os colocou na prateleira e limpou as mãos na toalha presa ao avental. Em Hannah, o mesmo avental ficaria pouco acima dos joelhos, mas Lisa era miudinha e o havia dobrado algumas vezes na cintura para não tropeçar ao andar de um lado para o outro.

– Oi, Hannah. Você lembrou de botar seu carro na tomada?

– Claro. Quanto tempo faz que você chegou, Lisa?

– Eu cheguei às cinco. Imaginei que você estaria ocupada com o concurso, e queria deixar tudo preparado. Os cookies já estão todos assados e o café está pronto, caso você queira tomar um pouco.

– Obrigada, estou precisando mesmo – Hannah pendurou o casaco em um dos ganchos que ficava na parede dos fundos e foi até a porta vaivém ao estilo das portas de restaurante que dava no salão. Então se lembrou do que tinha acontecido com o catnip que Lisa mandara para Moishe e se virou.

– O Moishe amou o catnip. Ele comeu tudo de madrugada.

– Você deixou num lugar onde ele alcançava?

– Deixei. Erro meu. – Hannah decidiu não contar a Lisa que tinha atravessado o corredor de fininho no meio da noite, armada com o taco de beisebol. – Que tal o morango? Está maduro ou hoje à noite devo usar o congelado?

– Está maduro. Agora que eu sei o que fazer, vou sempre cultivar morango no inverno. Está em uma cumbuca na geladeira, se quiser provar.

– Não, obrigada – Hannah recusou. – Só sou alérgica a uma única coisa, que é morango. Então quer dizer que a estufa funciona mesmo?

– Funciona para o morango e o tomate. Foram as únicas coisas que plantei este ano. O papai adora sanduíche com tomate, e ele não lembra que não dá para comprar tomate bom no inverno.

– Legal você cultivar para ele. – Hannah se virou e foi em direção à cafeteira. Jack Herman tinha Alzheimer, e Lisa tinha desistido da bolsa de estudos na faculdade para ficar em casa cuidando do pai. Era uma pena, mas a decisão tinha sido de Lisa, e Hannah sabia que ela não se arrependia.

Depois de Hannah acender os lustres do teto e se servir de uma xícara da enorme térmica de café que ficava atrás do balcão, ela voltou para a confeitaria para olhar as tortas assadas dois dias antes. Havia quatro, todas embaladas em plástico-filme e cobertas por uma camada de papel-alumínio. Pegou uma faca afiada e voltou à câmara fria para cortar duas fatias finas da torta de prova. Então as reembalou e levou uma das fatias para Lisa, que estava sentada em um banquinho diante da ilha de trabalho de aço inoxidável.

– Amo comer torta no café da manhã. Me dá a sensação de que sou rica. – Lisa deu uma mordida e mastigou, pensativa. – Está maravilhosa, Hannah. O que você achou?

Hannah provou sua fatia e fez um sinal positivo.

– Melhor que isso, não fica. Dois dias é o tempo perfeito para ela assentar.

– Ela é ótima fresca, mas agora está melhor ainda. É quase uma cheesecake sem o queijo.

Hannah ficou satisfeita com a avaliação de Lisa. A massa da torta de morango que tinha combinado de fazer diante das câmeras naquela noite estava praticamente perfeita.

– É por causa da densidade. Essa massa vai ficando mais densa a cada dia que passa na geladeira.

– Vai ser um sucesso com os jornalistas. – Lisa terminou sua fatia e se levantou. – Está na hora, Hannah. Quer que eu abra a porta?

– Eu vou. Você termina de decorar os cookies da festa de Natal da igreja.

Hannah cruzou a porta vaivém e entrou na confeitaria. Ainda estava meio nervosa porque à noite apareceria na televisão, mas a ideia tinha sido do sr. Hart, e a cidade inteira, inclusive Hannah, queria agradá-lo. Seria o primeiro concurso das Farinhas Hartland, e todos torciam para que virasse um evento anual.

O concurso tinha despertado Lake Eden da hibernação. A população da cidade, que minguava quando os veranistas fechavam seus chalés à beira do lago e voltavam para a cidade grande, havia inflado de novo com a chegada das concorrentes, suas famílias e os espectadores. Sally e Dick Laughlin, donos do Lake Eden Inn, ficaram contentíssimos em abrir suas portas na baixa temporada, e quase todas as lojas de Lake Eden viviam um influxo de novos negócios. Lake Eden estava bombando em uma época em que a maioria dos moradores lutava para se sustentar, e o sr. Hart tinha contratado mão de obra local para tudo, da carpintaria ao encanamento, passando pelas pessoas que conduziriam os espectadores ao auditório. O prefeito tinha ligado para Hannah na véspera e dito que torcia para que o sr. Hart decretasse Lake Eden a sede permanente do concurso.

Para anunciar o evento de quatro dias, Hannah tinha concordado em atuar como pano de fundo vivo do noticiário local da KCOW Television, no auditório da escola, onde aconteceria a gravação do concurso. Mason Kimball, morador de Lake Eden, era o produtor da KCOW e tinha aconselhado Hannah a preparar algum doce colorido, como uma torta de morango. Hannah tinha levado a sugestão ao pé da letra e decidiu montar uma torta de morango Swensen na frente das câmeras naquela noite. Não teria tempo de assar uma torta de verdade, mas Hannah misturaria os ingredientes e deixaria a massa em formas, que colocaria no forno frio para que fossem assadas por Edna Ferguson, a cozinheira do colégio, após o programa. Hannah substituiria a massa das formas pelas tortas que já tinha preparado, e depois que apresentasse sua torta de morango aos apresentadores do jornal, um número apareceria na tela para que os espectadores ligassem para as atendentes da KCOW a fim de obter uma cópia da receita. O número de pedidos indicaria quantas pessoas tinham assistido à transmissão de Mason.

No instante em que virou a placa de FECHADO para ABERTO, o telefone começou a tocar. Hannah sabia que Lisa o atenderia na confeitaria, e ignorou o toque insistente ao destrancar a porta e cumprimentar a fila de clientes à espera.

Os primeiros clientes na porta eram Bill Todd, o cunhado de Hannah, e Mike Kingston, seu supervisor. O sr. Hart e Mason Kimball estavam logo atrás deles, e Andrea vinha logo depois com a sobrinha de Hannah, Tracey. Naquela manhã o cabelo louro de Andrea estava preso em um nó complexo, e ela usava um terninho azul-marinho que devia ter lhe custado uma semana de trabalho. Ela parecia ter saído de uma propaganda de roupas para executivas, e Hannah sentiu uma pontinha de inveja que disfarçou depressa com um sorriso carinhoso, acolhedor. Hannah nunca tinha feito frente a Andrea no que dizia respeito à aparência, e tinha parado de tentar quando as duas estavam no ensino médio. Andrea e Michelle, a irmã caçula, lembravam a mãe delas, que ainda impressionava pela beleza. Hannah era a única que tinha herdado a altura desengonçada do pai e seu cabelo ruivo arrepiado. A sorte é que Tracey tinha puxado os genes da beleza da mãe, e era uma miniatura de Andrea, com direito até ao reluzente cabelo louro.

Tracey era a prioridade de Hannah, e só depois de acomodar a sobrinha predileta e única em um banco e lhe servir leite e cookies, ela deu atenção aos outros clientes. Tinha acabado de começar a atender os pedidos quando Lisa entrou na cafeteria. Hannah acabou de servir o sr. Hart, que havia pedido uma xícara de café preto e dois cookies de gengibre da época da Regência, e então ela se aproximou de Lisa.

– Algum problema?

– Acho que sim. – Lisa baixou a voz para que ninguém as ouvisse. – O Norman Rhodes está na linha e disse que é uma emergência. Eu cuido do salão para você.

Hannah deu um passo para o lado para que Lisa pudesse assumir o posto atrás do balcão e foi correndo para a confeitaria. Norman tinha a cabeça no lugar. Não era do tipo que usava a palavra *emergência* à toa.

Lisa tinha deixado o fone fora do gancho, e Hannah respirou fundo antes de pegá-lo.

– Oi, Norman. A Lisa falou que é uma emergência?

– O sr. Rutlege veio aqui com o molar impactado e eu tenho uma péssima notícia para dar. – Norman parecia muito preocupado.

Imagens de desastres passaram pela cabeça de Hannah. Norman sabia que ela já tinha ajudado Bill a solucionar dois homicídios e era veterana em lidar com a morte. Teria o sr. Rutlege morrido na cadeira do dentista? E quem era ele? Hannah sabia que já tinha ouvido aquele nome, mas não conseguia ligá-lo à pessoa.

– Quem é o sr. Rutlege?

– Você deve ter conhecido ele ontem à noite, no Lake Eden Inn. Ele é alto, magro e tem cabelo grisalho, é meio parecido com o Ricardo Montalban.

Hannah tinha conhecido dezenas de pessoas na véspera. Os nomes eram um borrão, mas se lembrava do homem que Norman descrevia. Era um dos jurados do concurso que tinham vindo de fora da cidade.

– O que aconteceu com o sr. Rutlege?

– Começou como uma extração simples. Seria impossível salvar o dente. Mas ele reagiu mal à anestesia, e, para piorar a situação, descobri que o sangue dele não estava coagulando direito.

Os dedos de Hannah apertavam o fone.

– Ele não... *morreu*, né?

– Morrer? – Norman ficou chocado com a pergunta. – Claro que não morreu. Mas o sr. Rutlege não vai poder fazer parte do júri do concurso. Ele vai ficar pelo menos uma semana sem comer qualquer coisa que não passe pelo liquidificador.

Torta de morango Swensen

Serve 12 pessoas (ou 6, caso elas queiram repetir)

Para fazer esta sobremesa, são necessários:
uma ***massa bem amanteigada,****
três caixas de morangos maduros e
uma tigela de ***Crème Fraîche da Hannah***.

Massa bem amanteigada

Preaqueça o forno a 165 ºC,
use a grelha do meio.

1 ½ xícara de manteiga em temperatura ambiente (*375 ml*)
2 xícaras de açúcar refinado
4 ovos
1 xícara de creme azedo (*para fazer uma massa mais leve, substitua por iogurte natural*)
½ colher (chá) de fermento químico
1 colher (chá) de essência de baunilha
2 xícaras de farinha de trigo (*NÃO PENEIRAR – use direto da embalagem*)

A* ***massa bem amanteigada* *tem que ficar na geladeira por 48 horas. Prepare-a 2 dias antes da data em que planeja servir a sobremesa. Você também pode assar a* *massa, resfriá-la e depois embrulhá-la em plástico-filme e em seguida em papel-alumínio para congelá-la até que precise usá-la. Esta receita rende 2 tortas. Cada uma serve 6 pessoas.*

Unte e enfarinhe generosamente duas formas de bolo redondas de 23 cm. (*Não use desmoldante em spray – não vai dar certo.*)

Junte a manteiga e o açúcar na tigela da batedeira elétrica. (*Você pode bater essa massa à mão, mas vai precisar de força.*) Acrescente os ovos um a um e bata até a mistura ficar lisa e fofinha. Em seguida, acrescente o creme azedo, o fermento e a baunilha. Misture tudo e depois acrescente a farinha, uma xícara de cada vez, e bata até a massa ficar lisa.

Despeje a massa nas formas de bolo e asse a 165 °C por 45 a 50 minutos. (*As tortas devem ficar douradas.*)

Deixe a massa esfriar por 20 minutos. Passe a faca na face interna das formas para soltar as tortas e desenformá-las sobre a grade.

Quando a massa já estiver totalmente fria, embrulhe em plástico-filme, vedando bem. Em seguida, embrulhe em papel-alumínio e guarde na geladeira por 48 horas. Tire da geladeira uma hora antes de servir, mas só desembrulhe quando estiver com tudo preparado para montar o doce.

Os morangos

(Prepare algumas horas antes de servir.)

Lave 3 caixas de morangos e retire os caules. (*A forma mais fácil de fazer isso é usar uma faca para legumes para cortar a parte de cima da fruta.*) Reserve cerca de uma dúzia de morangos grandes e bonitos para usar em cima de cada porção e pique o resto. Prove os morangos e acrescente açúcar caso estejam muito azedos. Mexa e cubra-os bem antes de colocá-los na geladeira.

Crème Fraîche da Hannah

(*Ele se mantém por várias horas.
Prepare com antecedência e guarde na geladeira.*)

2 xícaras de creme de leite de caixinha
½ xícara de açúcar refinado
½ xícara de creme azedo (*você pode substituir por iogurte natural, mas ele não firma tão bem e você terá que prepará-lo em cima da hora*)

½ xícara de açúcar mascavo (*para polvilhar em cima da torta quando ela já estiver montada*)

Bata o creme com o açúcar refinado. Quando ele estiver firme (*teste mergulhando a espátula*), junte o creme azedo. Você pode fazer isso à mão ou usando a batedeira na velocidade mais baixa.

Montagem da torta de morango Swensen

Corte cada *massa bem amanteigada* em 6 fatias triangulares e coloque em pratos de sobremesa. Ponha os morangos picados por cima. Ponha uma quantidade generosa de *crème fraîche* por cima e polvilhe o açúcar mascavo. Enfeite com os morangos inteiros que foram reservados. Sirva e espere os elogios.

Fiz para Norman, Carrie e mamãe. Usei apenas uma *massa bem amanteigada* e congelei a outra – fiz meia receita de *crème fraîche* e usei apenas duas caixas de morango.

Capítulo 2

Hannah acrescentou o açúcar à tigela com creme de leite e terminou de bater a mistura durante a previsão do tempo. Fazia calor sob os holofotes, e torceu para que ela não virasse sopa. Quando a massa já estava bastante encorpada, juntou o creme azedo. Além de acrescentar uma nova dimensão ao gosto, o creme azedo ajudava o creme adocicado a manter a firmeza. No instante em que ia enfiar o dedo na tigela, lembrou que estava sendo filmada e se conformou em provar usando uma colher. Em seguida, botou uma colherada grande dos morangos cultivados por Lisa em cima da fatia de massa, pôs uma quantidade generosa do creme, colocou um morango inteiro e perfeito no centro e polvilhou açúcar mascavo por cima. Sua criação, a torta de morango Swensen, estava pronta para ser servida aos apresentadores do jornal.

O diretor de cena, um homem baixinho e atarracado que tinha uma energia que Hannah nunca tinha visto em ninguém, fez sinal para que ela se preparasse. A previsão do tempo foi concluída, e Chuck Wilson, o âncora bonitão de traços finos, enrolava dizendo aos espectadores que continuassem ligados porque o Concurso de Doces das Farinhas Hartland começaria logo depois do *Notícias do mundo* da emissora.

O coração de Hannah acelerou quando ela pegou a bandeja. Tinha feito aquilo durante o ensaio, mas carregar uma bandeja vazia não era a mesma coisa que manusear uma bandeja com torta, pratos e garfos. Atenta para não tropeçar nos grossos cabos elétricos grudados ao chão do palco com uma coisa que Mason Kimball chamava de *fita gaffer*, mas que ela achava igualzinha à fita adesiva, Hannah pôs no rosto o maior sorriso que conseguiu e caminhou até a mesa longa e curva do cenário, onde estavam os quatro apresentadores do jornal. Com cuidado para não deixar o sorriso murchar, pois Mason a havia alertado para isso, ela apresentou a sobremesa a cada um dos âncoras.

Hannah ficou parada enquanto eles soltavam "humm" e "uaaau" e em seguida provavam a sobremesa. Chuck Wilson, o âncora, fez um comentário sobre o preço alto dos morangos fora da estação. Onde Hannah os achara naquela época do ano? Hannah sorriu e respondeu que sua ajudante, Lisa Herman, tinha cultivado a fruta em estufa. Dee-Dee Hughes, a anoréxica companheira de bancada de Chuck, perguntou quantas calorias tinha cada fatia. Hannah declarou que não sabia, mas não achava a informação relevante porque quem estava de dieta geralmente pulava a sobremesa. Wingo Jones, o jornalista esportivo, disse que achava que os atletas profissionais deviam usar a torta de morango Swensen como fonte de carboidratos antes dos jogos. O sorriso de Hannah já estava meio fraco a esta altura, mas ela deu conta de declarar que achava uma boa ideia. O único membro da bancada de jornalistas que não teceu nenhum comentário insosso foi o apresentador da meteorologia, Rayne Phillips, que foi enfiando torta na boca até limpar o prato.

No instante em que o jornal acabou, Hannah voltou à cozinha para recolher seus materiais. Abriu o forno e descobriu que estava vazio como um poço seco. Edna já tinha levado as formas com massa crua para a cozinha do colégio. Em vez de equilibrar todas as tigelas cheias pela metade, Hannah resolveu montar a sobremesa para levá-la para casa. Despejou o resto dos morangos de Lisa em cima da massa, cobriu com o creme, acrescentou as frutas inteiras que tinha reservado para enfeitar e polvilhou o açúcar mascavo que havia sobrado. Em seguida, encaixou a tampa na embalagem de bolo, empilhou os utensílios e tigelas usados nas caixas de papelão que tinha levado e arrastou tudo até os bastidores.

– Você se saiu muito bem, Hannah. – Andrea a esperava na coxia, e ajudou a botar as coisas nas prateleiras de metal montadas junto à parede dos fundos.

– Obrigada – Hannah aceitou o elogio e olhou ao redor à procura da sobrinha. Quando Hannah repetiu para o sr. Hart a conversa que tinha tido com Norman, ele entendeu que precisaria dispensar o jurado e pediu a Tracey que sorteasse o quinto membro do painel pegando de uma tigela de vidro um dos papéis que continham os nomes dos membros do Conselho Municipal de Lake Eden. – Cadê a Tracey?

– Ainda está na maquiagem. O Bill vai trazê-la aqui assim que estiver pronta.

– Ela não está nervosa, está?

Andrea acenou que não:

– Está achando divertido. Você botou para gravar, né, Hannah? O Bill programou nosso videocassete antes de sair de casa, mas eu preciso de uma cópia extra.

– Você vai ter duas. Eu vou gravar e a mamãe também.

– A mamãe? – Andrea ergueu as sobrancelhas. – Ela ainda não entendeu como se faz para programar o videocassete. Quando a TV a cabo estava ruim, pedi para ela gravar um filme para mim e ela gravou duas horas de Richard Simmons.

Hannah esticou o braço para dar tapinhas no ombro da irmã.

– Calma, Andrea. A Lisa vai gravar, assim como a maioria dos meus clientes. Você vai ter dezenas de cópias. Está praticamente garantido.

– Tomara. Vai ser a primeira vez que a Tracey vai aparecer na televisão, e nunca se sabe quando um produtor importante está assistindo. É assim que eles descobrem as estrelas mirins.

Hannah conseguiu dar um sorriso, o mesmo sorriso que deu quando foi obrigada a ouvir os comentários idiotas feitos por três dos quatro âncoras a respeito da torta. Não diria a Andrea o quanto era improvável que um produtor importante assistisse à emissora local KCOW.

– É melhor eu ir ver por que a Tracey ainda não veio para cá. – Andrea andou um passo em direção à porta, mas deu meia-volta. – Você devia tentar ajeitar o cabelo antes do concurso começar. Ele fica todo arrepiado debaixo das luzes.

Hannah ficou sem jeito e inibida quando o câmera fez uma tomada panorâmica da mesa do júri. Pelo menos não precisava se preocupar com a possibilidade de ser descoberta. Nenhum produtor importante prestaria muita atenção a uma mulher alta demais, um tantinho acima do peso, à beira dos trinta anos e sempre com um pouquinho de farinha no rosto. Mas Tracey estava linda, e Hannah ficou orgulhosa da sobrinha. O cabelo louro dela lembrava fios de ouro sob os holofotes, e estava segura de si ao enfiar a mão na tigela de vidro e tirar o nome do jurado substituto.

– Obrigado, Tracey. – O sr. Hart sorria quando ela lhe entregou um pedacinho de papel. – Você não pegou o nome do seu papai, né?

Tracey fez que não.

– Ele não é do conselho municipal, sr. Hart. O papai é detetive da delegacia do condado de Winnetka.

– Você sabe o que um detetive faz, Tracey? – o sr. Hart perguntou.

– Sim. O detetive investiga crimes. Se alguém é assassinado, meu papai reúne todas as provas, pega o assassino e põe ele na cadeia até o julgamento.

Era óbvio que o sr. Hart estava perplexo, mas conseguiu dar um sorriso.

– Muito boa resposta, Tracey. Eu pediria para você ler o nome do novo jurado, mas você ainda não está na escola, está?

– Estou no jardim de infância, sr. Hart. É onde ficam as crianças que ainda não têm idade para a pré-escola. Mas eu sei ler. Se você me der o papel, eu falo o que ele diz.

A câmera deu um close no rosto surpreso do sr. Hart ao devolver o papel a Tracey. Hannah ficou olhando Tracey desdobrá-lo e ler as palavras mexendo os lábios em silêncio. Em seguida, ergueu o rosto para o sr. Hart e anunciou:

– O jurado substituto é... o sr. Boyd Watson.

As luzes se acenderam na plateia e todo mundo aplaudiu quando Boyd Watson, o bem-sucedido técnico esportivo da Jordan High, se levantou. Hannah reparou que a irmã de Boyd, Maryann, estava sentada a seu lado, mas a esposa, Danielle, não estava presente. Esperava que não houvesse nenhuma razão sinistra para isso. Alguns meses antes, Hannah havia descoberto que o técnico Watson batia na esposa. Danielle não estava disposta a prestar queixa, mas Hannah confidenciara a informação a Bill, e ele prometera ficar de olho em Boyd para garantir que aquilo não se repetiria.

Depois que Boyd se sentou na cadeira vazia ao lado de Hannah, o sr. Hart apresentou as competidoras daquela noite e as mandou para suas cozinhas para que dessem os toques finais nos doces. Enquanto as concorrentes fatiavam, decoravam e arrumavam suas criações nos pratos, ele explicava a mecânica do concurso.

O Concurso de Doces das Farinhas Hartland contava com doze semifinalistas, todas vencedoras de concursos municipais e regionais. As primeiras quatro concorrentes tinham cozinhado naquela tarde, e amostras de seus doces seriam apresentadas a cada um dos membros do júri. Enquanto os jurados provavam e julgavam o doce, a plateia e os espectadores assistiriam a uma montagem das concorrentes com suas famílias. Quando o segmento acabasse, as notas seriam computadas e cada jurado comentaria os pratos. A vencedora seria escolhida, e a sortuda avançaria para as finais de sábado à noite.

Hannah esperou as competidoras apresentarem suas amostras e a montagem aparecer na tela. Em seguida, se virou para Boyd e perguntou:

– Cadê a Danielle?

– Ela está em casa. – Boyd levou uma garfada de torta de cereja à boca e provou. Não parecia feliz ao engolir a torta. – Igualzinha à que a minha mãe fazia, tão doce que o dente chega a doer.

Hannah provou sua fatia de torta e concluiu que Boyd tinha razão.

– Ela não quis vir esta noite?

– Minha mãe?

– Não, a Danielle. – Hannah fez uma anotação e prosseguiu para o segundo doce, uma fatia de folhado com recheio de nozes.

– A Danielle está doente.

– É alguma coisa séria? – Hannah ficou atenta aos sinais de culpa no rosto de Boyd, mas ele estava totalmente impassível.

– É só um resfriado de inverno. Ela está tomando um monte de remédios. – Boyd provou um pedaço do folhado de nozes e fez careta ao mastigar. – Minha mãe também fazia esse. Eu detesto quando botam essa quantidade toda de canela.

Hannah provou sua fatia e entendeu que precisaria concordar com Boyd de novo. A canela e a noz-moscada ofuscavam o sabor das nozes. Rabiscou a nota e se voltou para a terceira sobremesa, uma fatia de bolo de laranja.

– Ela já foi ao médico?

– Ela diz que não precisa. A Danielle detesta médico.

Em vez de tecer algum comentário, Hannah provou o bolo de laranja. Entendia por que Danielle tinha medo de consultar um médico. Médicos faziam perguntas, e eram obrigados a denunciar qualquer coisa que indicasse um possível abuso.

– Está amargo demais. – Boyd afastou o bolo de laranja e passou à quarta sobremesa.

Hannah engoliu uma garfada de bolo e suspirou. Boyd tinha razão outra vez. A concorrente tinha colocado muitas raspas de laranja e tinha ralado a parte branca junto.

– Nada mal – Boyd comentou ao provar a última sobremesa, uma torta de limão. – Aliás, é a melhor de todas. Mas claro que a concorrência está fraca.

Hannah passou à torta de limão. A crosta estava macia e quebradiça devido à manteiga, e o sabor do recheio era ao mesmo tempo ácido e doce. Sem dúvida, era a vencedora. Boyd tinha razão quanto a todas as quatro concorrentes, e suas objeções espelhavam exatamente as dela. Ela continuava não gostando dele – era arrogante e violento –, mas tinha um paladar apurado.

A luz vermelha da câmera apontada para os jurados se acendeu de novo e as entrevistas começaram. Como era a presidente do júri, Hannah foi a última entrevistada, e ouviu os colegas com atenção. Foram muito delicados ao criticar os doces, e a sobremesa preferida dos três primeiros jurados foi a torta de limão.

Então foi a vez de Boyd, e Hannah estremeceu por dentro ao ouvi-lo repetir os comentários que tinha feito para ela. Ela ouviu o membro de um dos times que treinava comentar que, "o professor não faz rodeios", mas Hannah achava que as críticas de Boyd poderiam ter sido amenizadas por alguns elogios.

Hannah também não era cheia de tato, mas deu o melhor de si quando chegou sua vez. Elogiou todas as concorrentes pelo empenho e lembrou à plateia que as quatro tinham ganhado concursos municipais e regionais. Encontrou algo de bom a dizer sobre cada um dos doces, mas o estrago já estava feito, e Hannah percebeu que estavam magoadas. Depois que a vencedora recebeu sua fita azul de finalista, o programa acabou e Hannah foi atrás de Boyd nas coxias.

– Você bem que podia ter sido um pouco mais gentil, Boyd – Hannah o repreendeu no instante em que chegaram aos bastidores. – Não tem nenhum motivo para fazer as concorrentes se sentirem mal.

Boyd a encarou, obviamente confuso. Estava claro que não fazia a menor ideia de por que Hannah estava chateada.

– Mas sentimentos não têm lugar num concurso como este. Ou você ganha ou você perde. Não faz sentido dourar a pílula. Quem não chega em primeiro lugar é um fiasco.

Hannah ficou muda por um instante, o que não era típico dela. Sabia que precisava tentar mudar a postura de Boyd antes da segunda noite do concurso, mas não sabia muito bem como fazê-lo. Teria que pensar bastante quando chegasse em casa e ligar para conversar com ele de manhã. Por enquanto, era melhor manter a paz.

– Eu vi você fazendo a torta de morango. – Boyd mudou de assunto. – Uma pena você não poder entrar no concurso. Aposto que ganharia de goleada.

Ao ouvi-lo, Hannah teve uma ideia. Danielle estava doente, e talvez gostasse de comer alguma coisa que não fosse preparada por ela mesma.

– Boyd?

– Sim?

– Sobrou torta. Quer levar para casa?

Boyd ficou surpreso com a sugestão.

– Claro. A gente ama torta de morango.

– Que bom. Você tem um paladar apurado, e aí você pode avaliar ela para mim. – Hannah foi buscar a embalagem de bolo e a entregou a ele. – Estou ampliando o cardápio da Cookie Jar, quero incluir outros tipos de doces.

Boyd sorriu ao espiar os morangos frescos através do plástico transparente da tampa.

– Vou fazer questão de que a Danielle fique com a maioria dos morangos. Fruta fresca é bom para resfriado. Obrigado, Hannah.

Hannah balançou a cabeça quando ele se afastou. Não tinha dúvida nenhuma de que Boyd amava Danielle, mas ainda assim explodia com ela e partia para a violência física. E Danielle amava Boyd, apesar dos ataques sofridos. Hannah duvidava de que um dia fosse capaz de entender a relação abusiva dos dois, e não tinha certeza se queria tentar. Só torcia para que não acabasse no tipo de tragédia que ganhava as manchetes dos jornais.

– Cheguei, Moishe – Hannah anunciou, se agachando para pegar o raio laranja que se lançou aos seus tornozelos no instante em que abriu a porta do apartamento. Moishe sempre ficava feliz quando ela voltava para casa, sobretudo quando saía à noite. Preferia pensar que sentia saudades dela, mas talvez fosse apenas porque não tinha como reabastecer a tigela de comida sozinho. Ela lhe fez um carinho embaixo do queixo, depois disse:

– Deixa eu só botar um moletom que já te dou o lanchinho da noite.

Depois de pendurar o lindo vestido marrom que Claire Rodgers, da Beau Monde Fashions, havia providenciado, Hannah vestiu a calça e o moletom mais velhos que tinha e foi para a cozinha, o ambiente que considerava o coração da casa. Em um prato de sobremesa de vidro lapidado, pôs iogurte de baunilha para Moishe, serviu uma taça do vinho branco do garrafão que ficava na última prateleira da geladeira e se acomodou no sofá para assistir à gravação que fizera do noticiário e do concurso.

As notícias locais, que já tinha ouvido antes, pouco lhe interessavam. Ver-se em segundo plano, no entanto, foi meio chocante. Não estava de todo mal. O avental branco com peitilho, com "THE COOKIE JAR" estampado em letras garrafais vermelhas na parte da frente, ficava bem na câmera. Stan Kramer ficaria contente, já que deduziu o custo dos aventais como despesa de marketing.

Hannah avaliou seu desempenho e concluiu que não tinha o que criticar. Fora eficiente, não deixara nenhum dos ingredientes cair e manuseara a batedeira e a espátula como uma profissional. É claro que *era* uma profissional, um fato que sempre lhe causava um sobressalto agradável.

Moishe só demonstrou interesse pelo programa quando escutou a voz de Hannah responder à pergunta feita por Chuck Wilson, o âncora. Ele tirou os olhos do prato de sobremesa vazio e fitou a televisão com as orelhas para trás. Hannah esticou o braço para lhe dar uma coçadinha tranquilizadora, mas ele deu um passinho para sair de seu alcance. Moishe a encarou por um instante, com a ponta do rabo balançando, e então ele passou a fazer um barulho parecido com um rosnado, que vinha do fundo da garganta.

– É só uma gravação, Moishe. – Hannah pegou o controle remoto e pausou a fita, congelando o rosto perfeito de Dee-Dee Hughes e pegando-a de boca aberta.

No instante em que o áudio foi interrompido, Moishe voou para cima da televisão, onde assumiu a postura de Gato de Halloween, a coluna arqueada, enrijecida, e o rabo eriçado, com o triplo do tamanho normal. Era óbvio que alguma coisa o aborrecera. Hannah pensou por um instante e chegou a uma possível razão.

– Desce daí, Moishe – Hannah o chamou, indicando a almofada a seu lado. – Eu não estou *dentro* da televisão. Estou aqui no sofá.

Mas Moishe não se deixava seduzir, e Hannah fez a fita correr de novo para ver se sua teoria estava correta. No momento em que sua voz ressurgiu nos alto-falantes, Moishe uivou alto, girando a cabeça para olhar para ela e depois para a televisão. Ela não estava passando por uma antropomorfização. Na verdade, Moishe reagia ao que considerava uma ruptura imutável nas leis da física.

– Desisto – Hannah balbuciou, silenciando a televisão, cedendo à reação peculiar do bichinho. Se Moishe passasse o programa inteiro uivando, não conseguiria ouvir o diálogo, de qualquer forma. Ia pular a parte das notícias internacionais, para ter a certeza de que havia gravado o concurso, quando o telefone tocou.

Hannah deu uma olhada no relógio ao atender. Eram dez horas, e provavelmente era Andrea querendo saber se ela tinha conseguido uma boa gravação da estreia de Tracey na televisão.

– Hannah! Que bom que você está em casa! É... a Danielle Watson.

– Oi, Danielle. – Hannah pegou o emaranhado de pelos branco e laranja que pousou em seu colo. Moishe obviamente a havia perdoado por tê-lo confundido com a fita. – Melhorou do resfriado?

– Hannah... por favor! Você pode correr para cá? Eu... não sabia para quem mais ligar.

– O que foi que aconteceu, Danielle? – Hannah imaginou o pior. Da última vez que havia estado na casa de Danielle, a encontrara de olho roxo. – É o Boyd?

– É. Não posso falar mais nada. Por favor, Hannah?

– Fica tranquila. Estou a caminho. – Hannah desligou o telefone, tirou Moishe do colo e pegou a bolsa e o casaco. Danielle estava com uma voz péssima, e talvez, desta vez, estivesse disposta a prestar queixa contra o homem que havia descumprido seus votos de amá-la, respeitá-la e protegê-la de todo o mal.

Menos de quinze minutos depois, Hannah estava tocando a campainha da casa de Danielle. Se Boyd estivesse em casa, seria uma situação embaraçosa, talvez até perigosa. Bill tinha dito que as ligações referentes à violência doméstica eram o pesadelo da polícia, sendo superadas apenas pelas de "policial ferido". A porta se abriu e Danielle a puxou para dentro, se agarrando a ela como quem está se afogando.

– O que houve, Danielle? – Hannah fechou a porta. Os vizinhos não precisavam ver Danielle naquele estado. Estava chorando, o olho estava roxo, e o rosto estava tão pálido que Hannah ficou pensando se iria desmaiar.

– É... o Boyd – Danielle disse com a voz embargada. – Ele... ele está... na garagem.

– Me leva até lá. – Hannah pegou o braço de Danielle, meio que a amparando enquanto cruzavam a cozinha e chegavam à garagem.

À primeira vista, Hannah não viu nada de errado. Os dois carros estavam nos lugares de sempre, e a luz fluorescente sobre a bancada de trabalho de Boyd estava acesa. A garagem era muito bem cuidada, a não ser pelas manchas de óleo no chão. Hannah concluiu que o carro de um dos dois estava com vazamento. Cada ferramenta tinha seu lugar no painel acima da mesa de trabalho, e os contornos das ferramentas eram pintados de azul. Todos os espaços estavam preenchidos, menos um, e Hannah reparou em um martelo de bola reluzente que estava no chão, ao lado do carro de Danielle.

Hannah fitou o martelo, que brilhava sob a luz. Estava fora do lugar, mas talvez Boyd tivesse feito alguns consertos e se esquecido de guardá-lo.

– Ele... ele está ali.

Quando Danielle a levou até o Grand Cherokee de Boyd, Hannah vislumbrou a tampa de plástico da embalagem de bolo. Tinha rolado para debaixo do carro e estava perto da roda traseira. Então elas deram a volta no Grand Cherokee, e Hannah perdeu o fôlego. O técnico principal do time de basquete da Jordan High estava esparramado no chão de cimento, deitado sobre a sujeira melecada da torta, do creme e dos morangos amassados.

Por um breve instante, Hannah pensou na sobremesa. Que desperdício. Danielle teria amado. Em seguida, se aproximou e engoliu o nó que surgiu na garganta. As manchas vermelhas no concreto não eram dos morangos amassados: eram do crânio esmagado de Boyd. Estava morto. Hannah não tinha nem sombra de dúvida. Ninguém sobreviveria a tamanha hemorragia.

Capítulo 3

Bill estava na garagem, ajudando Doc Knight a botar o corpo de Boyd Watson na maca para que fosse levado ao necrotério. Além de médico da cidade, Doc Knight fazia as vezes de legista do condado de Winnetka. Não sobrava muito tempo para outras coisas, e ele sempre se eriçava quando alguém dizia que médicos deviam ter muitos dias de folga.

Hannah estava na sala com Mike e Danielle, escutando a entrevista que ele fazia com ela. Ela tinha convencido Mike a lhe conceder esse privilégio, insistindo que deveria estar presente. Era amiga de Danielle, e Danielle precisava de uma amiga naquele momento.

– Assisti ao concurso pela televisão, enquanto eu o gravava. – As mãos de Danielle começaram a tremer, e ela apoiou o copo d'água na mesa de centro. – Então mudei para um canal a cabo e comecei a ver um filme, mas caí no sono. O remédio que ando tomando para o resfriado me dá sono, e senti muita vontade de subir para dormir na cama.

Mike assentiu. Estava sendo muito solícito com Danielle, e Hannah ficou contente.

– Mas você continuou no sofá?

– Continuei. O Boyd gosta que eu espere por ele acordada. Eu sempre espero. Se não, ele fica... chateado. Mas acho que você já sabe disso.

Hannah lançou um olhar para Mike, e ele também a olhou, fazendo um leve aceno com a cabeça. Ambos sabiam o que acontecia quando Boyd ficava de mau humor. O olho roxo que Danielle exibia era prova clara disso.

– Quando foi que ele deixou seu olho roxo, Danielle? – Mike indagou. Sua voz era tensa, e Hannah percebeu que só se controlava por um triz. Tinham discutido o problema de Danielle pouco depois de ela contar esse segredo a Hannah, e Mike tinha admitido sua completa falta de paciência com homens que batiam na esposa.

– Foi ontem. O Boyd chegou da escola para almoçar e ficou... aborrecido comigo.

– Você foi ao médico?

– Não. Eu sabia o que fazer. E não é tão ruim quanto parece. Já não dói mais.

Mike deu um olhar de advertência a Hannah, um olhar de *não interfira*. Em seguida, ele se voltou para Danielle.

– Se alguém me deixasse com o olho roxo, eu ficaria morrendo de raiva. Você estava com raiva do Boyd?

– Não. Eu entendo que ele fique frustrado, e depois pediu mil desculpas. Ele pegou gelo e cuidou de mim.

Mike lançou outro olhar de advertência para Hannah, e ela contraiu os lábios. Boyd Watson era um bruto e espancava a esposa. E Danielle se recusava a prestar queixa, preferindo aceitar o abuso que ele cometia a tornar a situação pública. Hannah sabia que, em sua maioria, as vítimas de violência doméstica tinham uma desvantagem emocional terrível: em geral, acreditavam ter feito alguma coisa para merecer o abuso. Agora que Boyd estava morto, Danielle não teria mais que viver com medo do marido. E embora Hannah não desejasse uma morte tão violenta e sanguinolenta a ninguém, ela percebeu que não conseguia ficar muito triste com o falecimento do homem que espancava e aterrorizava sua amiga.

– Vamos voltar ao que aconteceu esta noite. – A voz de Mike estava suave, encorajando Danielle a confiar nele. – Você disse que cochilou no sofá?

– Isso.

– A que horas você acordou?

– Não sei direito. O filme já tinha acabado, então devia passar das nove e meia. Desliguei a tevê e chamei o Boyd, mas ele não respondeu. Achei que ele podia ter chegado em casa e ido para a cama. Por isso fui até a garagem, para ver se o carro dele estava lá.

Mike franziu um pouco a testa.

– Você não subiu para ver se ele estava lá em cima?

– Não, eu estava cansada demais. Não queria subir a escada para ter que descer de novo. Era mais fácil olhar na garagem.

– Me conte exatamente o que você viu quando abriu a porta da garagem.

– Bom... estava escuro, por isso acendi a luz da mesa de trabalho do Boyd. Como o carro dele estava lá, imaginei que tivesse chegado e subido para dormir. Daí reparei que a porta da garagem ainda estava aberta, então a fechei.

– A porta da garagem estava aberta, mas a luz não estava acesa?

Danielle acenou que não.

– Ela queimou ontem. O Boyd ia trocar a lâmpada, mas ainda não tinha feito isso. E então vi o martelo e entendi que tinha alguma coisa errada.

– Por quê? – Mike questionou.

– O Boyd é muito certinho com as ferramentas dele. Cada uma tem seu lugar no painel, e ele faz questão de botar a ferramenta de volta assim que acaba de usar. É que ele foi criado assim.

– Você usa as ferramentas dele às vezes?

– Nunca. – Danielle ficou surpresa com a pergunta. – Ele comprou um kit de ferramentas para mim, para usar em casa. Eu guardo na gaveta da cozinha.

Hannah assentiu, imaginando qual seria a punição de Danielle caso ela usasse uma das ferramentas de Boyd e não a guardasse no lugar.

– E o martelo do Boyd? Você mexeu nele?

– Mexi. Apesar de saber que eu não tinha usado, não queria que o Boyd ficasse chateado quando visse que não estava pendurado no lugar certo. Ele... ele podia botar a culpa em mim. Então peguei do chão e ele estava... grudento. – Danielle estremeceu um pouco. – Olhei para a minha mão e então... eu larguei o martelo.

– Você entendeu que o martelo estava coberto de sangue?

– Não me lembro. Acho que sim, senão eu não o teria largado. Fui até o carro e então... vi ele. No chão.

– O que você fez depois disso?

– Me ajoelhei e chequei o pulso. Mas não tinha batimento nenhum. E então tentei fazer massagem cardíaca. Ele ainda estava quente, e eu achei que talvez... – Danielle conteve um soluço e tomou um fôlego trêmulo. – Mas não deu certo. Fiquei parada, olhando para ele. E... eu não conseguia acreditar! E então me levantei e fui na cozinha ligar para a Hannah.

Hannah deu a resposta antes que Mike tivesse a chance de perguntar.

– Olhei para o relógio quando o telefone tocou. A Danielle me ligou às dez. Quando ela me pediu para vir para cá, peguei o carro e vim direto, e eram dez e quinze quando toquei a campainha.

– Entendi. – Mike anotou os horários no caderno e voltou a Danielle. – Tem mais alguma coisa de que você se lembre? Algum barulho que tenha te acordado? Um carro que você tenha ouvido no beco?

Danielle refletiu um pouco e depois negou.

– Acho que não. Vai ver que alguma coisa me acordou, mas não me lembro o que pode ter sido.

– Tem mais uma coisa, Danielle. – Mike pareceu muito empático. – Sei o que seu marido fazia com você, e tenho certeza de que em alguns momentos sentiu medo dele. Não é verdade?

– É – Danielle admitiu, e uma lágrima escorreu pelo rosto.

– Alguma vez você bateu no Boyd depois de ele bater em você?

– Uma hora dessas eu ensino. Agora só quero que você se estique no sofá e tente relaxar. Você precisa ser forte.

– Está bem. – A voz de Danielle estava embargada, e o rosto estava num tom cinza doentio. – Obrigada, Hannah.

Hannah desdobrou a manta de lã que estava nas costas do sofá e cobriu Danielle.

– Descansa, Danielle. A gente já volta.

Mike aproveitou a deixa de Hannah e a acompanhou até a cozinha. Sentou-se na cadeira para observá-la abrindo as gavetas do armário para achar os ingredientes. Danielle não tinha sido modesta ao confessar que não cozinhava bem. Quase tudo que havia nos armários era instantâneo. Havia batatas instantâneas, hambúrguer e macarrão instantâneo, pudim instantâneo, arroz instantâneo, batatas fatiadas em caixa, e até café e chá instantâneos.

– O que foi aquilo? – Mike lhe perguntou.

Hannah tirou os olhos da panela na qual estava fervendo o leite:

– *Aquilo* o quê?

– O chocolate quente.

– É simples. – Hannah usou um batedor de claras para mexer o leite e evitar que queimasse no fundo da panela. – A Danielle está muito resfriada e não deve estar comendo direito. O açúcar é carboidrato puro, e ela precisa de calorias. E a cafeína e as endorfinas do chocolate vão ajudá-la a não ficar deprimida demais.

– Não estou falando disso. Estou querendo saber por que você queria que eu viesse para a cozinha com você.

– Ah. – Hannah misturou o açúcar e o cacau em uma tigela e despejou um pouco no leite quente. – Eu precisava falar com você a sós e essa foi uma boa desculpa.

– Sobre o quê?

– Estou preocupada com a Danielle. Ela está por um fio. Você não vai precisar levar ela para a delegacia esta noite, né?

Mike fez que não.

– Eu já sei de tudo o que preciso saber por enquanto e ela está mal demais para responder a outras perguntas.

Hannah mexeu a mistura dentro da tigela até o açúcar derreter e o cacau virar uma pasta.

– É melhor eu ficar aqui. A mãe dela mora na Flórida e não tem mais nenhum parente por perto. Ela não deve ficar sozinha num momento como este.

– A Danielle não vai ficar aqui. Falei com o Doc Knight e tem vaga no hospital. Vou transferir ela para lá.

Hannah juntou a pasta de chocolate ao leite fervido na panela e misturou tudo com o batedor. Doc Knight tinha examinado Danielle logo depois de providenciar o transporte do corpo de Boyd para o necrotério.

– O Doc acha que a Danielle está doente a esse ponto?

– Não, mas eu não quero ela conversando com ninguém, e o hospital é um bom lugar para ela. Vou interrogá-la de novo amanhã de manhã.

Hannah se virou para ele, alarmada, a mão parando no meio do movimento.

– A Danielle é suspeita?

– Cônjuges são sempre suspeitos. – Mike não olhava nos olhos de Hannah. – É melhor você mexer antes que queime.

Enquanto Hannah voltava a bater o leite, pensava no que Mike tinha falado. Precisava de mais respostas, mas preferia obtê-las em particular, depois que Danielle já estivesse acomodada em um quarto de hospital.

– Quer que eu pegue o carro para levar a Danielle para o Lake Eden Memorial?

– Não, vou pedir ao Bill que leve ela de viatura.

Hannah se virou para ele, surpresa.

– No banco de trás? Que nem uma presidiária?

– Claro que não. A Danielle não está sob custódia. Eu poderia chamar uma ambulância, mas acho que ela vai se sentir melhor indo de carro com o Bill. Estou só seguindo as normas, Hannah.

Hannah despejou o chocolate quente na maior caneca que achou.

– É melhor eu levar isso aqui para ela tomar antes de ir embora.

– Boa ideia. O Bill já deve estar terminando as buscas no beco.

Hannah parou, se virando já diante da porta.

– Você vai ter tempo de me deixar em casa depois de terminar o que tem que fazer?

– Talvez fique tarde. – Mike ergueu as sobrancelhas e abriu um sorriso malicioso. – O que você estava pensando em fazer?

– Quero sondar para descobrir que informações você tem, é claro.

– Ah. – As sobrancelhas de Mike voltaram à normalidade. – Vou tentar chegar até uma hora, no máximo, mas não vou poder te falar muita coisa. A investigação é sigilosa.

– Não tem problema. Eu vou passar no Lake Eden Liquor para comprar uma cerveja para você. Cold Spring Export, certo?

– Certo.

Hannah pegou a caneca e foi até a sala disfarçando um sorriso bastante presunçoso. Mike lhe diria o que ela precisava saber para poder ajudar Danielle. Só que ele ainda não sabia disso.

– O que você está dando para ele? Tijolo? – Mike fitava Moishe, que tinha sentado em seu colo.

– Muito petisco. Ele vive com fome. – Hannah esticou o braço para pegar o gato e transferi-lo para uma almofada. – A Danielle está bem?

Mike deu um gole na cerveja.

– Ela está legal. O Doc falou que é só um resfriado forte, mas resolveu deixá-la em observação por alguns dias. Deu um sedativo para ela dormir a noite toda.

– Ela precisa mesmo de uma boa noite de sono. – Hannah deu um golinho no vinho. Passou para Mike o saco de pretzels de cebola que tinha comprado no Lake Eden Liquor e perguntou: – Vocês acharam alguma testemunha?

– Ainda não.

– Tinha alguma coisa no beco?

Mike negou e mastigou um biscoito.

– São deliciosos.

– São bávaros. – Hannah respirou fundo e foi direto ao ponto. – Fala a verdade, Mike. A situação não está boa para a Danielle, né?

– Bem... tem um monte de evidências circunstanciais pesando contra ela.

– As digitais dela na arma do crime, o sangue do Boyd nas roupas dela e o olho roxo que ele causou?

– Tudo isso e a falta de um álibi. Ela não falou com ninguém por telefone antes de te ligar. Você viu que eu tentei oferecer uma escapatória para ela. Caso ela confesse ter matado ele, pode alegar legítima defesa. Nenhum júri no mundo a condenaria.

– Mas isso só é válido se ela o tiver matado. – Hannah mordeu um pretzel. Não era sem razão que chamavam aqueles biscoitos de "duros". Talvez devesse mencioná-los a Norman. Se desse pretzels bávaros aos pacientes como presentinho de Natal, talvez o número de consultas aumentasse. – E se ela não o matou?

– Então outra pessoa o matou. – Mike declarou o óbvio.

– Achei que você tivesse acreditado quando ela disse ser inocente.

– Eu *acreditei* nela. – Por um instante, Mike mastigou, reflexivo. – Acho que está falando a verdade... como a enxerga. Mas é possível que ela tenha apagado e não se lembre de nada.

– Você está querendo dizer que a Danielle pode ter esquecido que matou o marido?

– É possível, Hannah. Ela falou que estava sonolenta, e tomou um remédio bem forte para o resfriado. Ela podia estar zonza, desorientada, quase sonhando.

– De jeito nenhum. – Hannah balançou a cabeça. – A Danielle estava transtornada quando me ligou e pediu para eu ir à casa dela, mas estava bem lúcida. E quando cheguei lá, o que ela disse fazia sentido.

– Pode ser.

Mike não parecia estar convencido, e Hannah deu um longo suspiro.

– Vamos supor por um instante que a Danielle não tenha matado o Boyd. Vocês vão procurar outros suspeitos, não vão?

– Vamos fazer uma investigação de rotina. Se não surgir nada, o xerife Grant vai querer que a gente encerre o caso logo.

– Imagino. – Hannah revirou os olhos. – Ele não vai querer um homicídio sem solução nas costas dele em ano de eleições. É muito mais fácil dizer que foi a Danielle, mesmo que não tenha sido. Mas o xerife Grant não pode encerrar o caso se surgirem novos indícios, não é?

– Não. – Mike começou a franzir a testa. – Escute, Hannah. Não quero que você fique bisbilhotando, fazendo perguntas. Deixe isso para os profissionais qualificados.

Mike a tratava com paternalismo, e Hannah percebeu. Conteve a resposta ríspida que queria dar e fez o possível para passar a impressão de calma e sensatez.

– Mas os *profissionais qualificados* não vão fazer nada além de uma investigação de rotina. Você mesmo disse. A Danielle precisa de alguém que prove que ela é inocente.

– É fácil falar, Hannah. – Mike ainda soava condescendente aos ouvidos dela. – Não quero que você se envolva. Se a Danielle não matou o Boyd, o assassino de verdade está à solta.

– É isso mesmo. E daí?

– E se você esbarrar com uma pista? E se o assassino verdadeiro suspeitar de que você está no encalço dele? Você pode acabar correndo perigo de verdade. – Mike esticou o braço e tocou na mão dela. – Você é importante para mim, Hannah. É a minha melhor amiga em Lake Eden e não sei o que eu faria se alguma coisa acontecesse com você. Me promete que vai ficar de fora dessa.

Hannah ficou um bom tempo calada. Não queria mentir para Mike, mas não ia ficar de fora, não com Danielle precisando de ajuda. Precisava pensar em alguma forma de fazê-lo *achar* que ela seguiria seu conselho sem prometer que o faria.

– Hannah?

Hannah lhe ofereceu o que esperava ser um sorriso ingênuo.

– Você não precisa esquentar a cabeça, Mike. Não estou atrás do seu emprego.

– Do meu emprego? – Mike esboçou um sorriso. – Você acha mesmo que daria conta?

– Claro que não. Eu não apostaria nisso. Pensa só no seu uniforme.

Mike lhe lançou um olhar como se achasse que ela estava pirando.

– Qual é o problema com ele? A blusa marrom fica ótima com a calça caramelo.

– Fica ótima em você. Mas e com o meu cabelo?

Mike a fitou e deu umas risadas.

– Tem razão. Blusa marrom e cabelo ruivo não combinam.

– Isso mesmo. Pode ficar com o seu emprego, Mike. Prefiro muito mais assar cookies. Pelo menos não preciso me preocupar em achar vítimas de homicídio dentro dos meus fornos. E por falar em fornos, o Boyd levou a Maryann para assistir ao concurso. Você já descobriu a que horas ele a levou para casa?

– Já. Nós fomos lá para contar sobre o irmão dela. Acho que essa é a única parte do trabalho que eu odeio com todas as minhas forças.

– Não deve ser fácil contar a alguém que uma pessoa amada morreu.

– Não é. O Bill recomendou que eu perguntasse a hora antes de dar a notícia. Foi ótimo a gente ter feito assim.

– Por quê?

– Ela ficou histérica e tivemos que levá-la para o hospital.

– Nossa. – Hannah lamentou. Maryann e Danielle nunca tinham se dado bem. Botar as duas no Lake Eden Memorial era como enfiar um gato e um rato no mesmo saco de estopa, principalmente se Maryann suspeitasse de que Danielle havia matado Boyd. – Não me diga que elas estão em quartos vizinhos.

– Não estão. O Doc Knight pôs cada uma em um canto do corredor. E para garantir que não aconteça nada, deixei um delegado na porta da Danielle.

– Para a segurança dela? Ou porque é norma da polícia?

– Um pouquinho de cada – Mike assumiu.

– Foi o que eu imaginei. A que horas o Boyd saiu do apartamento da Maryann?

– Oito e vinte. Ela ofereceu um café, mas ele disse que precisava estar em casa às oito e meia porque a Danielle não estava se sentindo bem.

– Se o Boyd saiu do apartamento da Maryann às oito e vinte, ele deve ter sido assassinado entre oito e meia e dez horas.

– Exatamente. O Doc Knight mediu a temperatura do fígado dele, mas não conseguiu restringir ainda mais o intervalo de tempo.

– Como é que ele mede...? – Hannah parou no meio da pergunta. – Não responde. Não quero saber. E os vizinhos? Alguém viu ou ouviu alguma coisa?

– Nada.

– E vocês não acharam nada no beco? – Hannah indagou.

– Muitas marcas de pneu, mas todos os vizinhos passam por lá. É impossível saber quais estão mais frescas. E a única coisa que a gente encontrou na garagem foi a arma do crime e sua embalagem de bolo. Você pode pegar ela de volta assim que o laboratório achar as digitais. Tem mais pretzels? É uma delícia.

Hannah foi à cozinha para pegar outro saquinho e o trouxe junto com uma cerveja gelada.

– Pronto. Esse é com sabor de alho.

– Ótimo! Adoro alho. – Mike se esticou para pegar o saquinho, mas não o abriu. – Você também vai comer, não vai?

– Acho que vou. – Hannah ponderou que sabia qual caminho a mente dele estava fazendo, mas queria ter certeza. – Por quê?

– Alho é forte, principalmente se a outra pessoa não comer.

– Isso só vale se você estiver tentando ser convidado para dormir comigo.

Mike inclinou a cabeça para trás e riu.

– É disso que eu gosto em você, Hannah. Você sempre fala as coisas na lata.

Hannah queria poder retirar suas palavras. Ela não dormia com qualquer um; nunca tinha dormido. Sexo casual não funcionava para ela. Tivera um breve caso com um professor na faculdade e o amara profundamente. Tinha acabado mal, e antes de mergulhar de novo dessa forma, queria ter certeza de que a história não se repetiria.

– Por que a gente não come esses pretzels, toma outra bebida e vai deitar?

– Acho uma boa ideia.

– Cada um em sua cama – Hannah corrigiu a falsa suposição.

– Ah – Mike disse, franzindo um pouco a testa. – Está bem, Hannah, se é assim que você quer.

Hannah conteve o ímpeto de dizer mais alguma coisa. Também não era exatamente o que queria, mas era assim que seria. Dormir com a oposição era inaceitável, e no momento, Mike era a oposição.

Quando Mike foi embora, trinta minutos depois, Hannah ficou satisfeita. Não tinha mentido para ele, mas não tinha prometido *não* bisbilhotar e não investigar o assassinato de Boyd.

Capítulo 4

Ao se levantar na manhã seguinte e se arrastar até a cozinha para pegar o café já passado e pronto, Hannah agradeceu a Thomas Edison pela existência da cafeteira elétrica e do temporizador. Café era essencial para quem tinha dormido apenas quatro horas. Ela tomou a primeira xícara escaldante e sorriu. Nada como o choque da cafeína de manhã. Estava servindo a segunda xícara quando o telefone tocou.

– Que maravilha. Justamente o que eu precisava – Hannah murmurou, com um olhar maligno para o aparelho. Ao atravessar a cozinha para atendê-lo, lembrou que o telefone era uma conveniência, mas isso não a impediu de transferir Alexander Graham Bell para o final da lista de seus inventores preferidos. Devia ser Delores. Só a mãe ligava tão cedo. Mas também podia ser alguma emergência, e era impossível não atender a um telefone que tocasse às seis da manhã.

– Hannah?

– Pois não, mãe. – Hannah fez uma careta. Devia ter deixado a secretária eletrônica atender.

– Acabei de ouvir o jornal matinal da KCOW. Você sabia que o Boyd Watson morreu e que a suspeita é de assassinato?

– Sabia, mãe. – Hannah esticou o fio do aparelho e foi até o armário onde guardava a comida de Moishe. Desamarrou a corda elástica que prendia a porta e pegou a caixa de ração. A corda era uma necessidade. Moishe tinha aprendido a abrir a porta do armário no dia seguinte à adoção, e não deixava as coisas exatamente arrumadinhas depois de pegar seu café da manhã.

– Eu achava que você não ouvia rádio de manhã. – Delores estava surpresa.

– Não ouço mesmo. Fiquei sabendo ontem à noite.

– Ah? O Bill te contou?

– Não. – Hannah sabia muito bem como Delores reagiria quando descobrisse que a filha mais velha tinha estado na cena de outro homicídio, e ainda não estava preparada para lidar com isso. – Espera aí, mãe. Preciso dar comida ao Moishe.

– Não dá para esperar?

– Não se eu quiser manter meu tornozelo intacto. – Hannah deixou o fone na bancada e usou o pé para empurrar Moishe para o lado. Devia ser uma consequência de ter passado muito tempo na rua, mas sua tendência era de se entusiasmar demais na hora de receber comida. Depois de encher o pote de ração e lhe servir água fresca, ela pegou o telefone. – Voltei.

– Como você soube se não foi o Bill que contou? Foi pelo Mike Kingston?

Hannah se sentou à mesa e capitulou ao inevitável. Tinha enfiado os pés pelas mãos ao dizer que já sabia do assassinato, e agora teria que pagar o preço.

– Também não foi o Mike quem me contou. A Danielle me ligou ontem à noite.

– Por que ela te ligou? – Delores estava surpresa.

– Porque sou amiga dela e ela não sabia o que fazer.

– Ela te falou que o Boyd tinha morrido?

– A Danielle não estava em condições de me falar nada. Ela só pediu para eu ir até a casa dela, e depois que vi o Boyd, liguei para o Bill e o Mike.

– Então quer dizer que você achou outro corpo. – Delores enunciou as palavras como se fosse uma maldição. – Você *precisa* parar com isso, Hannah. Se não tomar cuidado, os homens desta cidade vão achar que o desastre paira sobre você que nem uma nuvem carregada.

– E ninguém quer *uma tempestade* de desastres?

– Você foi muito esperta nessa. – Delores deu uma risadinha da piada de Hannah. – Você tem muito senso de humor, Hannah. E fica muito bonita quando resolve se arrumar. Eu simplesmente não entendo por que você ainda não...

– Para com isso, mãe – Hannah a interrompeu. – Você não quer que eu te conte de ontem à noite?

Houve um breve silêncio, e Hannah imaginou a mãe trocando de marcha. Delores estava preparada para dar um sermão, mas a ideia de ouvir detalhes fresquinhos que poderia contar às amigas era tão boa que ela não conseguia resistir.

– Claro que sim. Conta, querida.

– Ele estava deitado no chão da garagem, ao lado do Grand Cherokee, e a cabeça dele tinha sido alvo de marteladas. Havia sangue para todos os lados.

– Você não precisa ser tão explícita – Delores objetou, mas Hannah sabia que suas frases seriam repetidas palavra a palavra. – A Danielle está muito mal?

Hannah conteve uma resposta ríspida. Como a mãe imaginava que uma esposa reagiria ao ver o marido com o crânio aberto?

– Está péssima. Ela está com aquele resfriado de inverno, e por isso não foi ao concurso com o Boyd, e o choque de ver ele daquele jeito foi demais para ela. O Bill levou Danielle para o hospital ontem à noite.

– Pobrezinha! E a Maryann? Ela era muito próxima do irmão. A mãe deles trabalhava e ela praticamente o criou, você sabe disso.

– A Maryann também está no hospital. O Mike disse que ela ficou histérica quando contaram sobre o Boyd.

– Você acha que eu devia fazer uma visita a elas? A Maryann participa do meu Clube de Romances da Regência e eu me sentei ao lado dela na última reunião beneficente da igreja. – Delores mencionou dois entre cerca de doze clubes nos quais tinha ingressado após a morte do pai de Hannah. – Na verdade, a Danielle não conheço muito bem, mas gostaria de dar minhas condolências.

Hannah sentiu arrepios ao pensar na mãe pulando de quarto em quarto do Lake Eden Memorial, fazendo um leva e traz de fofocas entre Maryann e Danielle.

– Não sei se elas podem receber visitas, mãe. Por que você não manda cartões de condolências?

– Claro que vou mandar. Eu mandaria de qualquer jeito. Mas cartões são muito impessoais.

– Então por que você não sugere que alguns dos seus clubes mandem flores? Tenho certeza de que a Danielle e a Maryann vão gostar.

– É uma excelente ideia. Vou fazer isso agora mesmo. Aliás, você estava bem ontem à noite, na televisão. Eu programei meu videocassete, mas não funcionou. Deve estar com algum problema.

Hannah começou a abrir um sorriso. O problema do videocassete da mãe podia ser facilmente consertado caso outra pessoa o operasse.

– Como você sabe que eu estava bem se o seu videocassete não funcionou?

– A Carrie gravou. Quando a gente chegou em casa, depois do concurso, ela trouxe a fita e nós assistimos juntas. A Tracey estava uma graça.

– Estava mesmo. – Hannah tomou um gole estimulante de café e ficou se perguntando como encerrar a conversa.

– Ainda estou sem acreditar que aconteceu outro homicídio em Lake Eden! Eu acho que a culpa é da televisão. Essa violência toda que ela mostra é má influência. Eles já têm suspeitos?

Hannah cruzou os dedos, um hábito antigo que havia sobrevivido à infância, e se preparou para mentir desbragadamente:

– Não sei, mãe.

– Bom, me avisa se souber de alguma coisa. Preciso ir, querida. Vou ligar para a Carrie e pedir que ela me ajude com as flores.

Hannah desligou com um sorriso no rosto. Tinha acabado de esbarrar em uma excelente tática para encurtar as conversas telefônicas com a mãe. Só precisava dar a Delores algo para fazer, pois a mãe mal conseguia esperar para desligar e pôr as mãos à obra.

Dez minutos depois, Hannah estava de banho tomado e quase vestida. Deu uma olhada no termômetro que ficava do lado de fora da janela do quarto e tremeu. O mercúrio estava nos doze graus abaixo de zero. O dia seria gelado. Vestiu uma calça jeans limpa e abriu o armário para escolher um pulôver de manga comprida. Tinha várias opções. A maioria dos amigos gostava de presenteá-la com objetos temáticos de cookies, e ela tinha diversas camisetas e pulôveres com frases estampadas. Algumas eram espirituosas, outras meigas, e algumas eram bobinhas. Hannah escolheu um azul-claro com letras douradas que proclamavam: A felicidade é um cookie com gotas de chocolate.

Hannah fechou a porta do armário e olhou para o reflexo na superfície espelhada. Aparentava cansaço e estava com olheiras, mas não tinha como evitar. Penteou o cabelo para trás, prendeu com a presilha dourada que Andrea lhe dera no último aniversário, e foi para a cozinha tomar a última xícara de café.

Moishe pulou da cama, de onde ficava olhando Hannah se vestir, e se esfregou em seus tornozelos enquanto ela cruzava o corredor. Hannah sabia que isso significava que o pote de comida estava vazio de novo. Ao trazê-lo para casa, ele era uma sombra esquelética laranja e branca, mas agora ele pesava quase dez quilos. O veterinário da cidade, Bob Hagaman, dizia que ele estava saudável, e era só isso o que interessava a Hannah. Com a orelha rasgada e um olho cego, não havia a menor possibilidade de inscrevê-lo nos concursos do Clube dos Amantes de Gatos de Lake Eden.

Depois de reabastecer o pote de comida de Moishe, Hannah deixou o bichinho mastigando feliz e se serviu da última xícara de café. Ainda tinha mais quinze minutos antes de sair para o trabalho, e esse era seu horário predileto da manhã. Delores já tinha ligado, não sofreria mais nenhuma interrupção, e tinha tempo para planejar o dia.

Hannah se sentou à mesa de fórmica branca que tinha encontrado no brechó e pegou o caderno verde de estenografia idêntico aos outros espalhados por todos os cômodos da casa. Havia algo maravilhoso em uma folha em branco no bloco de anotações. As linhas estavam ali, só esperando para serem preenchidas, e a folha podia ser transformada em qualquer coisa, de lista de supermercado às primeiras linhas do grande romance americano. As possibilidades eram infinitas.

Ela se lembrou do primeiro caderno, o bloco de capa vermelha que levava com carinho para o jardim de infância. Havia o retrato de um cacique na frente, um desenho com tinta preta de um rosto nobre, cinzelado, usando plumas na cabeça.

Não se fazia mais cadernos de cacique. Hannah sabia porque tinha procurado um para comprar havia pouco tempo. Provavelmente tinha algo a ver com a nova campanha em prol do politicamente correto. Se os políticos conseguissem o que queriam, o cacique indígena do caderno agora seria chamado de "Líder Comunitário dos Nativos Americanos". Em Lake Eden, Minnesota, "indígena" não era uma palavra de cunho racial. Jon Walker, o chippewa puro-sangue que trabalhava no balcão da Farmácia Lake Eden, tinha explicado que "nativo americano" era uma denominação inadequada. Ele tinha feito umas pesquisas e acreditava que seus ancestrais tinham ido da Sibéria para a América do Norte e dominado o povo indígena.

Hannah pegou uma caneta da caneca de café rachada que tinha ganhado uma nova vida como porta-canetas. O dia seria cheio. Com seus deveres como jurada do concurso, sua participação para promover o evento do sr. Hart, e o trabalho na Cookie Jar, não teria nem um segundo a perder.

Hannah escreveu a data no alto da folha. Agora que Boyd estava morto, teriam que escolher outro jurado para o concurso. Ela duvidava que alguma das concorrentes da véspera fosse chorar sua morte. Talvez até pensassem que merecia seu destino, já que tinha feito comentários bastante desairosos a respeito dos doces.

E se uma delas tivesse se doído com a derrota? Hannah mastigava a ponta da caneta. Seria possível que uma concorrente ou um familiar de concorrente tivesse seguido Boyd até em casa, o confrontado na garagem e martelado sua cabeça? Achava improvável, mas não podia descartar sumariamente essa hipótese. Já que todas as competidoras do concurso permaneceriam em Lake Eden até a noite de sábado, ela teria bastante tempo para investigar essa teoria.

Hannah fez uma anotação na primeira linha: *Verificar álibis de concorrentes e parentes.* A vencedora não era suspeita, mas investigaria as três eliminadas. O assassinato de Boyd não tinha sido premeditado, Hannah tinha certeza. Se o assassino tivesse entrado na casa de Boyd com o objetivo de matá-lo, teria levado a própria arma, e não pegado o martelo do painel de ferramentas de Boyd.

A segunda linha esperava para ser preenchida, e Hannah anotou o intervalo de tempo, *Quarta-feira à noite 20h30 - 22h.* Pensou por um instante e então acrescentou: *Entrevistar vizinhos de novo.* Representantes da delegacia do xerife já tinham conversado com eles, mas não faria mal conversar de novo. Às vezes as pessoas não queriam se envolver e diziam o mínimo possível às autoridades.

Uma olhadela para o relógio e Hannah soube que era hora de sair de casa, mas ela tirou um minutinho para acrescentar mais uma anotação à lista. *Rancor local*, ela escreveu. Era possível que o assassinato não tivesse a ver com os comentários horríveis de Boyd como jurado substituto. Alguém já estava com raiva a ponto de pegar o martelo e usá-lo no crânio de Boyd, e ela precisava descobrir se mais alguém de Lake Eden tinha uma boa razão para querer a morte dele.

Lisa tinha chegado mais cedo outra vez e tudo já estava em ordem quando Hannah apareceu na Cookie Jar. Hannah preparou algumas coisas na confeitaria, depois foi à cafeteria para curtir os vinte minutos inesperados de ócio. Não acendeu as luzes. O gesto seria um convite a clientes adiantados. Apenas se serviu de outra xícara de café e se sentou em uma das mesinhas redondas para aproveitar a visão que os clientes tinham de seu balcão reluzente de mogno e das prateleiras que continham jarros cheios dos cookies à venda naquele dia.

A ideia de abrir a Cookie Jar tinha sido de Andrea. Quando largou a faculdade para voltar para casa e ajudar a mãe a enfrentar a morte do pai, Hannah deixou muitas pontas soltas. Embora a família insistisse para que ela retomasse os estudos e terminasse a dissertação, a perspectiva de lecionar literatura inglesa para uma classe de estudantes pouco inspirados já tinha perdido o encanto. Havia também uma outra razão, uma razão confidencial, sobre a qual não tinha falado nem para a mãe nem para as irmãs: o campus era pequeno demais para Hannah, o ex-amante e sua nova esposa.

Hannah suspirou e envolveu a caneca de café com as mãos. O velho lugar-comum era verdadeiro, e o tempo realmente curou. Nas raras ocasiões em que pensava em Bradford Ramsey e no tempo que passaram juntos, sentia apenas uma leve pontada de arrependimento.

Ele estava em seu primeiro semestre como professor, e era jovem, bonito e genial. Hannah estava muito apaixonada e era tão ingênua quanto uma mulher de sua idade poderia ser. Deveria ter desconfiado de que a razão por que Bradford nunca podia passar os feriados com ela tinha menos a ver com os pais idosos e mais com a noiva, que na época morava com os sogros.

Hannah tinha crescido muito desde sua volta a Lake Eden. Amava o trabalho, era muito mais segura de si e tinha conseguido estabelecer uma relação de carinho com Andrea. Tinha até aprendido a lidar com a mãe, o que não tinha sido fácil. O único setor da vida que ainda lhe causava problemas era o romântico. Depois de essa porta ter sido batida na sua cara, tomaria muito cuidado antes de abri-la de novo.

A vista da janela ampla de vidro era espetacular, e Hannah abriu um sorriso. O sol de inverno despontava no horizonte, e os raios amarelados tocavam nos telhados cobertos de neve, fazendo-os cintilar como se fossem feitos de cacos de vidro colorido. O imenso pinheiro, que ficava do outro lado da rua, lembrava uma árvore de Natal com a neve perfeita cobrindo os galhos. Vários gaios-azuis e cardeais vermelhos estavam empoleirados nos galhos como se fossem enfeites de passarinhos.

Hannah estava ali sentada, curtindo a vista perfeita, quando um carro parou na frente da loja. A nuvem de fumaça branca surgiu do escapamento, e Hannah se levantou e se aproximou da janela para ver quem estava dentro do automóvel. Não reconhecia o carro. Era um novo Grand Am num tom vermelho berrante e a placa era da concessionária. Em uma cidade do tamanho de Lake Eden, carros novos davam aos seus donos o direito de se gabar, e Hannah não tinha ouvido ninguém contar que tinha comprado um carro.

A porta do motorista se abriu e uma mulher saltou. Tinha cabelo preto curto, num corte estiloso, e usava um casaco caro azul-petróleo que Hannah já tinha visto na vitrine da Beau Monde Fashions. A mulher se virou e foi em direção à porta da Cookie Jar e Hannah ergueu as sobrancelhas, surpresa. Era Lucy Richards, repórter do *Lake Eden Journal*, que tinha mudado totalmente de visual.

Mentalmente, Hannah somou o preço das novas aquisições de Lucy. O casaco tinha custado quatrocentos dólares. Hannah sabia porque tinha perguntado o preço no dia em que o viu na vitrine de Claire Rodgers. As botas de couro forradas de pele que Lucy estava usando não saíam baratas, e Hannah nem conseguia imaginar quanto estava custando o extravagante Grand Am. Lucy morava no sótão da tia-avó, Vera Olsen, sem pagar aluguel, mas isso não bastava para poder comprar todas aquelas coisas. Rod Metcalf, o dono e editor do jornalzinho semanal, pagava pouco acima do salário mínimo. Era impossível que Lucy tivesse economizado dinheiro suficiente para o casaco novo, as botas novas *e* o carro novo!

Hannah se recostou contra a parede, na esperança de não ser vista. Nem por um decreto abriria as portas mais cedo para Lucy Richards. Tinham tido um bate-boca na semana anterior, depois que a matéria de Lucy sobre o Concurso de Doces das Farinhas Hartland saíra no jornal. Ela tinha colocado palavras na boca de Hannah, que ainda estava se remoendo por conta da história.

Lucy bateu à porta e ficou parada, batendo o pé com impaciência. Hannah deixou que batesse, sabendo muito bem que estava um gelo lá fora. Abriria a loja dali a menos de quinze minutos, e talvez Lucy desistisse e fosse embora.

Então Lucy começou a tremer, e Hannah se apiedou. Talvez tivesse ido até ali para pedir desculpas pelo erro ao citá-la. Hannah se levantou da cadeira, acendeu a luz e foi à porta para destrancá-la.

– Está fazendo frio à beça lá fora! – Lucy entrou depressa e bateu os pés no capacho junto à porta. – Tem café pronto?

– Claro. – Hannah indicou um banco e foi para o balcão para servir uma xícara a Lucy.

– Obrigada. Vou querer dois desses cookies de aveia com passas. – Lucy envolveu a caneca com os dedos, um pouco trêmula. Em seguida, respirou fundo e disse: – Me desculpe pela matéria. Meu gravador não funcionou e escrevi como me lembrava.

Não era um pedido de desculpas legítimo, mas o fato de Lucy oferecer qualquer tipo de justificativa era inédito.

– Mas não foi para isso que eu vim.

– Ah? – Hannah serviu dois cookies de aveia com passas em um dos guardanapos brancos com o nome da loja em letras vermelhas. Em seguida, pegou um pano e limpou o balcão, que já estava impecável. Lucy queria alguma coisa, e Hannah não ia perguntar o quê. Iria esperar e obrigar Lucy a dar o primeiro passo.

– Eu queria falar com você a sós, Hannah. – Lucy terminou o primeiro cookie e começou o segundo. – Eu sei que a gente pensa diferente, mas quero que você entenda que tenho um trabalho a fazer.

– Deve ser um *ótimo* trabalho. – Hannah indicou o Grand Am novo. – Esse carro deve ter custado uma fortuna.

– É alugado. E eu não ganhei o dinheiro para isso no jornal. O Rod me paga só uma fração do que mereço.

Era uma fala muito direta, e Hannah podia pensar em diversas réplicas adequadas. Precisou morder a bochecha, mas não deu voz a nenhuma delas. Preferiu dizer:

– Reparei que você está de casaco novo. É lindo. E as botas também são novas.

Depois que o comentário foi feito, Hannah se recostou e aguardou. Depois de seis anos de faculdade enfrentando filas quilométricas para se matricular todo semestre, era perita em esperar.

– Sim. – Lucy estava meio incomodada. – A verdade é que paguei com o adiantamento.

– Adiantamento?

– Pelo meu livro.

– Sério? – Hannah ficou curiosa. – Não sabia que você tinha escrito um livro.

– Ah, mas eu ainda não escrevi. É por isso que chamam de adiantamento. Vai ser um livro expondo uma pessoa rica e famosa.

– Então não é ninguém de Lake Eden!

– Verdade. – Lucy soltou uma risadinha. – Não posso contar nenhum detalhe, Hannah. Meu editor não quer que eu diminua o choque que vai ser quando meu livro for lançado.

– Quando vai ser?

– Ainda não sei. Tudo depende de quando vou terminar de escrever. A editora tem muita pressa, mas eu avisei que não queria deixar o Rod na mão no jornal. Ele depende de mim para todas as matérias importantes.

– Quanta lealdade da sua parte. – Hannah precisou reunir todas as forças para não gargalhar. Rod tinha contratado Lucy como um favor a Vera Olsen, e Hannah sabia que ele não queria deixar Lucy escrever sobre nenhuma notícia que considerasse importante.

Lucy se empertigou um pouco, se empolgando com o assunto.

– Eles acham que vai ser o livro do ano. Foi por isso que recebi um adiantamento tão grande.

– Entendi. – Hannah encarou a afirmação com um bocado de desconfiança. Lucy nunca tinha mencionado que conhecia pessoas ricas e famosas, e Hannah suspeitava de que ela tivesse inventado aquela história toda para explicar o carro e o guarda-roupa novos. Ou Lucy tinha estourado os cartões de crédito ou o dinheiro tinha sido um presente de algum amante com grana para dar e vender. Hannah desconfiava desta última possibilidade. Vera contara a Delores que a sobrinha-neta Lucy tinha sido expulsa da faculdade por ser "desenfreada".

Lucy pegou o caderno e virou as páginas até chegar a uma folha em branco.

– Me conta o que aconteceu ontem à noite. Eu estou escrevendo a matéria.

Hannah titubeou. Não ia permitir que Lucy botasse palavras na sua boca outra vez.

– Você não precisa que eu conte nada. Você estava lá.

Por alguma razão, o comentário desconcertou Lucy, pois ela bateu a caneca no balcão com um baque.

– Eu estava *onde*?

– No concurso. Vi você conversando com algumas das concorrentes.

Lucy revirou os olhos.

– Não se faça de boba, Hannah. A gente não está falando do concurso.

– Não? – Hannah adotou uma expressão totalmente inocente. – Então é do quê?

– Falei com o Rod que a gente devia usar como manchete da primeira página *Técnico local é assassinado*, e preciso dos detalhes de como você encontrou o corpo do Boyd Watson.

Hannah deu tudo de si para não suspirar. As pessoas já ficariam bastante transtornadas com o homicídio. O sensacionalismo só botaria gasolina nas chamas do pânico.

– O que te leva a pensar que eu estive lá?

– Uma das minhas fontes viu seu carro. Abre o jogo, Hannah. Eu preciso muito saber.

Hannah balançou a cabeça.

– Não posso falar, Lucy. Faz parte de uma investigação em andamento da delegacia do xerife.

– Grande coisa. – Lucy fez um muxoxo diante da preocupação. – Como ele estava? E o que a Danielle disse? É sobre isso que as pessoas querem ler.

– Então elas vão ter que esperar pelo comunicado oficial à imprensa. – Hannah se manteve firme. – Se você quer os detalhes, vai ter que ir até a delegacia e perguntar.

– Eles não me contam nada. Nunca contam. Vai, Hannah. Eu deixo você ler a matéria antes de ela ir para a gráfica, e você pode cortar o que quiser.

Hannah não acreditou nem por um segundo, mas não era essa a questão.

– Eu já falei, Lucy. Não posso contar nada sem que a delegacia do xerife aprove.

– Então você está trabalhando com eles para desvendar o crime?

Lucy anotou alguma coisa no caderno e Hannah franziu a testa.

– Não foi isso que eu disse!

– Mas você teve algo a ver com a solução do último caso de homicídio, não teve?

Hannah sabia que estava andando na corda bamba. Era verdade que ela tinha ajudado Bill a desvendar o assassinato de Ron LaSalle, mas ninguém deveria saber.

– Não teve? – Lucy repetiu.

Lucy estava fechando o cerco, e Hannah entendeu que precisava falar alguma coisa. Ela se conformou em declarar:

– Não fiz muita coisa, Lucy. Só repassei informações que apareceram no meu caminho. Qualquer cidadão responsável e cumpridor das leis de Lake Eden faria a mesma coisa.

– Ah, claro. – Lucy revirou os olhos. – Bom, se é esse o jogo que você quer jogar. Vamos voltar ao técnico Watson. Você tem alguma suspeita de quem possa ser o assassino? Afinal, você foi a primeira a chegar na cena do crime.

– Não.

– Não, você não foi a primeira a chegar na cena do crime? – Lucy segurava a caneta acima do papel. – Ou não, você não tem nenhuma suspeita?

– Não para as duas. – Hannah aliviou a consciência ponderando que não estava exatamente mentindo. Danielle tinha encontrado Boyd, e, portanto, ela não tinha sido a primeira a chegar na cena do crime. E não tinha nenhuma suspeita *verdadeira*, pelo menos não por enquanto.

– E a Danielle? Ela tinha algum motivo para matar o marido?

Hannah conteve uma réplica ríspida sobre a família de Lucy.

– Eu não sei mesmo, Lucy. E não posso especular. Você está perguntando à pessoa errada. Devia estar conversando com o Bill ou o Mike Kingston.

– Eu queria fazer mais do que só conversar com o Mike Kingston. – Lucy levantou a mão para afofar o cabelo curto. – Mas acho que eu não devia estar dizendo isso para *você*.

Hannah rangeu os dentes. Lucy tentava alfinetá-la para que deixasse escapar alguma informação, e ela se recusava a entrar nesse jogo.

– Desculpa, Lucy. Eu já disse, não posso contar nada. Para falar a verdade, não devia nem estar conversando com você.

– Isso significa que você sabe mais sobre o caso do que pode me contar?

– Não. Significa que eu devia estar me preparando para abrir a loja. Você está desperdiçando seu tempo à toa, Lucy. E já passou da hora de você ir embora. É um dólar e 25 centavos pelos cookies e o café.

– Me cobra depois. Estou com pressa. – Lucy se levantou e tomou o rumo da porta. Quando chegou lá, se virou e disse: – Como você não colabora com um membro respeitado do Quarto Poder, vou ter que falar com a Danielle!

Hannah resmungou quando Lucy foi embora batendo a porta. Ela pegou o telefone, digitou o número de Mike na delegacia do xerife e torceu para que ele tivesse chegado cedo.

– Kingston. – Mike atendeu no terceiro toque.

– É a Hannah. Estou na loja e a Lucy Richards acabou de sair. Ela tentou me arrancar informações sobre o assassinato do Boyd Watson.

– Imagino. – Mike deu uma risadinha. – Ela ligou para a casa do Bill assim que a notícia saiu na KCOW e não teve uma recepção muito calorosa.

– Aposto que não. – Hannah esboçou um sorriso. – O Bill é um docinho de manhã.

– Foi a Andrea que atendeu. É o dia de folga dela, e o Bill estava no banho.

– Ih. – O sorriso de Hannah ficou mais largo. Quem acordava Andrea às seis no dia de folga dela ouvia uma bronca e tanto. – Quando a Lucy saiu, ela disse que ia falar com a Danielle. Você tem como manter ela longe?

– Sem problema. O Rick Murphy está vigiando o quarto dela e pedi para ele não deixar ninguém entrar.

– Ótimo. – Hannah ficou satisfeita por um instante, mas depois se deu conta de tudo o que estava implícito na fala de Mike. – A Danielle pode receber *algumas* visitas, né?

– Neste momento, não é recomendável.

– Por razões médicas?

– Não. Ela ainda está bem resfriada, mas o Doc Knight disse que ela não corre perigo. – Mike se calou por um instante e depois suspirou. – Escuta, Hannah. Você goste ou não, a Danielle é nossa suspeita principal.

– Mas até presidiários podem receber visitas na cadeia – Hannah objetou. – Você já colheu o depoimento da Danielle, não foi?

– Foi.

– Então não tem como alguém influenciá-la, ou dizer a ela o que falar.

Houve silêncio por um instante, depois Mike suspirou.

– Verdade.

– A Danielle não está sob custódia, né?

– Não, não oficialmente.

– Então você devia permitir minha visita. – Hannah pôs seus argumentos em ordem. – Ela está totalmente sozinha, Mike, e deve estar enlouquecida de pavor. Não é justo que ela fique trancafiada e isolada dos amigos se vocês ainda não a acusaram de nada oficialmente.

– Certo.

– Posso visitar?

– Pode, mas só você. Vou ligar para o Rick e avisar que você pode entrar.

Hannah respirou aliviada.

– Ótimo! Vou agora de manhã levar uns cookies.

– Hannah?

– Sim, Mike.

– Você está indo só como amiga, não é isso?

– Claro que sim.

– Você não resolveu ignorar meus conselhos e se envolver?

– Você devia deixar de bobagem, Mike. Eu nunca ignoraria seus conselhos. – Hannah respondeu com a verdade, mas não deu voz à outra metade de seus pensamentos. "Pensei muito no seu conselho ontem à noite e cheguei à conclusão de que você está errado e eu estou certa. E como não tem mais ninguém do lado da Danielle, pode apostar que vou me envolver, sim!".

Capítulo 5

Hannah tinha acabado de servir o último cliente matutino quando Lisa enfiou a cabeça pela porta vaivém que dava para a confeitaria.

– Hannah? Preciso que você dê uma chegadinha aqui.

– Já estou indo. – Hannah pediu licença a Bertie Straub, dona e cabeleireira da Cut 'n Curl, e foi para os fundos da loja. Ao empurrar a porta, ficou surpresa ao ver Delores sentada diante da mesa de trabalho de aço inoxidável com a bolsa no colo. Estava usando um conjunto de saia de lã e suéter vinho que pareceria juvenil demais em quase todas as matronas de Lake Eden, mas caía muito bem em Delores. O cabelo escuro brilhoso estava com um belo corte em camadas, e a maquiagem estava impecável. Hannah não se iludiu pensando que Delores tinha se arrumado para visitá-la no trabalho. Sabia que a mãe jamais botava os pés para fora de casa sem estar perfeitamente arrumada e penteada. Delores Swensen sempre se esforçava para ser uma modelo perfeita, só à espera de que as câmeras começassem a gravar.

– Mãe? – Hannah ficou confusa. Nas raras ocasiões em que Delores visitava a Cookie Jar, sempre entrava pela porta da frente. – Aconteceu alguma coisa?

– Não, minha querida. É só uma coisa que esqueci de te dizer ao telefone hoje de manhã. – Delores se virou para

Lisa. – Você pode assumir o posto da Hannah na loja por um instantinho, não pode, Lisa?

Lisa sorriu, entendendo a insinuação não muito sutil de que a conversa delas seria particular.

– Claro, sra. Swensen. Quer um cookie? Esses cookies de melaço acabaram de sair do forno.

– Não, obrigada, querida. O cheiro está uma delícia, mas estou cuidando as calorias. O Natal está chegando, entende?

Hannah contraiu os lábios. Delores usava roupas de tamanho pequeno desde que tinha se casado com o pai de Hannah e continuava cabendo nas mesmas peças. Em geral, as mulheres de Lake Eden que já tinham mais de meio século de vida tinham relaxado um pouco quanto à aparência, mas Delores estava decidida a ficar tão bonita quanto dieta, cabeleireiros profissionais, maquiagens com fórmulas especiais e cirurgias cosméticas lhe permitissem.

No instante em que Lisa cruzou a porta vaivém, Delores se virou para Hannah.

– Fiquei atordoada hoje de manhã, quando soube do Boyd, e esqueci completamente do motivo que eu tinha para te ligar.

– Ah? – Hannah pegou um cookie quentinho e provou, sabendo muito bem que era o predileto da mãe. – Tem certeza que você não quer nem um cookie, mãe?

Delores hesitou.

– Bom... um só. Mas não me oferece mais porque não quero cair em tentação. Comprei um vestido lindo para o Natal e ele não vai caber se eu engordar.

– Aqui, mãe. – Hannah lhe entregou o cookie. – O que você queria me falar?

– Eu não acho que você deva pôr todos os seus ovos em uma cesta só.

– Quê?

– Só quero que você tome cuidado, querida. Sei que você sente atração pelo Mike, mas seria uma verdadeira pena deixar um bom pretendente como o Norman escapar. A Lucy Richards está atrás dele, sabia? A Carrie me contou ontem à noite.

– A Lucy Richards? E o Norman? – Hannah achava difícil acreditar no que estava ouvindo. Norman, um cara doce e divertido, e a repórter que se achava uma Bob Woodward eram uma combinação tão estapafúrdia quanto óleo e água. – Ele está saindo com ela?

– Ainda não, mas a Carrie falou que deu uma passada na clínica na semana passada e o Norman estava no consultório com a Lucy, de portas fechadas. Depois que a Lucy foi embora, a Carrie perguntou sobre ela e o Norman ficou bastante reticente.

– Reticente?

– A Carrie perguntou por que ele estava no consultório com a Lucy e ele não quis contar. Tem alguma coisa acontecendo, Hannah, e a Carrie não está gostando nada disso. Acho que é melhor você começar a prestar mais atenção ao Norman antes que a Lucy aproveite a fossa dele para agarrá-lo.

Hannah ficou boquiaberta. Que fossa? Ela tinha saído com Norman três vezes, e os encontros não tiveram nada de românticos. Mas falar isso só prolongaria a discussão, e ela precisava voltar ao trabalho.

– Me considere avisada. Vou conversar com o Norman hoje mesmo, prometo.

– Converse mesmo. – Delores pareceu satisfeita, pois se levantou e alisou a saia. – Preciso ir, querida. Eu falei para a Carrie que pegaria ela daqui a dez minutos.

– Vão ao shopping fazer as compras de Natal? – Hannah palpitou.

– Claro que não. – Delores ficou ligeiramente ofendida. – Eu faço minhas compras no dia seguinte ao Natal. As promoções são inacreditáveis. Meus presentes estão embrulhados e guardados faz quase um ano.

Hannah se despediu da mãe e voltou para o salão da loja. Delores sempre tinha sido incrivelmente organizada. Hannah admirava essa qualidade na mãe, mas sabia que jamais daria certo com ela. Se comprasse os presentes do ano seguinte no dia depois do Natal, se esqueceria de onde os tinha guardado e teria que sair correndo no último instante para recomprar tudo.

Nas duas horas seguintes, Hannah serviu café e cookies sem parar. Nas incursões às mesas, levando cookies e o bule de café para reabastecer as xícaras, ouviu pelo menos uma dezena de teorias sobre o assassinato de Boyd Watson. Kathy Purvis, a esposa do diretor do colégio, imaginava que Boyd tinha interrompido um furto em andamento. Lydia Gradin, que era caixa do First National, tinha certeza de que a culpa era de um bando de gângsteres de Minneapolis. A sra. Robbins e suas amigas moradoras do Lakewood Senior Apartments achavam que o assassino devia ter fugido do reformatório masculino federal que ficava em St. Cloud, e já o sr. Drevlow, vizinho de Lisa, insistia que devia ter sido um lunático homicida do hospital público de Wilmar, solto devido aos cortes de gastos. Só uma pessoa falou no Concurso de Doces das Farinhas Hartland, e mencionou só de passagem. "Digger" Gibson, o agente funerário da cidade, especulava que um velho inimigo teria reconhecido Boyd na televisão durante o concurso culinário e ido a Lake Eden para matá-lo. Hannah não ouviu ninguém dizer o nome de Danielle sem complementar com a expressão "a pobre coitada", e presumia que, até então, o segredo vexaminoso de Boyd estava guardado. Ela também sabia que os pensamentos solidários soprados na direção de Danielle poderiam se transformar em desconfiança num piscar de olhos. Se os moradores de Lake Eden descobrissem que Boyd espancava Danielle, teriam a convicção de que ela o havia matado para se defender ou para retaliá-lo.

Quando o relógio marcou onze e quinze, só havia restado um cliente. Estava tarde demais para quem queria um cookie como café da manhã, o intervalo para o cafezinho de todo mundo já havia terminado e os fregueses que comiam um cookie depois do almoço só apareceriam a partir do meio-dia. Hannah estava começando a passar um café fresquinho para deixá-lo pronto para a correria do almoço quando Andrea entrou na loja.

– Oi, Hannah. – Andrea pendurou o casaco no cabideiro quase vazio e ocupou um banco diante do balcão. Ela deu uma olhada no velho sr. Lempke, que a filha deixara aos cuidados de Hannah enquanto corria até a farmácia, e franziu um pouco a testa. – Ele está com o aparelho auditivo ligado?

Hannah acenou que não.

– A Roma tirou a bateria para levar na farmácia e comprar outra.

– Que bom. Preciso conversar com você sobre a Danielle. O Bill me contou tudo e quero fazer alguma coisa para demonstrar meu apoio. Eu não acredito de jeito nenhum que foi ela quem o matou, mas se foi, ele mereceu!

– Eu sei. – Hannah serviu uma caneca de café do jarro que tinha enchido antes de esvaziar a térmica e a empurrou para a irmã. Andrea estava corada, sua cor quase se equiparando à de seu caro cashmere rosa-coral, e os olhos azuis estavam arregalados. – Você está chateada à beça, né?

– Pode apostar que estou! O Bill falou que o xerife Grant tem certeza de que a Danielle é a culpada, e você sabe o que *isso* quer dizer.

– Infelizmente sei. – Hannah começou a franzir a testa. – Eles estão só seguindo o protocolo?

– É isso aí. O Bill falou que não tem coragem de arriscar a própria pele por isso. Não faz nem dois meses que virou detetive e ninguém dá ouvidos a ele. E ele acha que o Mike também não vai enfrentar o xerife Grant.

– Porque ele acabou de ser transferido?

– Por isso e porque ele não tem certeza de que *não foi* a Danielle.

Hannah ficou tão chocada que, por um instante, emudeceu. Quando conseguiu falar, sua voz estava dura.

– Ele é o quê, idiota? Eu *falei* para ele que a Danielle não seria capaz de matar o Boyd!

– Não dá para criticar ele, Hannah. Mike não conhece a Danielle que nem a gente, ele ainda tem aquela cabeça de policial de cidade grande. Aposto que em Minneapolis tem um monte de mulher vítima de abuso que mata o marido.

– Mas nós estamos em Lake Eden – Hannah lembrou a ela. – Aqui é diferente.

– Eu sei. – Andrea soprou a superfície da xícara e deu um golinho titubeante. – Como é que seu jarro mantém as coisas tão quentes? A gente tem o mesmo jarro e o nosso café está sempre morno.

– Você enche de água fervente e deixa alguns minutinhos antes de despejar o café?

– Não, mas amanhã de manhã vou fazer isso para testar. Então, o que a gente vai fazer primeiro, Hannah?

– A respeito do quê?

– Da Danielle. Cabe a nós provar que ela não matou o Boyd.

Hannah recuou e fitou a irmã com uma expressão surpresa.

– *A nós?*

– Você não estava achando que eu ia deixar você resolver essa situação sozinha, né? – Andrea deu um sorriso presunçoso. – Não sou tão boa de bisbilhotagem quanto você, mas estou aprendendo.

Hannah não sabia direito se gostava de ser considerada uma bisbilhoteira, mas deixou para lá.

– Vamos lá para a cozinha, traz o seu café. Preciso separar os ingredientes que vou usar hoje à noite.

Depois que a troca foi realizada e Lisa já havia substituído Hannah atrás do balcão, Andrea se sentou diante da mesa de trabalho com o casaco no colo e ficou observando Hannah encher uma caixa com os ingredientes da sobremesa que pretendia fazer na televisão.

Hannah era muito eficiente, media os ingredientes e os colocava em potes de plástico. Depois de reunir tudo o que precisava, começou a organizar a caixa. Havia um pote de açúcar, meio quilo de manteiga e um saco cheio de damascos cortados em pedacinhos. Hannah guardou também um pão branco fatiado, a receita escrita à mão e foi até a câmara fria para verificar se tinha uma quantia suficiente de ovos e creme. Depois de encaixar a tampa na caixa, ela se virou e se deparou com o olhar curioso de Andrea.

– Que foi?

– Eu estava só tentando desvendar o que você vai preparar esta noite.

– Pudim de pão de damasco. Era uma das receitas preferidas da bisavó Elsa, mas ela usava passas em vez de damasco. Eu gosto mais desse jeito.

– Eu também. Damasco é bem melhor que passas. Então, o que a gente vai fazer, Hannah?

– Durante o jornal não dá tempo de eu cozinhar de verdade, então faço antes e preparo outro diante das câmeras. Foi isso que eu fiz com a massa bem amanteigada para a torta de morango Swensen.

– Não é isso. Estou perguntando o que a gente vai fazer quanto à Danielle. A gente tem que ajudar ela.

– Eu sei. Mas e o Bill? Ele não vai gostar se você se envolver em outra investigação de homicídio.

Andrea fez um gesto de quem não se importa.

– Ele anda tão ocupado que não vai nem perceber. Vamos visitar a Danielle no hospital. A gente precisa saber de todos os fatos antes de começar.

– Você não pode visitar ela, Andrea. Convenci o Mike a me deixar visitá-la, mas só eu posso.

– Eu sei. O Bill me falou. Mas quem está de vigia na porta dela é o Rick Murphy, e conheço ele do ensino médio. Se eu ficar batendo papo com ele, ele não vai ouvir o que você e a Danielle estão dizendo.

– Genial. – Hannah ficou impressionada.

– Obrigada. Então você vai deixar que eu te ajude, né, Hannah?

Hannah titubeou, enchendo um saquinho de cookies para Danielle antes de responder.

– O Bill vai me matar se descobrir, mas sua ajuda seria uma mão na roda.

– Que bom! – Era óbvio que Andrea estava contente. – Sabe de uma coisa, eu gosto muito de fazer coisas com você, Hannah. É uma pena que só com o assassinato do Ron LaSalle a gente tenha se unido dessa forma.

Hannah pensou nisso enquanto ia à loja para pedir que Lisa aguentasse firme até elas voltarem. Era *mesmo* uma pena que sua relação com Andrea só tivesse virado uma amizade depois de fazerem sua primeira investigação de assassinato juntas. Antes disso, havia uma competição entre as duas irmãs, uma com a impressão de que a outra tinha a vantagem.

Andrea tinha sido a irmã popular, a que nunca ficava sem par. Linda e mignon, a quintessência da rainha do baile de formatura, ela ficava à vontade em qualquer evento social, principalmente quando havia garotos no meio. Andrea era uma versão mais jovem de Delores, e sua popularidade era prova disso. Hannah, por outro lado, lembrava o pai. Era alta, magricela e extremamente talentosa, com a tendência lastimável de demonstrar seu senso de humor ferino. Os garotos gostavam muito de Hannah como parceira de estudos ou amiga cheia de tiradas mordazes, mas ela não deixava nenhum adolescente de mãos suadas. Esse era o forte de Andrea. Bill sempre dizia que, com seu charme, Andrea seria capaz de convencer os passarinhos a saírem das árvores, e era verdade. E Hannah sabia que a única maneira de conseguir a mesma coisa seria se carregasse uma espingarda e atirasse neles.

Quando Hannah voltou à confeitaria, pegou o casaco de inverno e a caixa de ingredientes e se deparou com Andrea de cara fechada.

– O que foi dessa vez?

– Você não vai ao hospital *assim*, né?

– Assim como? – Hannah ficou confusa.

– Com esse casaco velho detonado.

– Meu casaco velho detonado estava novo no ano passado – Hannah informou. – E aquece bem mais do que esse seu sobretudo ridículo.

– Meu sobretudo não é ridículo. É uma cópia perfeita do sobretudo de couro que apareceu na *Vogue* do mês passado!

– Para usar em Nova York. A gente está em Minnesota. Não dá para usar um casaco sem forro que mal bate nos joelhos se a temperatura está abaixo de zero.

– Eu dou conta. – Andrea vestiu o casaco e foi até a porta dos fundos. Depois de dar um passo para fora, ela se virou para

Hannah. – Não é porque está frio que você precisa parecer um esquimó. Meu casaco está em alta.

– Isso vai te causar uma queimadura de frio do joelho para baixo. – Hannah a conduziu até o SUV. – Pelo menos use uma meia de lã junto.

– Mas isso não faria sentido algum. É sério, Hannah. Você não tem a menor noção de moda.

Hannah estava pronta para dar um sermão na irmã quando se deu conta de que estavam discutindo à toa. Ela abriu um sorriso ao destrancar o carro, se acomodou atrás do volante e esperou Andrea entrar. Talvez sempre fossem discutir como na época do ensino médio, mas os bate-bocas já não precisavam virar brigas.

Hannah esperou Andrea pôr o cinto de segurança, depois voltou atrás com toda a graciosidade que lhe era possível.

– Esquece o que eu disse, Andrea. Sei que o meu casaco não é muito bonito. E concordo que um pouco da sua noção de moda me faria bem.

– E ter um pouco do seu bom senso também viria a calhar para mim. Hoje está muito mais frio do que eu imaginava.

– Eu tenho uma coberta. – Hannah esticou o braço para pegar a colcha velha que tinha deixado no banco de trás para casos de emergência. – Se enrola aí, Andrea. O carro demora uma eternidade para esquentar.

Andrea pegou a colcha e a esticou sobre o colo.

– Obrigada, Hannah. A gente devia ir juntas ao shopping uma hora dessas para se ajudar.

A sugestão pairou no ar gélido por um instante. Depois as duas irmãs caíram na risada, imaginando as brigas que teriam caso fossem às compras juntas.

O Lake Eden Memorial Hospital ficava na Old Lake Road, a oito quilômetros da Cookie Jar e bem longe do centro da cidade. Tinha sido construído em uma colina com vista para a superfície congelada do lago, e era o grande orgulho da vida de Doc

Knight. O prédio de blocos de concreto em forma de V tinha sido pintado em um tom alegre de amarelo, e era todo rodeado por pinheirinhos plantados para que todas as duas dúzias de quartos tivessem vista para o verde e para o Eden Lake.

Hannah dirigiu até os fundos do edifício e entrou no estacionamento. Não havia muitos carros ali àquela hora do dia, e ela parou ao lado do Explorer novo de Doc Knight. Havia postes com tomadas elétricas em uma fileira de vagas mais distantes para as enfermeiras e os funcionários, mas Hannah resolveu que não precisava ligar o carro. Não ficariam mais de uma hora, talvez ficassem até menos que isso.

– Preparada? – Hannah se virou para a irmã.

Andrea acenou que sim e recolheu a colcha.

– Detesto hospital.

– Eu também. – Hannah esperou Andrea sair e trancou o carro. Caminharam no mesmo ritmo, e ao chegar à porta do hospital, Hannah abriu a porta de vidro grossa e elas entraram no prédio. Bateram os pés, esfregando as botas no capacho, e depois atravessaram as portas duplas que davam para a recepção espaçosa.

Os horários de visita eram indicados em uma placa afixada acima da mesa da recepção. Iam das duas às quatro e das sete às nove horas. Era quase meio-dia, e a recepção estava deserta. Hannah não se deu ao trabalho de apertar a campainha para ser atendida. Não devia ser muito complicado achar o quarto de Danielle. Seria o único com um policial fardado na porta.

O corredor do hospital cheirava a desinfetante e couve-flor. Ou, pelo menos, Hannah esperava que fosse couve-flor. A mistura a levou a franzir o nariz e desejar os aromas reconfortantes de baunilha e chocolate.

– Que cheiro horrível – Andrea sussurrou.

– Eu sei. – Hannah se perguntava se alguém já teria estudado quais fragrâncias deixavam os doentes ainda mais adoentados. Seria capaz de apostar que couve-flor estava bem no começo da lista.

– Acho que é a comida – Andrea comentou quando se aproximaram de um carrinho e viu uma bandeja com o almoço.

– Você trouxe uns cookies para a Danielle, não foi? Ninguém deveria ser obrigado a comer esse tipo de comida.

– Claro que eu trouxe. – Hannah mostrou o saquinho que trazia na mão, cheio de biscoitos de cacau, cookies de pecã tostados e cookies crocantes com gotas de chocolate.

– Essa comida é toda branca. – Andrea fez careta. – Eu sabia que era ruim, mas não *tão* ruim.

Hannah examinou a bandeja. Andrea tinha razão. A comida não tinha cor. Havia uma gororoba de baunilha em um copinho de plástico, uma entrada de peixe com um molho branco em cima, uma colherada de purê de batata, um compartimento cheio de couve-flor murcha no vapor, e uma fatia de pão branco com um pouquinho de manteiga. Hannah teria recusado o almoço mesmo se estivesse com fome. E como se via pelas bandejas quase intactas, a maioria dos pacientes do Lake Eden Memorial tinha feito isso mesmo.

– O quarto da Danielle deve ser aquele. – Andrea apontou para o final do corredor. – Ali está o Rick.

Hannah reconheceu a figura alta e magrela do filho mais velho de Cyril Murphy.

– Por quanto tempo você acha que consegue ficar de papo com ele?

– Por quanto tempo você precisar. Basta eu perguntar a ele sobre o filho recém-nascido. É o primeiro.

Hannah deu um passo adiante com seus cookies, um sorriso fixo no rosto. Rick prestava contas a Mike, e se desconfiasse de que aquilo era algo mais que uma visita amiga, ele falaria ao chefe. Hannah não queria nem pensar no que Mike diria caso se desse conta de que as irmãs Swensen tinham tomado para si a missão de provar que ele estava enganado e aproveitar para pegar o verdadeiro assassino de Boyd.

Pudim de pão de damasco

Não preaqueça o forno por enquanto – o pudim tem que descansar por 30 minutos antes de ir ao forno.

8 fatias de pão branco (*caseiro ou industrializado*)
½ xícara de manteiga derretida (*125 gramas*)
⅓ xícara de açúcar refinado
½ xícara de damasco seco picado (*não pique muito fino, a ideia é ter pedaços*)
3 ovos batidos (*é só batê-los com o garfo*)
2 ¼ xícaras de nata* (*pode usar metade leite e metade creme de leite*)

Creme de leite, chantili ou sorvete de creme para servir junto

* Nata é a palavra que a bisavó Elsa usava para falar do creme que ficava boiando no alto das garrafas de leite antigas.

Unte generosamente uma forma de tamanho médio. Retire a casca do pão e corte cada fatia em quatro triângulos (*basta fazer um X com a faca*). Derreta a manteiga em uma tigela grande que vá ao micro-ondas e mergulhe os triângulos de pão, mexendo-os um pouco com a colher para que fiquem cobertos de manteiga.

Disponha cerca de um terço dos triângulos no fundo da forma. Salpique um terço do açúcar e metade dos damascos picados.

Disponha metade dos triângulos de pão restantes, salpique metade do açúcar restante e junte TODOS os damascos restantes.

Cubra com o restante dos triângulos de pão. Raspe a tigela para pegar toda a manteiga que ainda estiver no fundo e jogue por cima. Salpique com a última parte do açúcar e reserve.

Bata os ovos na tigela de manteiga e bata a nata. Ponha por cima e deixe a forma descansar em temperatura ambiente por 30 minutos. (*É o tempo de o pão absorver a mistura de ovo com creme.*)

Preaqueça o forno a 175 °C, use a grelha do meio. Asse o pudim de pão sem cobri-lo, de 45 a 55 minutos, até ele ficar firme e a parte de cima dourada.

Deixe esfriar um pouco (*uns 5 minutinhos*) e sirva em pratos de sobremesa com creme de leite, chantili ou uma bola de sorvete de creme.

Você pode fazer essa receita com qualquer fruta seca, inclusive groselha e passas. A Andrea gosta de damasco, a mamãe prefere tâmara e a Michelle achou uma delícia com pera seca. Nunca testei a receita com ameixa seca. A única pessoa que eu conheço que gosta de ameixa seca é Carrie Rhodes. (Não vou tecer comentários sobre isso!)

Capítulo 6

– Hannah! Você veio!

– Claro que vim. Eu disse que viria. – Hannah tentou dar um sorriso entusiasmado, mas estava difícil. Danielle estava sentada na cama, havia vestígios de lágrimas recentes nas bochechas e ela estava com uma expressão que Hannah classificaria como "olhar de cachorro levando sermão".

– Achei que eles não fossem me deixar receber visitas. – A voz de Danielle tremeu um pouco.

– Eles não estão deixando, mas eu os convenci. – Danielle era o verdadeiro retrato da vítima, e Hannah entendeu que precisava fazer alguma coisa, caso contrário seriam vencidas sem nem tomar uma atitude. Danielle precisava de uma dose de coragem e da fé de que tinha controle sobre o próprio destino.

– Come um biscoito de cacau. – Hannah enfiou a mão no saquinho e lhe entregou um cookie. Em seguida, deixou o saquinho ao alcance de Danielle, na mesa de cabeceira. – O chocolate vai te animar e te dar energia.

Danielle mordeu o cookie e o esboço de um sorriso atravessou seus lábios.

– Obrigada, Hannah. Está uma delícia. Não consegui almoçar. Se você visse...

– Eu vi. Também não teria comido, não. – Hannah a interrompeu. A discussão sobre a comida do hospital seria um desperdício de tempo. – A Andrea está aí fora, distraindo o Rick Murphy. Não queria que ele tivesse a chance de ouvir a gente. Precisamos conversar, Danielle.

Danielle se alegrou bastante.

– Então você vai me ajudar?

– Claro que vou, mas preciso te fazer algumas perguntas sobre o Boyd. Você poderia esquecer que está se sentindo péssima e se concentrar um pouquinho?

– Eu já estou me sentindo bem melhor agora que você está aqui. – Um pouco de cor voltou ao rosto de Danielle, e ela deu batidinhas na cama. – Sente, Hannah, e eu conto tudo o que sei. Não é muita coisa. Tudo aconteceu como eu disse que aconteceu ontem à noite.

– Talvez você saiba de alguma coisa sem saber que sabe. – Hannah se deu conta de que sua frase estava confusa e tentou outra estratégia. – Vou fazer perguntas e você me responde, combinado?

– Combinado, mas só me diz uma coisa. Eles vão me prender?

– Não se eu tiver algo a dizer quanto a isso. A última notícia que soube é de que vão te manter no hospital por cinco dias, no mínimo.

– Melhor do que ir para a cadeia – Danielle comentou, mas não parecia estar convencida. – Eu não matei ele, Hannah. Você acredita em mim, né?

Hannah esticou o braço e deu batidinhas na mão dela.

– Eu acredito em você. É por isso que eu e a Andrea vamos tentar pegar o assassino verdadeiro. Agora, pensa muito bem, Danielle. Pode ser importante. Você notou alguma mudança no comportamento do Boyd recentemente? Digamos que na última semana? Alguma coisa que o tenha deixado mais bravo ou chateado do que o normal?

– Bom... – Danielle titubeou, e Hannah entendeu que ela estava refletindo. – Ele ficou muito bravo por causa dos Gulls.

Eles erraram nove lances livres na última partida. Mas não era nada anormal. Ele sempre ficava bravo quando perdiam.

– E as aulas dele?

– Foram todas boas. Ele estava todo orgulhoso da classe de história do quarto período. Os alunos fizeram um teste e todo mundo se saiu muito bem.

– Ele estava tendo problema com alguém do corpo docente?

– Não. – Danielle balançou a cabeça. – Estava tudo indo bem. A única coisa que me vem à cabeça que o aborreceu *de verdade* foi o telefonema que ele recebeu na terça.

Hannah sentiu uma comichão de interesse. Danielle nunca tinha mencionado o telefonema.

– Que telefonema foi esse?

– O que ele recebeu logo depois de chegar em casa para almoçar. Eu estava fazendo uma sopa de tomate no micro-ondas. Ele gosta... gostava disso.

O lábio de Danielle começou a tremer quando ela trocou o verbo do presente para o passado, e Hannah entendeu que era melhor distraí-la.

– Vamos voltar ao telefonema do Boyd. Quem foi que ligou para ele?

– Não sei. Ele não me falou.

– Mas você soube do telefonema?

– Sim. O Boyd estava na sala, esperando que eu servisse o almoço dele, e atendi o telefone na cozinha. Era uma mulher, e ela pediu para falar com o Boyd, então berrei para ele pegar a extensão.

– Você não reconheceu a voz dela?

– Não. Eu nunca tinha falado com ela. Disso tenho certeza. Mas sei que foi um telefonema local.

– Como você sabe? – Hannah indagou.

– Era meio-dia e ouvi o relógio da cidade marcar uma.

– Você ouviu o relógio marcar *uma*?

– O Boyd estava reclamando disso outro dia. Ainda está no horário de verão porque o Freddy Sawyer estava gripado na época em que era para ajustar o relógio. Sabe como é, adianta uma hora, depois atrasa uma hora?

– Sei.

– Bom, ninguém mais quis subir a escada e o Freddy só voltou a trabalhar uma semana depois. A impressão era de que ninguém tinha reparado que o relógio estava errado, e como ninguém reclamou, eles decidiram deixar assim para o ano que vem.

– Faz sentido. – Hannah achou graça. Às vezes as coisas em Lake Eden eram muito despreocupadas. – Vamos voltar ao telefonema. Pela voz, você saberia me dizer que idade a mulher tinha?

Danielle pensou um pouco.

– Ela não parecia ter a idade das alunas do Boyd, mas também não era idosa.

– Você se lembra de alguma peculiaridade dessa voz?

– Bom... ela meio que engolia as palavras.

Hannah ficou mais atenta.

– Como se estivesse bêbada?

– Não era isso. Era mais como se ela tivesse algum problema de dicção. Minha avó chamava isso de "boca de ovo". Você acha isso importante, Hannah?

– Talvez seja. Me conta tudo que ela falou. Repete palavra por palavra.

– Certo. A primeira coisa que ela disse foi: "o Boyd está?". Só que ela pronunciou "shhtá" em vez de "está". E quando eu disse que sim, ela disse, "Põe ele na linha". Ela também engoliu as sílabas quando disse isso, mas não sei imitar.

– "Põe ele na linha"? Não é meio rude falar assim?

– Eu achei que foi. Ela não me chamou pelo nome nem pediu por favor, nem nada assim. Parecia estar com muita pressa. E eu sei que o Boyd ficou muito bravo depois de falar com ela.

– Como você sabe?

– Logo depois de falar com ela, ele entrou na cozinha esbravejando e estava com a cara toda vermelha e meio manchada. Ele sempre fica assim quando está com raiva. A primeira coisa que ele fez foi me acusar de ouvir uma conversa particular, mas eu não ouvi, Hannah. Juro.

– Acredito em você. – Hannah imaginava já saber o que tinha acontecido em seguida. – Você se lembra do que ele disse?

– Lembro. Ele disse que o telefonema não era da minha conta, e que eu merecia ser punida por ouvir a conversa alheia. Jurei que tinha desligado assim que ele pegou a extensão, mas... mas ele disse que não dava para confiar em mim, e foi aí que ele fez isso aqui.

Danielle levantou a mão para tocar no olho roxo, e Hannah engoliu em seco. Boyd Watson era um autêntico agressor, mas não serviria a nenhum propósito ressaltar esse fato agora.

– Você disse que desligou o telefone assim que o Boyd atendeu na extensão. Você ouviu alguém falar alguma coisa antes de desligar?

– Ouvi o Boyd dizer alô. Eu precisava ficar na linha até ele atender, senão cortaria a ligação. E ouvi a primeira coisa que a mulher falou para ele. Foi: "Boyd, a gente precisa conversar".

– E foi só isso que você ouviu?

– Só isso. Depois desliguei. Até bati o telefone de leve, para o Boyd saber que eu tinha desligado.

– Então o Boyd ouviu você desligar, mas ainda assim te acusou de ouvir a conversa?

– Isso mesmo. Sei que é horrível dizer isso agora que o Boyd... não está mais aqui, mas acho que ele ficou nervoso por causa do telefonema e estava caçando briga. Você sabe como as pessoas ficam quando estão frustradas. Precisam descontar em alguém e eu estava... estava logo ali.

A resposta satisfez Hannah. Estava claro que o telefonema era importante.

– O que o Boyd fez depois de bater em você?

– Ele pediu desculpas e me abraçou. – O lábio de Danielle voltou a tremer. – Ele pegou gelo para eu botar no olho e logo depois ligou para o dr. Holland.

Hannah já sabia que o dr. Holland era o terapeuta de Boyd. Danielle já tinha contado essa parte.

– Por quanto tempo o Boyd conversou com o dr. Holland?

– Só o tempo de marcar uma sessão de emergência. Depois ele ligou para a escola para pedir que arrumassem um substituto para as aulas que daria à tarde e ele foi a St. Paul para ver o dr. Holland na clínica.

Hannah pensou que precisava se lembrar de verificar se Boyd tinha ido à sessão. Não seria fácil. O dr. Holland era seu psiquiatra, e psiquiatras não gostam de dar informações sobre os pacientes.

– A que horas o Boyd chegou em casa?

– Pouco depois das seis. Eu sei porque pus o *chili* no forno às cinco e meia e a embalagem dizia que era para cozinhar por trinta minutos. A comida estava pronta quando o Boyd chegou em casa, e ele adorou o prato. Disse que era o melhor *chili* que eu já tinha feito. E ele foi um doce comigo até o momento em que ele... ele morreu.

Hannah não conseguia pensar em nada para dizer. O espancador tinha sido um doce com a esposa depois de espancá-la. Para ela, não merecia elogio nenhum.

– Este quarto é bonito, né, Hannah? – Danielle mudou de assunto e Hannah aceitou. Ainda estava doente e já bastava de interrogatório para aquele dia. – Fico com saudades de casa, mas isso aqui não é de todo mal.

Enquanto Hannah olhava ao redor, ela se dava conta de que o chocolate que dera a Danielle estava dando resultado. O quarto de hospital era bastante normal e parecia um quarto de hotelzinho barato, só que extremamente limpo.

– Me falaram que as Senhoras Luteranas fizeram as colchas. – Danielle tocou na colcha de patchwork que cobria a cama. – E algumas outras senhoras que frequentam a igreja doaram os quadros. Adorei aquele ali ao lado da janela. Eu e o Boyd vivíamos falando de viajar para ver o mar.

Hannah se levantou para olhar o oceano que Danielle mencionava. Então outro quadro chamou sua atenção, um pendurado no banheiro, que estava com a porta aberta. Era um bordado de mãos em prece, e contava com a mensagem: “Ofereça sua dor como tributo ao Senhor”.

Hannah foi refletindo enquanto fitava o bordado. Se o Senhor fosse tão misericordioso quanto os três clérigos da cidade insistiam que era, Ele sem dúvida não desejaria o sofrimento de ninguém. E a ideia de que a dor pudesse ser um tributo era cruel!

– O que foi, Hannah? – Danielle perguntou. – Você achou outro quadro legal?

– Não. O Doc Knight deixa você se levantar para usar o banheiro, Danielle?

– Por enquanto, não. Ele diz que ainda estou fraca demais, que posso escorregar e cair. Mas ele jurou que amanhã vou poder me levantar.

– Que bom. – Hannah tampou o bordado com o corpo, o tirou da parede e o enfiou no maior bolso do casaco. Apaziguou a consciência dizendo a si mesma que não era roubo, já que pretendia levar a moldura de volta no dia seguinte com algo mais adequado. – Melhor eu ir embora, Danielle.

– Você vai procurar a mulher que ligou?

– É esse o plano. – Hannah se aproximou para dar tapinhas no ombro de Danielle. – Volto amanhã. E, enquanto isso, tenho um dever de casa para você.

Danielle sorriu.

– Se eu fizer o dever de casa, você traz mais cookies de chocolate?

– Óbvio – Hannah prometeu. – Eu quero que você faça uma lista, Danielle. Que anote o nome de todo mundo que tinha alguma razão para ter raiva do Boyd.

– Mas o Boyd não fez nada errado, Hannah. Por que alguém estaria com raiva dele?

Hannah entendeu que Danielle ainda estava em negação e nada do que dissesse a convenceria de que Boyd não era um bom marido, um bom vizinho, nem um bom homem.

– Não importa se o Boyd fez ou não fez alguma coisa errada. As pessoas ficam com raiva umas das outras, e nem sempre têm explicações plausíveis para isso. O Herb Beeseman deu uma multa de trânsito para a minha mãe três meses atrás. Ela admite que ultrapassou o limite de velocidade, mas ainda assim está irritada com ele.

– Entendo o que você quer dizer. – Danielle abriu a gaveta da mesa de cabeceira e pegou o bloco de anotações e a caneta da delegacia de Winnetka. – O Mike Kingston me deu isso aqui. É engraçado, Hannah. Ele me pediu para fazer uma lista igual.

– Pediu? – Hannah ergueu as sobrancelhas. Talvez tivesse se precipitado ao julgar Mike. Se tinha pedido para Danielle fazer uma lista, talvez não estivesse cedendo às ordens do xerife Grant. – Anota o nome de todo mundo em quem você pensar e dá uma cópia para cada um. Faz uma lista de todo mundo que estava irritado com o Boyd, por qualquer razão fosse.

Danielle abriu o bloco e pegou outro cookie.

– Que bom que você me pediu para fazer alguma coisa, Hannah. Me dá a sensação de que estou ajudando. Mas você tem certeza de que quer que eu anote o nome de *todo mundo*?

– Tenho certeza.

– Mesmo se for por bobagem?

– Não deixe ninguém de fora.

– Está bem. – Danielle anotou um nome na primeira linha. – Vou começar pelo Norman Rhodes.

– O Norman? – Hannah ficou surpresa. – Por que o Norman estava com raiva do Boyd?

– Porque ele cancelou três consultas seguidas e depois a obturação caiu. O Norman não ficou muito feliz de ter que ir ao consultório à meia-noite para fazer a restauração dele.

Hannah repensou suas instruções.

– Talvez seja melhor você anotar também *por que* cada pessoa estava brava com o Boyd. Vai facilitar a minha vida.

– Está bem. Vou anotar. Até amanhã, Hannah. Eu já vou estar com a lista pronta, prometo.

Hannah acenou e se dirigiu à porta, deixando Danielle com sua tarefa. Se o movimento da caneta na mão de Danielle era indício de alguma coisa, ela teria uma lista de suspeitos tão comprida quanto a lista telefônica de Lake Eden.

– Então? – Andrea perguntou no instante em que Hannah se acomodou atrás do volante.

– Então, quando eu saí a Danielle estava fazendo uma lista das pessoas que estavam com raiva do Boyd. – Hannah afivelou o cinto de segurança e girou a chave na ignição. – E me falou de um telefonema esquisito que o Boyd recebeu na terça, quando foi almoçar em casa.

Andrea ficou atenta enquanto Hannah lhe contava da ligação e do fato de Boyd ter deixado o olho de Danielle roxo logo após desligar o telefone. Quando Hannah terminou de narrar a história, Andrea disse:

– A Danielle tem razão. O telefonema pode ser a chave para a solução do assassinato do Boyd. Quem você conhece que tem problema de dicção?

– Tem o Freddy Sawyer, mas ele é do sexo oposto. – Hannah se referia a um homem com deficiência intelectual que fazia bicos pela cidade. – E a Lydia Gradin tem um leve ceceio, mas não engole as palavras. E você? Conhece alguém?

Andrea pensou enquanto Hannah saía da vaga no estacionamento do hospital.

– Tem a sra. Knudson. Ela engole as palavras desde que sofreu o derrame.

– Ela tem oitenta anos e a Danielle falou que a mulher parecia ser jovem – Hannah lembrou. – Também disse que a mulher foi rude. Dá para imaginar a avó do reverendo Knudson sendo grossa?

– Não, ela é sempre muito educada. Tem a Loretta Richardson. Ela ainda tem aquele sotaque arrastado do Sul, só que a Danielle reconheceria a voz. E a Helen Barthel gagueja de vez em quando, quando está nervosa, mas não engole as palavras.

– Mais alguém? – Hannah deu a volta no hospital e desceu a rampa coberta de neve.

– Acho que não. Deve ser alguém que a gente não conhece. A Danielle tem certeza de que foi ligação local?

– Certeza. – Hannah freou na placa de pare, olhou para os dois lados e virou na Old Lake Road. – Pode ter sido alguém que veio à cidade para o concurso. A maioria chegou na terça de manhã. Você tem tempo para dar uma passada no Lake Eden Inn?

– Eu tenho tempo *para dar e vender*. A Tracey só sai da pré-escola às quatro e hoje é meu dia de folga. Se não fosse a Lucy Richards, eu ainda estaria na cama. Aquela ariranha ligou quando estava amanhecendo!

– Ariranha?

– Ariranha. Agora que sou mãe, tenho que segurar a língua. É como diz a professora da Tracey, "os pequeninos têm orelhas grandes".

– Eu não sou pequenina, já sou adulta. Você não vai me corromper. – Hannah abriu um sorriso ao virar na rua que dava a volta no lago. – E concordo plenamente com você quanto à Lucy Richards. Ela entrou na loja hoje de manhã e tentou arrancar informações sobre o assassinato do Boyd.

Andrea ficou surpresa.

– Como foi que ela descobriu que você esteve lá?

– Disse que uma de suas fontes contou para ela. Eu fiquei repetindo que não sabia de nada e que não poderia falar se soubesse, mas mesmo assim levei dez minutos para me livrar dela. E não estou te contando nem metade da história. Quando ela enfim foi embora, saiu sem pagar os cookies e o café.

– A Lucy é a pessoa mais grosseira que já conheci na vida. – A voz de Andrea era dura, e Hannah percebeu que a irmã ainda estava brava por conta do telefonema matutino. – Se ela engolisse as palavras, eu desconfiaria de que foi ela a mulher que ligou para o Boyd.

– Mas ela não engole as palavras.

– Eu sei.

Hannah virou à direita na placa refletora que dizia Lake Eden Inn e seguiu pela rua de cascalho que atravessava um bosque de carvalhos. Os galhos eram pretos e ficavam nítidos contra o céu de chumbo e pareciam mortinhos da silva. É claro que não estavam. Folhas verdes brotariam com o primeiro sopro da primavera. Sempre brotavam. Ela emergiu do bosque, fez uma curva e a enorme casa de veraneio rústica que Sally e Dick Laughlin tinham transformado em um hotel à beira do lago surgiu em seu campo de visão.

– Essa pousada é lindíssima – Andrea comentou. – Sempre que eu passo por aqui, fico impressionada.

– Eu também. A Sally e o Dick gastaram muito tempo e dinheiro reformando essa casa.

Hannah entrou no estacionamento e começou a busca por uma vaga. Estava cheio de carros de hóspedes, e o único automóvel que reconhecia era a Kombi velha de Dick. Estava parada no final da fila dos fundos, e Hannah estacionou ao lado dela, criando uma vaga para si. Essa era a única vantagem de ter um carro com tração nas quatro rodas no inverno. O Suburban podia abrir espaço na neve acumulada.

– Você precisava estacionar aqui? – Andrea reclamou, abrindo a porta do carona e encarando a neve.

– Precisava. Não tem nenhuma outra vaga. Passa para o meu banco e desce por este lado. Tem menos neve aqui.

Enquanto Andrea se deslocava, Hannah pensava na linhagem do Lake Eden Inn. O prédio original era da família Laughlin havia cinco gerações. Construído no final do século XIX, o tataravô de Dick não tinha poupado nem um centavo ao criar seu refúgio de verão. Franklin Edward Laughlin, um magnata pouco conhecido do minério de ferro, enfiava ali a família, os empregados e quaisquer amigos que quisessem passar uns meses à beira do lago, e todos viajavam de carruagem até a mansão de quarenta quartos que ele tinha a modéstia de chamar de Chalé no Lake Eden.

– Este lugar é praticamente um monumento ao tataravô do Dick, não é? – Andrea saltou e tomou a dianteira no caminho sinuoso e longo até a entrada da pousada.

– Foi o que eu sempre pensei – Hannah concordou. F. E. Laughlin devia considerar sua casa de veraneio um edifício particular, porque havia criado um fundo a ser usado somente para a manutenção do imóvel. O chalé, nunca modernizado mas impecável, tinha sido passado de filho mais velho para filho mais velho até Dick herdá-lo, quatro anos antes. A fortuna que F. E. fizera com o minério de ferro também tinha sido passada adiante como parte do legado, mas não havia acabado tão bem assim. Quando Dick herdou o Chalé no Lake Eden, os cofres da família já estavam quase vazios.

Hannah olhava ao redor enquanto passavam pelo jardim com topiaria de Dick. As sempre-vivas cresciam bonitas, e todos os animais eram reconhecíveis. A juba do leão ainda não estava muito volumosa, mas isso se resolveria com o transcorrer de uma estação. O esquilo, com o rabo espesso, tomava forma, e o urso estava lindo. Estava de pé nas patas traseiras e já tinha um metro e meio de altura.

Dick e Sally moravam em Minneapolis quando herdaram a pousada. Foram dar uma olhada no imóvel, se apaixonaram pelo lugar e se mudaram para Lake Eden na semana seguinte. Tinham sido obrigados a pegar vários empréstimos para instalar eletricidade, fazer o encanamento interno e montar uma cozinha moderna com aparelhos de tamanho profissional, mas a aposta estava se pagando. No último ano, Dick e Sally tinham conseguido que todos os quartos fossem reservados durante a temporada inteira, e o Lake Eden Inn finalmente passou a dar lucro.

– Não dá para negar que o cheiro está bom – Andrea disse quando subiram os degraus de madeira e abriram a porta da pousada.

– Está mesmo. – Hannah abriu um sorriso ao pisar na enorme recepção com vigas de madeira imensas e uma lareira gigantesca de pedras. O cheiro no ar dava água na boca. A picância era tentadora, e sob o aroma apimentado ela sentia um quê de chocolate. Sem dúvida era o Frango ao molho Mole da Sally, um de seus pratos prediletos.

– Vamos, Andrea. Vamos para o bar. – Hannah acelerou o passo rumo ao bar com lambris de madeira que também servia de salão de jantar. – Se o bufê ainda estiver servido, eu te convido para almoçar.

Capítulo 7

Assim que entraram no bar, Hannah avistou Sally Laughlin. Era difícil passar despercebida com sua blusa laranja-vivo. O primeiro filho do casal Laughlin nasceria em janeiro, e Sally estava sentada em um banco com os pés elevados, apoiados no banco ao lado. A mesa do bufê ainda estava servida, e Hannah se virou para Andrea.

– Espera só para provar o Frango ao molho Mole da Sally. É fantástico.

– Eu nunca nem tinha ouvido falar em Frango ao molho Mole. Que prato é esse?

– É da culinária mexicana, é um frango assado com molho de chocolate amargo e um monte de condimentos.

– Frango com chocolate? – Andrea estremeceu. – Não me parece muito apetitoso.

– Mas é. Espera para ver. – Hannah conteve um sorriso. Devia ter se lembrado de que Andrea não era muito aventureira em relação à comida. No último jantar de Ação de Graças, Hannah tinha colocado pimentão vermelho e castanha-d'água no recheio do peru e Andrea se recusara a prová-lo. – Vamos lá, Andrea. Vamos dar um oi para a Sally. Eu acho que o Doc Knight está enganado quanto à data do parto. Ela está quase explodindo.

Andrea parecia que ia fazer objeção a esse modo de dizer, mas depois de ver Sally, ela esqueceu de pedir a Hannah que tivesse mais tato.

– Tomara que essa quantidade toda de hóspedes não seja demais para ela. Ela não me parece muito contente.

– Oi, garotas. – O rosto de Sally foi iluminado por um sorriso quando elas se aproximaram de seu banco. – Estou só fazendo uma pausa. O que vocês vieram fazer aqui?

– A gente veio comer o Frango ao molho Mole – Hannah respondeu, antes que Andrea tivesse a chance de falar qualquer coisa.

– Então encham seus pratos e voltem aqui. Aí vocês me contam todas as fofocas da cidade.

– E você nos conta todas as fofocas dos seus hóspedes. – Andrea aproveitou a oportunidade e se jogou na conversa. – Adoro saber das pessoas que são de fora.

Hannah esperou até estarem perto da mesa do bufê e se virou para Andrea.

– Essa foi boa, Andrea.

– O quê? – Andrea pegou um prato e serviu uma porção de salada de espinafre.

– Aquilo que você falou, de adorar saber das pessoas que são de fora da cidade.

– Ah, isso. – Andrea desdenhou fazendo um gesto com o pegador de salada. – É que pensei que seria mais provável a Sally falar se a gente demonstrasse interesse. Eu só queria que você não tivesse falado que a gente veio para comer o Frango ao molho Mole.

– Por que não?

– Porque agora vou ter que pegar um pouco, e como vamos nos sentar com a Sally no bar, eu vou ter que comer.

– Relaxa, você vai gostar. – Hannah lhe deu uns tapinhas no ombro. – E pensa na diversão que vai ser contar isso a Tracey.

– Era isso o que você sempre dizia quando fazia o jantar e a comida não ficava boa. "Está muito exótico, Andrea. Prova um pouco para você poder contar aos seus amigos."

Hannah fez cara feia. Andrea sacava seu jogo e qualquer coisa que dissesse só pioraria a situação. Calada, ela viu a irmã pegar uma porçãozinha do frango e uma porção grande de macarrão com queijo. Não cometeria o erro de contar a Andrea que o macarrão com queijo de Sally não era de caixinha.

Com os pratos já cheios, Hannah as guiou até o bar e elas subiram nos bancos ao lado de Sally. Hannah achou graça porque Andrea provou primeiro o Frango ao molho Mole. Quando era criança, fazia igualzinho com os legumes.

Andrea mastigou, pensativa, e depois sorriu para Sally.

– Que maravilha, Sally. Eu não sabia se ia gostar de frango com chocolate, mas adorei.

– Obrigada. Os hóspedes todos também elogiam. As comidas de bufê são muito básicas, mas tento preparar algum prato incomum todo dia para que os clientes não percam o interesse.

– Eles são uma turma boa? – Hannah perguntou, arrumando um jeito de entabular uma discussão sobre os hóspedes.

– Muito. É claro que tem concorrentes meio nervosas. É um negócio importante, sabe?

– E as três moças que foram eliminadas ontem? – Hannah perguntou. – Sei que eu não deveria dizer isso nestas circunstâncias, mas aposto que elas não ficaram muito felizes com o que o Boyd Watson disse na televisão.

– Isso é o mínimo que eu posso dizer! – Sally riu. – Elas estavam loucas de raiva quando chegaram ontem, mas a moça que ganhou foi tão simpática que elas se acalmaram e se divertiram na festa.

– Então as três moças foram à festa? – Andrea perguntou, mantendo o rumo do interrogatório de Hannah com perfeição.

– Elas foram e a família delas também, então vocês podem esquecer elas.

– Esquecer elas? – Hannah tentou assumir uma expressão totalmente inocente.

– Ora, Hannah. – Sally esticou a mão para apertar seu braço. – Eu sei por que você está perguntando e já estava pensando quanto tempo você levaria. Imaginei que você levaria uns cinco minutos só de papo furado, mas me enganei.

Hannah ficou impressionada. Sally era ligeira.

– Não sou boa de papo furado. Prefiro ir logo mergulhando de cabeça.

– Como está a esposa do Boyd? Deve ter sido um choque terrível.

– Foi, sim. – Hannah decidiu confiar em Sally. – E, para piorar, ela é a principal suspeita.

Sally tirou os pés do banquinho e se endireitou.

– Não foi ela, foi?

– Não, eu e a Andrea estamos querendo *provar* que não foi. Se eu te disser uma coisa, você promete não contar a ninguém?

– Pode contar comigo. Só encontrei a Danielle uma vez, mas simpatizei com ela. E não parece ser do tipo que mataria o marido. Mas preciso dizer que eu não gostava nada dele. Eles vieram jantar aqui no verão passado e ele só reclamou. Depois que eles foram embora, o Dick falou que tinha pena dela. A gente só aguentou ele umas horas, mas ela teria que lidar com o cara pelo resto da vida.

– Um resto de vida curto – Hannah enfatizou. – A Danielle teria uma boa razão para matar o Boyd, e isso faz parte do problema. Mas nós temos uma pista possível.

– Qual?

– A Danielle me contou que o Boyd recebeu um telefonema de uma mulher na terça, por volta do meio-dia. Foi um telefonema local, e Danielle não reconheceu a voz da mulher, mas disse que o Boyd ficou muito bravo depois de falar com ela. A gente imaginou que podia ser uma de suas hóspedes.

Sally refletiu por um instante, depois confirmou.

– É possível, sem dúvida. Quase todo mundo fez o check-in antes do meio-dia, e o único compromisso na agenda era o banquete, às sete.

– A mulher tinha um problema de dicção – Andrea informou. – A Danielle disse que engolia as palavras, mas não parecia estar bêbada.

Sally balançou a cabeça.

– Não reparei em ninguém com um problema desses, mas não tenho certeza se já falei com todos os hóspedes. Por que vocês não dão um pulo nas mesas depois de almoçar? Esse pessoal sempre fica para o bufê de sobremesas.

– Não me surpreende – Hannah comentou –, já que a maioria é participante do concurso. Vai ver que estão torcendo para ganhar umas dicas suas.

Sally parecia contente ao se levantar do banquinho.

– Preciso ir. O Dick está na cozinha recheando os éclairs, e eu tenho que botar a cobertura de chocolate. O que você vai preparar na tevê hoje, Hannah?

– Pudim de pão de damasco.

– Ah, ótimo. Mais uma receita para o meu caderninho. Eu pedi para a emissora me mandar a receita da massa bem amanteigada por fax e fiz quatro fornadas ontem à noite. Você acha que fica bom servido com pêssego em calda, já que morango está bem caro?

– Claro. Você pode usar qualquer fruta enlatada ou congelada.

Sally lhe fez uma leve saudação.

– Obrigada, Hannah. Vou ser a primeira a ligar para a emissora depois de te ver hoje à noite.

Quando Hannah e Andrea terminaram de almoçar, se dirigiram às mesas. O salão era enorme, e elas se dividiram, cada uma se encarregando de metade do ambiente. Hannah foi direto falar com o sr. Rutlege. Queria saber como estava se sentindo após o martírio na cadeira do consultório de Norman.

– Oi, sr. Rutlege. – Hannah esticou o braço para lhe dar um aperto de mão. – Uma pena que o senhor tenha precisado se retirar do júri.

– Eu não acho. – A mulher bonita de cabelo castanho sentada ao lado dele sorriu para Hannah. – Eu sou a Belle Rutlege.

– Hannah Swensen.

– Eu sei. Te vi na televisão ontem. Só tinha eu e o Jeremy aqui. Estava todo mundo no colégio.

– Você ficou triste que seu marido não pôde ser jurado?

– Fiquei triste porque o dente dele resolveu dar problema e ele enfrentou uma barra. Mas fiquei contente por ele não ter precisado falar na televisão ontem à noite!

– Por quê?

– Todos os nossos amigos lá na nossa cidade achariam que ele voltou a beber. Ele estava engolindo as palavras e ele é o presidente da divisão municipal do AA!

Os sentidos de Hannah ficaram totalmente alertas depois de saber disso. Ela se virou para Jeremy Rutlege, e perguntou:

– Mas você parecia estar bêbado?

– Que nem um gambá. Tentei explicar para a Belle que era o gel. O Norman mandou deixar no dente por doze horas. Mas sempre que eu tentava falar alguma coisa, ela ria tanto que nem me ouvia.

Hannah passou mais alguns minutos conversando com eles, depois foi ao encontro de Andrea. Esperou a irmã terminar a conversa com o grupo a que havia se juntado e a puxou para o vestíbulo.

– Missão cumprida.

– Você achou a mulher que fez o telefonema?

– Não, mas já sei como procurar ela. Vem, Andrea. Eu explico no caminho de volta para a cidade. A gente tem que ir falar com o Norman Rhodes antes de os pacientes da tarde chegarem.

Hannah tocou a campainha no guichê da recepção, e quando Norman apareceu atrás do painel de vidro fosco, ela ficou chocada. Estava com olheiras enormes e parecia nervoso e pouco à vontade.

– O que foi, Norman? – Hannah soltou.

– Nada. Acho que ando trabalhando demais ultimamente.

– Bom, trabalhe um pouco menos. – Hannah disse a primeira coisa que passou pela cabeça. Havia algo errado e não tinha nada a ver com o consultório odontológico de Norman, mas aquela não era a hora de fazer perguntas. Esperaria até ficar a sós com ele.

– Que ótimo conselho, Hannah. – Norman sorriu, mas era uma imitação pálida de seu sorriso habitual. – Oi, Andrea. É alguma emergência?

– É, mas não tem nada a ver com os nossos dentes – Hannah lhe disse. – Preciso olhar a sua agenda, Norman. É muito importante.

– Por quê?

– Não posso falar. É sigiloso.

– E eu não posso deixar você olhar pela mesma razão.

– Poxa, Norman. – Hannah fez o que pôde para adulá-lo, mas dava para ver que Norman não estava entrando no jogo. – Ok, eu te conto o motivo. Tem a ver com o assassinato do Boyd Watson.

– Vocês estão investigando de novo? – Norman ergueu as sobrancelhas.

– Estamos, mas o Bill não sabe disso e vai me matar se descobrir – Andrea respondeu. – A gente pode confiar que você vai guardar segredo, né?

– Claro que pode.

– Então a gente pode dar uma olhada na sua agenda? – Hannah tentou se servir da vantagem que já tinha ganhado.

Norman pensou por um instante e negou.

– Não posso permitir uma coisa dessas, Hannah. Seria diferente se vocês estivessem trabalhando para a delegacia do xerife. Aí eu teria que cooperar. Mas vocês não estão. Você entende, né?

Hannah encarava Norman. Ele a olhava de uma forma bem intensa e, enquanto ela observava, uma das pálpebras se fechou em uma piscadela.

– Claro que entendo. Você não pode permitir. Seria uma violação do código de ética da odontologia.

– Isso. Espera um segundo. Eu vou abrir para vocês. – Norman deslizou o painel de vidro fosco para fechá-lo. Um instante depois, abriu a porta que dava para a parte interna da clínica e fez um gesto para que entrassem. – É melhor eu fechar isso aqui. É minha agenda. – Norman fechou um caderno de espiral com capa vermelha que ficava no balcão. – Vocês me dão licença um minuto? Eu tenho que checar uns raios X.

Depois que Norman sumiu no corredor, Andrea se virou para Hannah.

– O que foi isso?

– O Norman trata a lista de pacientes como se fosse segredo de estado. Ele leva a questão do sigilo muito a sério. Ele não pode permitir que a gente olhe a agenda, mas nos deu a chance de espiar enquanto dá uma saidinha.

Andrea seguiu Hannah, dando a volta na mesa, para que pudessem olhar a agenda.

– Eu acho isso meio bobo, mas não sou dentista. Sou corretora de imóveis.

– E corretores de imóveis não têm código de ética? – Hannah não resistiu a fazer piada com a irmã.

– Claro que têm. Só é diferente. Você quer olhar a terça-feira, não é?

– Segunda *e* terça. O sr. Rutlege disse que precisou ficar doze horas com o gel, e o Norman trata de emergências após o horário comercial. A mulher que ligou para o Boyd pode ter vindo na noite de segunda.

Andrea folheou a agenda até chegar à data de segunda-feira.

– Não tem nada depois das seis, e os dois últimos pacientes foram homens.

– Certo. Olha a manhã de terça.

As duas ficaram olhando a folha depois que Andrea a virou. A manhã de terça-feira de Norman tinha sido bem movimentada.

– Anota os nomes, Andrea. Vou ditar para você. – Hannah esperou Andrea pegar o bloco de papel e a caneta. – Luanne Hanks às oito. O sr. Hodges marcou consulta para as nove, mas não precisa anotar o nome dele. Depois teve a Amalia Greerson às nove e meia, e o Norman atendeu Eleanor Cox às onze.

– Luanne Hanks, Amalia Greerson e Eleanor Cox. É isso?

– Isso. – Hannah fechou a agenda e saiu de trás do balcão.

– Não tem como ser a Amalia. – Andrea a seguiu, olhando para as anotações que tinha feito. – Ela ligou para o escritório antes do meio-dia na terça e pediu para falar com o Al. Fui eu que atendi e ela não estava engolindo as palavras.

– Certo. Pode riscar. E risca a Eleanor também.

– Por quê?

– Porque a Danielle conhece a voz dela. Elas eram vizinhas antes de o Otis e a Eleanor se mudarem para a beira do lago.

Andrea suspirou.

– Então só sobra a Luanne. Você acha que a gente devia conversar com ela?

– Claro. Ela trabalha na cafeteria até as seis. A gente passa lá a caminho da loja.

– Já acabei de ver os raios X – Norman anunciou, saindo da sala de tratamento e se aproximando delas.

Hannah deu uma olhada na expressão preocupada dele e se perguntou se teria algo a ver com o que Delores lhe dissera sobre Lucy Richards. Ela tinha prometido à mãe dedicar um tempo a Norman e realmente queria conversar a sós com ele.

– Você vai ao concurso hoje, Norman?

– Eu não perderia por nada. Devia ter falado antes, Hannah, mas acho que não sou muito sociável.

– Ahn? – Hannah ficou confusa.

– O concurso. Eu estava para te falar que você ficou ótima na televisão. E achei que se saiu muito bem na tentativa de fazer as concorrentes se sentirem melhores depois do que o Boyd falou para elas. Ele foi horrível, mas acho que eu não devia dizer isso agora que ele está morto.

– Eu não sei por que não. É a verdade. – Hannah ficou pensando qual seria a reação de Norman caso soubesse exatamente como Boyd era detestável.

– Eu sei, mas minha mãe vive dizendo que a gente não pode falar mal dos mortos.

– É só uma superstição antiga. Em alguns lugares da Europa medieval, se acreditava que quem maldizia os mortos era assombrado por eles. Você não acredita em fantasma, né, Norman?

Norman sorriu e balançou a cabeça.

– Nunca fui um grande fã do ocultismo.

– São os vivos que podem te fazer mal, não os mortos. – A voz de Andrea era severa. – Agora ninguém mais precisa se preocupar com o Boyd Watson.

Hannah concordou, ciente de que Andrea se referia aos abusos que Danielle havia sofrido. Ela lançou um olhar de advertência à irmã: não cabia a elas contar o segredo, e mudou de assunto às pressas.

– Se não estiver ocupado, por que você não passa na minha casa depois do concurso, Norman? Faz tempo que a gente não bate um papo.

– É verdade. – Norman parecia satisfeito ao assentir. – Eu passo lá, Hannah.

A campainha do guichê soou e Norman abriu o vidro fosco.

– Oi, Doc. Eu já te atendo. – Então ele se virou para Andrea e Hannah. – Preciso voltar ao trabalho. Meu paciente da uma e meia já chegou.

– O Doc Knight? – Hannah perguntou, esperando que fosse ele mesmo. Talvez conseguisse lhe fazer algumas perguntas antes que Norman o atendesse.

– Não, o Doc Bennett. A gente fez um acordo. Eu trato os dentes dele e ele trata os meus.

Hannah estava pensativa ao saírem da clínica. Nunca tinha pensado nisso, mas dentistas precisavam ser atendidos por outros dentistas, assim como médicos precisavam ser atendidos por outros médicos. Quando atravessaram a rua e foram até a lanchonete do Hal e da Rose, Hannah se perguntou se uma fabricante de cookies precisava de outro fornecedor de cookies, mas foi logo rejeitando a ideia. Gostava dos cookies que fazia. Talvez fosse um pouco presunçosa, mas não via razão para comer um cookie inferior se o dela era o melhor do estado.

Capítulo 8

A lanchonete do Hal e da Rose ficava em frente à Clínica Odontológica Rhodes, em uma esquina da Main Street com a Second Avenue. O prédio antigo de tijolos amarelos tinha sido construído na década de 1940, e Harold e Rose eram seus segundos donos. Em cima da lanchonete havia um apartamento de seis quartos, e os McDermott moravam nele. Dava para contar que Rose se gabaria todo inverno, quando ficava muito frio, porque podia usar a escada interna e nunca tinha que pôr casaco e bota para ir para o trabalho.

Hannah abriu a porta e elas entraram na lanchonete. O ar tinha um aroma de carne assada e ela quase lamentou já ter almoçado. Temperado com um buquê de folhas de louro e alecrim, e rodeado de cebolas inteiras, batatas e cenouras, era um dos pratos prediletos de Hannah.

Rose cozinhava bem e servia pratos simples. Além de hambúrguer frito com perfeição na grelha, seus pratos principais eram a carne assada, o peru com várias guarnições e o presunto com batata fatiada caseira. Também servia sanduíches abertos, com várias opções de carne, peru ou presunto. Os sanduíches eram acompanhados de purê de batata e molho. Os primeiros donos tinham colocado uma placa sobre a caixa registradora. Dizia "Comida Boa e Barata", e Rose fazia jus à promessa. Hannah não conseguia pensar em nenhum outro restaurante do condado de Winnetka em que o cliente pudesse pedir hambúrguer, fritas e o que Rose chamava de xícara de café sem fundo, com tantos refis quanto a pessoa quisesse, por dois contos.

Os fregueses do almoço já tinham ido embora, e os bancos de madeira que ficavam junto à parede estavam desertos, mas a clientela habitual estava no balcão comprido de madeira. Ed Barthel estava sentado em uma ponta, no banco alto para poder espiar pela janela de vidro laminado e observar as mulheres se aglomerando na casa de tecidos de Trudi Schuman para a reunião do clube de costura. Era bem óbvio que tinha levado a esposa, Helen, para a cidade para que ela participasse da reunião, e estava matando o tempo com uma xícara de café, esperando para levá-la de volta para casa.

O prefeito de Lake Eden, Richard Bascomb, falava com seus admiradores na outra ponta do balcão. Richard era um bom político, um grisalho bonito de cinquenta e poucos anos com um excelente tino para a política das cidades pequenas. Hannah tinha que admitir que era um bom administrador. Lake Eden funcionava sem sobressaltos desde que ele assumira o cargo. Mas tinha alguma coisa no prefeito de que ela não gostava. Imaginava que fosse a insinceridade. O prefeito Bascomb fingia ser muito amigo de todo mundo, mesmo que não conhecesse a pessoa, e estava sempre de olho em um bom contato político. Ele foi até sua mesa quando ela forneceu cookies e café para seu último evento de arrecadação de fundos, e apesar de tê-la elogiado pelo ótimo trabalho, ele ficava olhando sobre o ombro dela, à procura de pessoas mais importantes que estivessem no salão.

Ao se aproximarem no balcão, Hannah ouviu vários lamentos altos vindos do salão dos fundos. Alguém devia ter ganhado uma bolada no jogo de pôquer que começava de manhã, quando a lanchonete abria as portas, e só terminava quando Rose apagava as luzes e dizia a todo mundo que era hora de fechar. O salão dos fundos era território de Hal. Ele amava jogar pôquer, e chamava o salão dos fundos de "seu banquete particular". Pelo que Hannah sabia, nunca tinham servido um banquete atrás da porta acortinada, mas havia cerveja e café à beça, e o estojo de fumo estava sempre abastecido. Os jogadores de pôquer da cidade estavam sempre convidados a entrar no jogo. A designação de "particular" era uma forma de Hal desviar da lei que proibia fumo e jogatina em restaurantes abertos ao público.

Andrea cutucou Hannah e indicou os pôsteres enormes e coloridos afixados acima das mesas de madeira.

– A Rose precisava de um bom decorador. Está vendo a data nesses pôsteres de leilão de fazendas? Alguns já têm mais de vinte anos.

– Vai ver que ela está querendo transformá-los em antiguidades?

– Eles vão ser antiguidades, mas só daqui a uns vinte anos. E mesmo assim, nem imagino quem iria querer comprar.

Luanne Hanks saiu do salão dos fundos carregando um jarro de café pela metade. Ao ver Hannah e Andrea, ela largou o jarro na cafeteira e correu para falar com elas.

– Oi. A gente ainda tem o presunto e o peru caso vocês queiram almoçar.

– É só um café – Hannah respondeu. – Vai dar trabalho demais se a gente escolher uma mesa?

– Claro que não. Sentem-se, eu já atendo vocês.

Hannah e Andrea se sentaram a uma mesa e esperaram Luanne trazer o café. Não demorou muito. Luanne chegou com a bandeja em menos de um minuto.

– Para você é sem nada. – Luanne pôs a caneca na frente de Hannah. – E o seu é com creme, não é, Andrea?

– Como foi que você se lembrou, Luanne? Eu quase não venho aqui.

– Faz parte do trabalho. – Luanne deu um sorriso modesto. – Você tem certeza de que não querem nada com o café?

Hannah balançou a cabeça.

– Certeza. Você tem um segundinho, Luanne? A gente precisava muito conversar com você.

– Sem problemas. A Rose tinha subido rapidinho, mas ela já voltou. O que foi?

– A gente precisa te perguntar sobre a sua consulta com o dentista. Você foi no Norman na terça-feira, às oito da manhã?

Luanne ficou surpresa.

– Isso. Lasquei o dente na segunda à noite e o dr. Rhodes lixou ele para mim. Ele é um ótimo dentista e entrei e saí em quinze minutos. Eu nem precisei de anestesia.

– Então ele só lixou o seu dente? – Hannah indagou, trocando olhares com Andrea. Parecia impossível que Luanne fosse a mulher que telefonara para Boyd.

– Isso. Eu ia deixar para lá. Detesto ir ao dentista. Mas eu não parava de passar a língua no dente e a Rose percebeu. Ela mandou eu ir.

Hannah assentiu. Outra suspeita eliminada.

– Você foi a primeira paciente do Norman?

– Não. Uma mulher tinha ido lá mais cedo, mas já tinha ido embora quando cheguei.

– Foi ele que te contou? – Andrea perguntou.

– Não exatamente. Mas havia um xale nas costas da cadeira e eu o entreguei a ele. Ele disse que a primeira paciente devia ter esquecido e que devolveria o xale quando ela fosse na consulta seguinte.

– Mas você não sabe quem foi essa primeira paciente?

– Só sei que ela comprou o *meu* xale. – Luanne deu um longo suspiro.

– Seu xale?

– O que eu ia comprar para a minha mãe. Você deve ter visto, Hannah. A Claire Rodgers pôs ele na vitrine da Beau Monde. Era um cashmere verde-escuro com três rosas cor-de-rosa bordadas. Minha mãe adorou e eu estava economizando para dar a ela de Natal. Acho que eu devia ter feito um crediário, mas ele era caríssimo, achava que ninguém ia comprar.

– Obrigada, Luanne. – Hannah sorriu. Tinha obtido as informações necessárias. Se o xale era tão caro, Claire se lembraria da compradora. – Como está a Suzie?

– Crescendo que nem capim. Ela já está andando direitinho. Passem lá em casa para ver a gente uma hora dessas. Vocês duas são sempre bem-vindas.

– Pode deixar que a gente vai – Hannah prometeu. Luanne criava a filha sozinha, e fazia isso muito bem. Devia ser difícil porque também sustentava a mãe viúva.

– Você acha que ela já está pronta para joguinhos, Luanne? – Andrea perguntou.

– Que tipo de joguinhos?

– A Tracey tinha um redondo, de plástico, com botão de bichinhos. Você apertava a imagem e ela faz um som. A vaca mugia, o porco roncava. Acho que também tinha gato, cachorro e vários outros.

– A Suzie amaria ganhar um desses de Natal. Onde foi que você comprou?

– Foi presente. Eu ainda tenho ele guardado em algum canto. Se eu conseguir achar, quer para a Suzie?

Luanne ficou um pouco incomodada. Hannah percebia que queria o jogo para Suzie, mas sempre tinha sido orgulhosa demais para aceitar caridade.

– Bom... se você tem certeza de que a Tracey não quer mais...

– Ela não quer. A Tracey não mexe nele há anos. Vou ver se consigo achar. Mas talvez você precise trocar a pilha.

– Eu troco – Luanne disse logo, e em silêncio Hannah elogiou a irmã pelo tato. Como Luanne precisaria comprar alguma coisa para fazer o joguinho funcionar, não seria exatamente uma caridade.

– Vou achar e levo para você. Deve ter alguns outros também. Ela tinha um monte desses joguinhos a pilha. Tudo bem se eu levar a Tracey junto? Ela adorou a Suzie.

– Claro. A Suzie vive perguntando quando a Tracey vai lá brincar com ela de novo. – Luanne pegou a bandeja e recuou. – É melhor eu voltar ao trabalho. O prefeito Bascomb toma muito café e já deve estar precisando que eu encha a xícara dele outra vez.

Assim que Luanne se afastou, Andrea se curvou sobre a mesa.

– A gente vai na loja da Claire?

– *Eu* vou na loja da Claire – Hannah a corrigiu depois de olhar para o relógio. – São quase três horas. Você vai ter tempo de distribuir uns folhetos na vizinhança da Danielle antes de pegar a Tracey?

– Claro. Eu passo primeiro no Kiddie Korner e levo a Tracey junto. Ela adora me acompanhar quando estou distribuindo folhetos. Você quer que eu converse com os vizinhos da Danielle?

– Isso. A gente precisa descobrir se alguém viu ou ouviu alguma coisa estranha entre as oito e meia e as dez horas da noite de ontem.

– Deixa comigo, mas o Bill e o Mike já esquadrinharam a vizinhança. Que diferença vai fazer se eu perguntar as mesmas coisas?

Hannah entendeu que precisava bajulá-la um pouco.

– Talvez os vizinhos da Danielle te contem alguma coisa que não contariam a um policial. Além do mais, você é ótima com as pessoas.

– Claro que sou. Sou corretora de imóveis. – Andrea se envaideceu. – O Al está com uma pilha de calendários no escritório e eu poderia entregá-los pessoalmente. Nada como um brinde para as pessoas abrirem o bico. Pode contar comigo, Hannah. Se os vizinhos da Danielle souberem de alguma coisa, eu vou descobrir e te conto hoje à noite, no concurso.

Hannah sabia que estava fazendo corpo mole no trabalho e se sentiu mal por pedir a Lisa que cuidasse da loja por mais alguns minutos.

– Tem certeza de que você não liga, Lisa? Não devo demorar mais de cinco minutos. Só tenho que perguntar uma coisa à Claire.

– Não tem problema nenhum – Lisa garantiu. – As fornadas todas já saíram e eu gosto de servir os fregueses. – Lisa se aproximou um pouco para não ser ouvida pelos clientes que estavam na loja. – É sobre o assassinato do Boyd Watson?

– É, mas boca fechada. Eu não devia estar me metendo.

– Ordem do Mike? – Lisa esperou Hannah fazer que sim para abrir um sorriso. – Ordem do Mike que você não pretende obedecer?

– Você entendeu direitinho. E o Bill não sabe que a Andrea está me ajudando, então é um segredo duplo.

– Eu queria poder ajudar. – Lisa parecia meio desconsolada. – Pensa em alguma coisa para eu fazer?

Hannah pensou por um instante.

– Ouvido atento aqui. Sua mãe deve ter te ensinado a não ouvir a conversa dos outros, mas neste caso, é por um bom motivo.

– Vou fazer isso, mas os clientes provavelmente não vão falar nada na minha frente.

– Vão falar, sim. Se você achar que alguém está falando do assassinato, leva o jarro de café e fica parada ao lado da pessoa. Ninguém presta atenção a quem serve o café. É como se a gente fosse invisível.

– Mal posso esperar para testar. – Lisa achou graça. – Quando eu estava no primário, queria ser invisível. Detestava quando a professora me chamava. Mais alguma coisa?

Hannah sabia que podia confiar em Lisa e resolveu lhe contar um segredo.

– Fique atenta a qualquer mulher jovem que engula as palavras. A Danielle disse que o Boyd recebeu um telefonema de alguém que falava assim e que ele ficou muito bravo. A esta altura, essa é a única pista que temos.

– Vou ficar de ouvidos abertos. Vai lá falar com a Claire e não se preocupe com nada. Eu cuido de tudo.

Hannah saiu de fininho pela parte de trás e correu pelo asfalto coberto de neve rumo à porta dos fundos da loja de Claire. O vento estava forte, e embora a Beau Monde ficasse na porta ao lado, Hannah já estava tremendo quando chegou lá. Bateu com força à porta dos fundos e esperou, passando os braços em volta do tronco para se aquecer, arrependida de não ter pegado o casaco. Os meteorologistas previam que aquele seria o inverno mais frio já registrado. Se não estivessem exagerando, os moradores de Lake Eden teriam que usar roupas de montanhismo para pegar o jornal na porta de casa.

– Oi, Hannah. – Claire destrancou a porta dos fundos e com um gesto a convidou a entrar. – Cadê seu casaco?

– Ficou pendurado lá na loja. Você tem um minutinho, Claire?

– Claro. O movimento está baixo agora. Tem só a Marguerite Hollenbeck, e ela está no provador. Fique à vontade. Vou dar uma olhada nela e já volto.

Claire passou por baixo da cortina florida que dava para a loja e Hannah se sentou em um banco na frente da máquina de costura. A sala nos fundos da loja de Claire era minúscula e abarrotada. Em um canto, havia uma pilha de caixas com vestidos, uma tábua com um ferro de passar que estava sempre encostada na parede, e uma mesinha que Claire usava para fazer as notas fiscais e as faturas. Havia também uma bancada ampla que tomava uma parede inteira, e Claire a usava para dobrar as compras, embrulhá-las em papel de seda e colocá-las nas caixas cor de lavanda da Beau Monde. Uma arara para vestidos longos tomava boa parte do espaço restante e estava cheia de peças que esperavam ajustes. Hannah reparou em uma calça chamativa com listras azuis, verde-limão e rosa-choque, e sorriu ao ver o nome na etiqueta. Devia ter imaginado que Betty Jackson tinha comprado a peça. Betty sempre usava listras verticais. Alguém tinha lhe dito que elas emagreciam, mas não tinha mencionado que as listras não fariam ninguém pensar que uma pessoa que vestia tamanho 58 era mignon.

– A Marguerite está bem lá – Claire relatou ao voltar atravessando a cortina. – Ela pegou cinco vestidos e vai ficar um tempinho ocupada. A roupa que você vai usar hoje à noite está boa, não está?

– Está perfeita – Hannah a apaziguou. Claire tinha providenciado todas as roupas que ela usaria no concurso, e ambas estavam gratas ao sr. Hart. A gratidão de Claire se devia ao fato de que ele havia pagado o preço de varejo e como bônus ainda lhe dava os créditos na tela. A de Hannah era porque o sr. Hart lhe dissera para ficar com as roupas, e as peças eram um belo acréscimo ao seu guarda-roupa limitado.

– Você vai usar o vestido verde-escuro esta noite?

– Vou. Ele é lindo, Claire. – Hannah sabia que jamais teria uma oportunidade melhor do que essa de perguntar a Claire sobre o xale. Resolveu não informar a Claire que estava investigando o assassinato de Boyd Watson. Já tinha contado o segredo a pessoas demais. – Vim te perguntar do xale que estava na vitrine, Claire. Achei que podia combinar bem com o vestido de hoje, e quero comprar ele.

– De que xale você está falando?

– O de cashmere verde-escuro com rosas bordadas.

– Ah, *esse*. – O rosto de Claire foi tomado por uma palidez doentia e ela se apoiou na mesa. – Perdão, Hannah, mas esse xale... eu não tenho mais.

– Alguém comprou?

– Não exatamente. Ele... hmm... ele desbotou na vitrine e eu tive que devolver ao fabricante.

– Você tem outro igual?

– Não. As rosas eram bordadas à mão, era uma peça única. Por isso era tão caro.

Hannah observou Claire pegando uma caixa de vestidos para montá-la. As mãos tremiam, e ela não conseguia olhar para Hannah. Ela só podia tirar uma conclusão do súbito nervosismo de Claire. Ela estava mentindo.

– Tem certeza de que ninguém o comprou? – Hannah perguntou de novo. – Eu sei da correria que é antes do Natal. Vai ver que você vendeu para alguém e se esqueceu.

– Não me esqueci. – Claire ergueu o rosto e encarou Hannah. – Ninguém comprou o xale, Hannah. Mas na verdade você não precisa de xale nenhum para usar com seu vestido. Ele é perfeito do jeito que é.

Hannah resolveu pegar leve com Claire e se levantou para ir embora.

– Você deve ter razão. Foi uma ideia, só isso. É melhor eu voltar para a loja. A Lisa está segurando a barra sozinha e hoje o movimento está grande.

– E é melhor eu ir atender a Marguerite antes que ela ache que foi abandonada. – Claire estava nitidamente aliviada com o fim da discussão e foi abrir a porta dos fundos. – Vou assistir a você hoje à noite.

Enquanto corria pelo asfalto gelado, tentava entender o que Claire tinha falado. Ao dizer que o xale tinha desbotado na vitrine, Claire estava mentindo. Mas insistia em falar que ninguém o comprara, e isso era verdade. Era um quebra-cabeça e Hannah adorava montar quebra-cabeças, mas esse a desconcertava.

Hannah abriu o forno e colocou o pudim de pão de damasco. Achou esquisito colocar alguma coisa no forno frio, mas se recordou de que aquilo era o show business, e Julia Child fazia a mesma coisa em seu programa de culinária. Em seguida, quando o diretor de cena lhe fez um joinha, Hannah abriu o forno de baixo e pegou a sobremesa preparada antes do começo do jornal. Ela a serviria em pratos de sobremesa enquanto Rayne Phillips fazia a previsão do tempo e colocaria o creme de leite por cima enquanto Wingo Jones falava dos esportes.

Ela foi até a geladeira, abriu a porta e se deparou com várias prateleiras reluzentes. Não havia nada ali dentro. Andava tão ocupada com a investigação que tinha se esquecido de levar o creme de leite!

Alguém lhe acenava da coxia e Hannah viu que era Lisa segurando um pote de creme de leite. O diretor de cena a avistou e com um gesto pediu que ela fosse em frente, mas Lisa se negou.

Trocaram gestos por um instante, o diretor mexendo o dedo em um sinal de "vem cá" e Lisa fazendo que não com a cabeça.

Hannah conteve um sorriso quando o diretor de cena passou por baixo da mira da câmera e correu até onde Lisa estava. Tiveram uma breve discussão, que Hannah imaginava qual era. "Anda, ela precisa do creme." "Mas eu não posso!" "Pode, sim. Você não vai deixar ela na mão, né?" Por fim, Lisa, vermelha até a raiz do cabelo castanho-claro, entrou no set e entregou o creme de leite a Hannah.

Lisa virou um pouco o rosto para não ser vista pela plateia.

– Ele me pediu para te ajudar a servir a sobremesa – ela cochichou.

– Que bom. Preciso mesmo de ajuda – Hannah cochichou de volta. – Vou empratar e você põe o creme por cima. Depois eu levo a bandeja e você entrega os pratos aos âncoras, combinado?

Lisa concordou, e elas arrumaram os pratos juntas. Tinham acabado de terminar a tarefa quando o diretor de cena gesticulou para que fossem em frente. Hannah caminhou levando a bandeja e Lisa a seguiu até a bancada comprida e lustrosa dos jornalistas.

– Temos um rosto novo, pessoal – Chuck Wilson comentou, e então se virou para Lisa. – Quem é você?

Lisa respirou fundo e Hannah imaginou o que se passava pela sua cabeça. Precisava responder. Pareceria uma boba caso ficasse muda.

– Meu nome é Lisa Herman, sou ajudante da Hannah na Cookie Jar.

– Obrigado, Lisa. – Chuck sorriu ao olhar para o prato de sobremesa. – Está com uma cara ótima. O que é isso, Hannah?

– Pudim de pão de damasco – Hannah respondeu, na torcida para que ele não fizesse mais nenhuma pergunta a Lisa antes de ela terminar de servir os outros âncoras. Já estava com as mãos trêmulas, e se ficasse ainda mais nervosa, Dee-Dee Hughes acabaria com seu suéter amarelo justo coberto de pudim de pão de damasco.

Dee-Dee parecia ter assumido como missão chamar a atenção para seu corpo perfeito, porque no instante em que Lisa serviu seu prato, ela disse:

– O Natal está chegando e eu sei que preciso ficar de olho na balança. Esse doce não é de baixa caloria, é?

– Não é de baixa caloria, mas tem metade das calorias de uma torta de maçã – Lisa surpreendeu Hannah ao responder. – E teria menos calorias ainda se fosse servido com leite em vez de creme de leite.

Em silêncio, Hannah aplaudiu Lisa pelo cálculo das calorias. Devia ter imaginado que Dee-Dee Hughes repetiria a pergunta feita na véspera.

– Nunca comi um pudim de pão como esse – Wingo Jones comentou. – Normalmente, não é com passas?

– Sim – dessa vez, foi Hannah quem respondeu. – Mas não existe nenhuma razão para não usar outras frutas secas.

Wingo ficou confuso.

– Eu não sabia que passas eram frutas secas. Achava que eram... passas. De caixinha, sabe? Para dar uma energizada rápida?

– Passas são uvas secas – Lisa explicou. – Assim como ameixas secas são ameixas.

Rayne Phillips lambeu os beiços e deu um sorriso eufórico para a câmera.

– É uma delícia, pessoal! Você não vai nos contar como a gente faz para conseguir a receita e fazer essa sobremesa em casa, Chuck?

Chuck Wilson aproveitou a deixa e explicou que os espectadores podiam ligar para o canal de atendimento ao público da KCOW para obter uma cópia da receita de Hannah. Houve uma última imagem dos âncoras com Hannah e Lisa atrás deles, depois o noticiário acabou.

Hannah esperou até já estarem na cozinha do set para recolher os materiais. Passaram um minuto trabalhando caladas, mas depois ela se virou para Lisa.

– Você foi ótima, Lisa. Disse exatamente o que devia dizer.

– Fui? – Lisa ficou surpresa. – Eu jamais teria conseguido se você não tivesse me pedido para te ajudar a empratar. Depois que pus as mãos à obra, esqueci de ficar nervosa.

– O seu pai está assistindo de casa? – Hannah levantou uma das caixas.

Lisa confirmou, pegando a outra caixa e seguindo Hannah até os bastidores.

– O sr. Drevlow foi lá para casa para ficar com ele. Estou torcendo para ele ter gravado. Eu nem sabia que apareceria na televisão!

O diretor de cena aguardava as duas e ouviu o comentário de Lisa.

– Melhor você mandar ele botar outra fita no videocassete para amanhã. Acabei de receber uma ligação da mesa de direção. O Mason quer que você ajude a Hannah até o fim do concurso.

– Eu? – a voz de Lisa ficou um pouco estridente, de tão animada que ela ficou. – Espera só eu contar isso ao meu pai! Ele vai ficar tão empolgado que vou ter que botar *A noviça rebelde* para ele dormir.

O diretor de cena ficou sem entender nada, mas Hannah sabia muito bem do que ela estava falando. Lisa já tinha lhe contado que *A noviça rebelde* era como uma história de ninar para o pai. A voz de Julie Andrews tranquilizava Jack Herman a tal ponto que ele adormecia logo nas primeiras cenas.

– É a voz dela. – Lisa fez o possível para explicar. – É muito apaziguadora. E ele viu o filme tantas vezes que já sabe a história.

O diretor de cena estava meio confuso, por isso Hannah se meteu na conversa.

– Todo mundo tem um truque diferente para dormir. O meu pai ouvia Wagner. Eu prefiro ler livros de receitas ruins.

– De receitas *ruins*?

Hannah sorriu ao confirmar.

– Os de receitas boas fazem a barriga roncar, e é aí que eu não consigo dormir *mesmo*.

Hannah se despediu de Lisa, que estava radiante, e partiu em busca de Andrea. Tracey iria sortear o nome do jurado substituto naquela noite, e Hannah atravessou o corredor rumo à sala de aula que o sr. Purvis tinha transformado em sala de maquiagem. Ela se deparou com Andrea ao lado de Bill, observando uma cabeleireira pentear e passar spray no cabelo de Tracey.

Andrea viu Hannah no limiar da porta e se virou para Bill.

– Preciso falar com a Hannah de um imóvel novo que foi colocado à venda esta tarde. Você leva a Tracey para o palco quando ela estiver pronta?

– Vai lá, amor – Bill concordou. – A gente te encontra assim que a Tracey ficar pronta.

– Que imóvel novo? – Hannah indagou no instante em que acharam um canto reservado nas coxias. – Eu achei que você fosse distribuir calendários na vizinhança da Danielle.

– Justamente. Foi assim que peguei o imóvel. O primo da sra. Adamczak está vendendo a casa dele. Ela pôs ele no telefone e eu o convenci a deixar o imóvel aos meus cuidados. Mas isso não importa, Hannah. Consegui uma informação nova para a gente.

Hannah esboçou um sorriso. Ela sempre poderia contar com Andrea.

– Qual?

– Você conhece a sra. Kalick, não conhece? É a viúva que mora no final do quarteirão da Danielle.

– Sei quem é. O que foi que ela te falou?

– Ela falou que estava se preparando para ir dormir quando ouviu carros no beco. Não sabe direito que horas eram, mas sabe que foi entre oito e meia e dez horas. A janela do banheiro da casa dela dá para o beco, e quando ela olhou para fora, viu o Grand Cherokee do Boyd passar. E um outro carro veio logo depois.

– Bom trabalho, Andrea! – Hannah a elogiou. – Pode ser muito importante. A sra. Kalick reconheceu o segundo carro?

– Não. O poste de luz fica no canto oposto do quarteirão, e o beco estava escuro. Mas era uma noite enluarada e ela reparou que de cima o carro era de uma cor clara. Disse que era grande, tipo Cadillac ou Lincoln, mas não é essa a parte mais empolgante. Tinha um terceiro carro.

– Tinha?

– Sim. Ele foi até a entrada do beco, apagou suas luzes e estacionou ao lado de um pinheiro. A sra. Kalick só conseguiu ver o para-choque. Tinha muitos galhos obstruindo a visão.

– Quanto tempo ele ficou estacionado?

– Uns quinze minutos, tempo suficiente para a sra. Kalick pôr a dentadura de molho e passar o hidratante noturno no rosto. Ela falou que quando olhou de novo, o carro já tinha sumido.

– Ela contou isso ao Bill e ao Mike?

Andrea acenou que não.

– Ela contou do carro que estava seguindo o Boyd, mas não mencionou o terceiro.

– Por que não?

– Ela imaginou que fosse a Felicia Berger com o namorado. Acho que não é a primeira vez que os dois estacionam debaixo do pinheiro com as luzes apagadas. A sra. Kalick gosta da Felicia, e não queria que ela arrumasse encrenca com os pais. Você sabe como os Berger são rígidos, Hannah. Eles não aprovam maquiagem nem dança, e esfolariam a Felicia viva se descobrissem que ela tem namorado.

Hannah conhecia os Berger, e eles eram os pais mais rígidos da cidade.

– Essa informação pode ser muito importante, Andrea, principalmente se o carro *não for* do namorado da Felicia. A sra. Kalick te contou mais alguma coisa?

– Não, mas o sr. Gessell sim. Ele é vizinho de porta da Danielle e acredita ter ouvido dois homens discutindo no beco. Ele ia sair para ver o que estava acontecendo quando as vozes pararam.

– A que horas isso aconteceu?

– Ele não sabe, mas disse que tinha acabado de ouvir a previsão do tempo na rádio KCOW. Eu liguei para a estação para verificar, Hannah. A previsão do tempo é transmitida todas as noites, das 8h55 às nove horas.

– Fez bem. – Hannah ficou impressionada.

– Sua vez, Hannah.

– Quê?

– Estou dizendo que agora é a sua vez. O que você descobriu sobre o xale?

– Nada de mais, mas a Claire ficou muito nervosa quando toquei no assunto. Falei que eu queria comprar o xale, e ela disse que não estava mais lá, que tinha desbotado na vitrine e ela tinha devolvido.

– Mas a gente sabe que não é verdade – Andrea destacou. – A Luanne viu o xale no consultório do Norman. Você acha que a Claire tinha dois xales idênticos?

– Não. Ela falou que era bordado à mão e que era uma peça única. Isso era verdade. Dava para perceber. Dei até uma chance de ela mudar a história. Disse que sabia que a época do Natal era uma correria só, e que eu entenderia se ela tivesse se esquecido de quem comprou. Mas ela olhou nos meus olhos e jurou que não tinha vendido.

– Então ela mentiu quando disse que devolveu, mas disse a verdade quando disse que ninguém comprou?

– Exatamente. Não faz sentido nenhum, Andrea. A única coisa que consegui pensar é que a Claire *deu* o xale e não quis que eu soubesse a quem.

– Que esquisito. – Andrea franziu um pouco a testa. – E é mais esquisito ainda a Claire ter ficado nervosa por causa disso. Acho que o xale é importante, Hannah. A gente tem que descobrir quem está com ele.

Hannah olhou ao redor e viu que Bill e Tracey se aproximavam.

– Eu sei. A gente conversa sobre isso mais tarde, Andrea. O Bill e a Tracey estão vindo.

– Combinado. – Andrea os viu e fez um aceno. Então se virou para Hannah. – É melhor você ir para a maquiagem antes que o concurso comece.

– Eu já fui. Fizeram minha maquiagem antes do jornal.

– Bom, você precisa retocar – Andrea informou. – O seu batom está apagado, seu rosto está brilhando e o cabelo está todo arrepiado de novo.

– Obrigada por me avisar, Andrea. – Hannah tentou não usar uma voz sarcástica ao se dirigir à sala de maquiagem. A intenção de Andrea não era fazer uma crítica; ela só queria que Hannah ficasse bonita. Mas com duas irmãs lindas como Andrea e Michelle, e a mãe que ainda ficava muito bem de biquíni, só o senso de humor impedia Hannah de andar pelas calçadas de Lake Eden com um saco de pão enfiado na cabeça.

Capítulo 9

Depois que o sr. Hart parabenizou a vencedora, uma senhora que tinha feito um bolo delicioso de sementes de papoula, Hannah se virou para Edna Ferguson, a nova jurada substituta.

– Você foi maravilhosa, Edna.

– Você acha mesmo?

– Acho. – Hannah lhe deu um sorriso carinhoso. – Acho que você soube lidar muito bem com o problema do biscoito de gengibre.

Edna fez uma careta.

– Eu realmente detestei.

– Eu sei, mas você elogiou a calda de conhaque da concorrente.

– A calda de conhaque era boa. Só que não combinava com o gengibre.

– Tem razão. – Hannah franziu um pouco a testa, lembrando da mistura de gengibre com conhaque. – Mas mesmo assim, eu acho que você foi muito delicada.

– Tentei ser. Depois do que aconteceu ontem à noite, imaginei que a última coisa que a gente precisava era de outro jurado sem tato no painel. A polícia ainda não prendeu ninguém, né, Hannah?

– Acho que não. Falei com o Bill logo antes de começar o concurso. Com certeza ele teria dito alguma coisa.

– Bom, eu espero que peguem o assassino logo! – Edna estremeceu um pouco. – Outro assassino à solta em Lake Eden! Fico toda arrepiada.

Depois de dar boa-noite a Edna, Hannah pegou as caixas com as coisas que tinha usado para cozinhar na televisão e as enfiou no porta-malas do carro. No trajeto até sua casa, onde Norman prometera encontrá-la, ela pensou no que Edna tinha dito. Talvez Edna suspeitasse que o homicídio de Boyd tivesse algo a ver com o concurso. Isso explicaria por que tivera tanto cuidado ao criticar os doces das concorrentes. Mas Hannah estava convencida de que os comentários horríveis de Boyd como jurado não tinham nada a ver com sua morte violenta. Todas as concorrentes da véspera tinham álibis incontestáveis, o que significava que Boyd tinha sido assassinado por outro motivo.

Hannah piscou suas luzes para um carro que estava costurando caminho um pouco perto demais da linha no meio da pista. O motorista se emendou e ela fez a ultrapassagem. Tinha certeza de que os carros que a sra. Kalick tinha visto no beco faziam parte do crime. Assim como a discussão que o sr. Gessell tinha ouvido. O telefonema que Boyd recebera na terça-feira também era uma peça importante do quebra-cabeça. A primeira paciente de Norman, a senhora misteriosa que esquecera o xale, poderia ser a pessoa que tinha telefonado. A intenção de Hannah era encher Norman de cookies e descobrir exatamente quem era ela.

Hannah abriu a porta com um sorriso. Por alguma razão estranha, estava muito feliz de ver Norman, e não só porque planejava arrancar dele a informação de quem era a paciente misteriosa. Norman não era o tipo de homem que fazia o coração de uma mulher palpitar. Dizer que estava ficando calvo era bondade, e além disso ele tinha uma pancinha. Mas Hannah sabia que uma dose de seu humor lhe faria bem depois daquele dia exaustivo, e Norman era um ótimo amigo.

– Oi, Norman. Estou tão feliz que você veio.

– Está? – Norman parecia ao mesmo tempo surpreso e satisfeito com sua receptividade. – Antes que eu me esqueça, você estava ótima hoje, Hannah. E também estava linda. O vestido fez seu cabelo parecer que era de cobre.

– Obrigada, Norman. – Hannah resolveu não fazer piada com o cobre e com o fato de que ele ficava verde. Era óbvio que o elogio de Norman era sincero, e não queria estragá-lo. – Entra logo. Está frio e minha lareira falsa está acesa.

– Rrruou! – Moishe também cumprimentou Norman com cordialidade, praticamente o fazendo tropeçar ao atravessar a porta.

– Ei, garotão. Só um segundinho. – Norman tirou o casaco, colocou-o na cadeira que ficava junto à porta e se abaixou para pegar Moishe. – Você tem aterrorizado algum chihuahua ultimamente?

Moishe ronronou tão alto que Hannah o ouviu do outro lado da sala. Ele nem reclamava quando Norman o carregava nos braços de barriga para cima, atitude que, se tomada por qualquer outra pessoa, valeria diversos arranhões profundos.

– Quer um vinho, Norman? Tenho uma garrafa aberta. – Hannah estremeceu um pouco ao se lembrar de que só tinha o garrafão verde de Chateau Ressaca comprado no mercadinho.

– Não, obrigado. Vou querer só um refresco diet, se tiver. Se não tiver, aceito uma água.

Hannah sorriu. Em geral, as pessoas de Minnesota não falavam "refresco". Embora Norman tivesse sido criado em Minnesota, vivera tantos anos em Seattle que pegara essa mania.

– O que foi que eu disse que te fez sorrir? – Norman perguntou.

– Refresco. Todo mundo aqui de Lake Eden chama de *refrigerante*. Você deu sorte, Norman. Acabei de estocar para as festas: tenho Coca, Coca Diet, soda limonada, um refrigerante de frutas vermelhas e 7-Up.

– De frutas vermelhas? – Norman abriu um sorriso. – Não tomo isso desde que era criança. Onde foi que você achou?

– No CostMart. Comprei todos que tinha lá. O gerente me contou que tinham recebido uma remessa parcial de uma engarrafadora do Sul. Mas não é diet.

– Não tem problema. Vou querer um mesmo assim.

Hannah sorria ao ir à cozinha para pegar a bebida de Norman. Queria lhe dar um presentinho de Natal, e uma caixa de refrigerante de frutas vermelhas seria perfeito. Ela abriu a tampa do refrigerante que parecia ser de morango, mas não era, e o serviu em um dos melhores copos que tinha. Depois de encher uma taça com o vinho do garrafão verde rotulado como "Vinho Branco de Mesa", levou as duas bebidas para a sala.

Norman estava sentado no sofá, segurando Moishe. O bichinho de Hannah continuava a ronronar e tinha no rosto uma expressão extasiada. Moishe gostava de Mike, mas adorava Norman. Quando se acomodou na outra ponta do sofá, Hannah se perguntou se o gato sabia de alguma coisa que ela não sabia.

– Come um cookie de aveia com passas. – Hannah apontou para a cesta forrada com guardanapos que tinha colocado na mesinha de centro, repleta de cookies "seguros". Moishe não gostava de passas, e isso os tornava à prova de gatos.

– Obrigado. – Norman pegou um cookie e deu uma mordida. – São meus prediletos.

Hannah riu.

– Você também disse isso do cookie crocante com gotas de chocolate. Não é possível que *todos* sejam seus prediletos.

– É possível, sim. Seus cookies são tão bons que o que estou comendo na hora é sempre o meu preferido. – Norman parou e franziu a testa. – O que eu falei fez sentido?

– Para mim, fez – Hannah disse com um sorriso. Ela sempre se sentia bem quando alguém elogiava seus cookies.

– Gostei da sua lareira – Norman comentou. – Quase parece de verdade.

– Eu também gosto. Aquece bastante e eu nunca preciso me preocupar com a lenha. A Andrea e o Bill têm uma lareira de verdade e ele sempre fica preocupado se o fogo ainda está aceso quando sobem para ir dormir.

– É por isso que eu quero uma lareira no quarto. Você põe um pouco de lenha antes de ir dormir e o quarto fica aconchegante e quentinho. Além de ser romântico.

Hannah sempre tinha imaginado que ter lareira no quarto seria romântico, mas nunca tinha ouvido alguém dizer isso.

– Você tem razão, Norman. Não sei por que elas são tão raras.

– Deve ser porque a maioria das pessoas não projeta a própria casa. A gente compra casas prontas, ou contrata um arquiteto que planeja tudo. Talvez seja uma boa eu instalar um daqueles programas de arquitetura no meu computador e tentar criar a casa perfeita.

– Deve ser divertido.

– Se eu conseguir o programa, você não quer me ajudar? Não sei nada sobre cozinha e essas coisas. Eu provavelmente vou esquecer de deixar espaço para o lava-louças ou o fogão.

– Os fogões – Hannah o corrigiu. – Se seu plano é viver recebendo gente, você vai precisar de dois. Um peru de Ação de Graças ocupa um forno inteiro. Você precisa do segundo fogão para os acompanhamentos.

Norman riu.

– Está vendo? Eu jamais pensaria nisso. É bem óbvio que eu preciso de você, Hannah. A gente vai colaborar nisso e criar nossa casa dos sonhos.

Hannah começou a ficar constrangida. Criar a casa dos sonhos com um homem com quem só tinha saído três vezes era um plano muito sério.

– Se ficar boa, a gente pode mandar a planta para o concurso de casas dos sonhos que o jornal de Minneapolis está fazendo. O prêmio para o primeiro lugar é de 5 mil dólares e a gente divide. Que tal, Hannah? Quer tentar?

– Claro. – Hannah sorriu, aliviada. Norman não estava propondo nada além da participação em um concurso, o que seria divertido. – Você arruma o programa e eu penso na cozinha perfeita.

Eles ficaram em silêncio por um instante, observando as chamas dançando nos buracos por onde saía o gás. Não era romântico, mas era aconchegante. Hannah relutava em quebrar o clima perguntando a Norman sobre a paciente, mas precisava descobrir quem tinha deixado o xale no consultório.

– Norman?

– Sim, Hannah?

– Eu preferia ficar aqui só olhando o fogo com você, mas preciso te fazer uma pergunta.

– Certo. O que foi?

– É sobre a primeira paciente que você atendeu na terça de manhã, não a Luanne Hanks, mas a que você não anotou na agenda. Quem foi?

Norman suspirou.

– Eu estava torcendo para você não descobrir isso. Você precisa mesmo saber, Hannah? Ou é só curiosidade?

– Eu preciso mesmo saber. Talvez eu não precise saber o nome, mas preciso saber se você arrancou algum dente dela.

Norman ficou confuso.

– Por que você precisa saber disso?

– Porque uma mulher ligou para o Boyd Watson ao meio-dia de terça e ela estava engolindo as palavras. Ele ficou muito chateado, e talvez isso tenha a ver com a razão por que ele foi assassinado. Eu e a Andrea achamos que ela pode ter chegado do seu consultório com a boca cheia de algodão.

Norman suspirou de novo e Hannah percebeu que ele hesitava em responder. Levou um instante, mas acabou dizendo:

– Está bem, Hannah. Extraí dois dentes do quadrante superior direito. Quando ela foi embora do consultório, às 7h45, pedi que ela ficasse com o algodão até que desse uma hora da tarde.

– Ela estava engolindo as palavras?

– Estava.

Hannah respirou fundo.

– Então eu realmente preciso saber quem foi, Norman. Deve ter sido ela quem ligou para o Boyd.

– Foi a Lucy Richards.

– A Lucy? Por que você não anotou o nome dela?

– Porque estou fazendo o tratamento dela por fora. É uma troca de favores.

Norman parecia extremamente incomodado, e Hannah sabia que estava escondendo alguma coisa. Será que Delores tinha razão sobre Lucy e Norman? Estaria fazendo um favor para a mulher de quem gostava?

– Não tem nada de errado nisso, Norman. – Hannah sorriu numa tentativa de tranquilizá-lo. – Sei que não é da minha conta, mas você... hmm... é a fim da Lucy?

Norman a encarou por um tempo, depois negou com a cabeça com tanta veemência que Hannah teve medo de que o cérebro dele se embaralhasse.

– Não! Quem foi que te deu *essa* ideia?

– Foi só um palpite. – Hannah não mencionaria nem a mãe dela nem a de Norman. – Então você está fazendo um favor para a Lucy tratando os dentes dela de graça. Qual é o favor que a Lucy está fazendo para você?

Por um longo momento de tensão, Hannah achou que Norman não responderia. Então ele suspirou e disse:

– Ela descobriu uma coisa a meu respeito, Hannah, um incidente que aconteceu quando eu vivia em Seattle. Eu cuido dos dentes dela e ela concorda em não publicar a matéria. É bem simples.

– Na verdade é *chantagem*.

– Na verdade é extorsão – Norman corrigiu –, mas eu preciso entrar no jogo. Ela me deixou numa sinuca de bico.

– O que a Lucy sabe é tão ruim assim? – a pergunta escorregou da boca antes que Hannah tivesse a chance de refletir, e ela se arrependeu na hora. Não era da sua conta.

– É bem ruim. Não acabaria com a minha vida caso viesse à tona, mas o pessoal de Lake Eden jamais me olharia da mesma forma. Mas o que mais me preocupa é minha mãe. Ela ficaria arrasada.

A cabeça de Hannah girava. Norman assumia que Lucy o chantageava. Teria tentado a mesma coisa com Boyd? E Claire? Lucy tinha entrado na Cookie Jar usando um casaco novo da Beau Monde, e era a dona do xale caro que Luanne queria comprar para a mãe. A história que Lucy tinha contado, do adiantamento pelo livro, era asneira pura. Era o que Hannah tinha achado naquele momento. E agora ela desconfiava de que cada centavo da fortuna recém-adquirida de Lucy vinha das pessoas que ela ameaçava expor.

– Hannah?

– Sim? – Hannah pôs os pensamentos em compasso de espera e se virou para Norman.

– Eu te fiz uma pergunta. Você precisa saber o que a Lucy descobriu a meu respeito?

Hannah tomou uma decisão instantânea.

– Não.

– Você tem medo de não gostar mais de mim se descobrir o que é?

– Você devia saber que isso não vai acontecer, Norman! – Hannah lhe lançou um olhar duro. – Seu segredo é *seu* segredo. Mas se um dia você decidir me contar, eu te garanto que meus sentimentos por você não vão mudar.

– Obrigado, Hannah. Talvez eu te conte depois, mas não agora.

– Para mim, está ótimo. – Hannah fez o possível para conter a curiosidade sobre o que Norman teria feito. – Pensa bem, Norman. Você acha que a Lucy pode estar fazendo a mesma coisa com outros moradores da cidade?

Norman encolheu os ombros.

– É possível, sem dúvida. Como repórter, ela tem acesso a tudo quanto é tipo de informação. Foi assim que ela me descobriu. Na verdade, eu não diria que ela seria incapaz disso. Quando ela foi ao meu consultório e exigiu que eu arrumasse os dentes dela, fiquei com a impressão de que não era a primeira vez que ela fazia esse tipo de coisa.

– O que te fez pensar isso?

– Ela sabia direitinho o que estava fazendo. Ela me deu a matéria, me mandou ler e disse que tinha um acordo para me propor. E me avisou que se eu sequer cogitasse entregar ela para a polícia, no dia seguinte a matéria seria publicada na primeira página do *Lake Eden Journal*.

Hannah se surpreendeu com a ingenuidade de Norman.

– E você acreditou?

– Claro que não. Eu tinha a certeza de que Rod jamais publicaria a história, mas ainda assim ela poderia contar para as pessoas, e você sabe como as fofocas se espalham em uma cidade do tamanho de Lake Eden. Além do mais... – Norman titubeou – ... talvez essa parte eu não deva te contar.

– Abre a boca, Norman – Hannah mandou. – Eu quero saber.

– Àquela altura, eu estava com muita raiva. E estava louco para mexer nos dentes dela. Eu pensei que podia dar uma alfinetada com a agulha mais cega que eu tenho.

Hannah riu. Achou inevitável. E ficou feliz ao ver Norman rindo junto.

– Você fez isso?

– Não. Depois que comecei, meu lado profissional tomou as rédeas. Sou um bom dentista, Hannah.

– Não tenho dúvida disso.

Norman deu um gole no refrigerante de frutas vermelhas e suspirou.

– O que você acha que eu devo fazer, Hannah? Denuncio para o xerife Grant?

– Por enquanto, não. Até agora, você é a única vítima que a gente conhece. Acho que a gente devia primeiro tentar achar outras.

– Tem certeza de que tem outras?

– Tenho quase certeza. Não esquece que a Lucy ligou para o Boyd. Ela devia estar fazendo a mesma coisa com ele. E deve ter outras pessoas. Ela vem gastando dinheiro como se nascesse em árvore.

– Mas como você vai achar as outras vítimas? Elas não vão aparecer e te contar tudo. Você vai precisar ter provas.

– Provas. – Hannah repetiu a palavra e abriu um sorriso. – É isso, Norman. A Lucy tinha alguma prova de que a história que ela escreveu sobre você era verdadeira?

– Tinha. Ela tinha uma carta de...

– Deixa para lá – Hannah o interrompeu. – Não preciso saber de onde ela veio. Mas ela tinha provas?

– Tinha. A carta que me mostrou era uma cópia, mas ela afirmou ter a original.

– Então só preciso descobrir onde ela a guarda. Deve ter coisas das outras vítimas. Eu posso descobrir quem elas são e... – Hannah parou no meio da frase e abriu um sorriso largo. – Esquece o que eu disse. Deve ser o cansaço. Não preciso descobrir quem são as outras vítimas da Lucy. Só preciso roubar as provas dela.

– Mas como você vai fazer isso? Você nem sabe onde ela guarda.

– Não deve ser na redação do jornal. O Rod poderia achar. – Hannah começou a eliminar possibilidades. – E também não guardaria em um cofre porque o banco fecha durante a noite e poderia precisar delas. Ela não confiaria em ninguém para guardá-las porque é importante demais. E isso quer dizer que está no apartamento dela.

– Faz sentido, mas é impossível que a Lucy te dê permissão para revirar o apartamento dela.

– Meu plano não era pedir permissão. Quando é a próxima consulta dela?

– Amanhã de manhã, às sete. Ela vai chegar cedo e eu vou fazer moldagens. Mas você não pode arrombar a casa dela, Hannah. É ilegal.

– Assim como extorsão. Por quanto tempo você consegue ficar com ela no consultório?

– Sei lá. – Norman franziu a testa e Hannah entendeu que sua moralidade estava fazendo um auê.

– Você precisa colaborar comigo, Norman. Vou precisar de uma hora, no mínimo.

Norman suspirou e cedeu.

– Eu dou um jeito. Misturo bastante água com o pó da moldagem para demorar mais para firmar. Mas não consigo segurar ela por mais de uma hora.

– Não tem problema. O apartamento é pequeno e já devo ter acabado até lá. Liga para o telefone da Lucy quando ela sair do consultório para eu saber que está na hora de ir embora.

– Está bem, mas não estou gostando nada disso, Hannah. E se você for pega no flagra?

– Não vou ser – Hannah lhe garantiu, desejando que alguém pudesse tranquilizá-la.

Cookies de aveia com passas

Preaqueça o forno a 190 °C,
use a grelha do meio.

1 xícara de manteiga derretida (*250 ml*)
2 xícaras de açúcar refinado
2 colheres (chá) de essência de baunilha
½ colher (chá) de sal
2 colheres (chá) de bicarbonato de sódio
2 ovos grandes batidos (*é só batê-los com o garfo*)
2 ½ xícaras de farinha de trigo (*não precisa peneirar*)
1 xícara de passas (*pretas ou brancas, à sua escolha*)
2 xícaras de aveia seca MOÍDA (*meça antes de moer*)

Derreta a manteiga em uma tigela grande que possa ir ao micro-ondas. Junte o açúcar e misture. Em seguida, junte a baunilha, o sal e o bicarbonato.

Quando a mistura estiver em temperatura ambiente, misture os ovos. Junte a farinha e misture tudo. Depois acrescente as passas.

Prepare a aveia. (*Se possível, use Quaker – a caixa de papelão tem mil e uma utilidades.*) Meça 2 xícaras e ponha tudo no processador, moa com a lâmina de aço até ficar com consistência de areia áspera. Despeje na massa e misture bem. (*A massa vai ficar bem dura.*)

Com as mãos, faça bolinhas com a massa do tamanho de nozes e distribua em uma assadeira untada. A assadeira de tamanho padrão comporta 12 cookies. (*Caso a massa esteja grudenta demais para ser enrolada, ponha a tigela na geladeira por 30 minutos e tente de novo.*) Desenhe um xadrez nas bolinhas com o garfo (*feito cookies de pasta de amendoim*).

Asse por 10 minutos a 190 ºC. Deixe esfriar na assadeira por 2 minutos, depois transfira os cookies para uma grade para que esfriem por completo.

A Andrea adora esses cookies e ela nunca gostou de passas – vai entender!

Capítulo 10

Andrea sentiu calafrios quando Hannah estacionou no final do beco de Vera Olsen.

– Você tem certeza absoluta de que a gente tem que fazer isso?

– Certeza. – Hannah desligou o carro e olhou para o relógio. Eram sete horas e Lucy já estaria na cadeira do consultório de Norman àquela altura. – Vê se entende, Andrea. É impossível eu ficar de braços cruzados vendo a Lucy extorquir as pessoas!

– Acho que é impossível mesmo. – Andrea tornou a sentir calafrios. Era uma manhã gelada e o vento estava forte, mas Hannah desconfiava de que a irmã sentia mais medo do que frio.

– Vamos lá, Andrea. A gente não tem muito tempo. Não dá para o Norman segurar a Lucy no consultório para sempre.

– Tem razão. Vamos acabar logo com isso. – Andrea cobriu as orelhas com o gorro e abriu a porta do carona. – Que bom que a Tracey foi passar a noite na casa da avó. Não gostaria que ela descobrisse que a mãe é uma criminosa.

– Você não é criminosa. Assumo toda a responsabilidade pelos problemas que possam surgir.

– Que problemas? – Andrea segurou o braço de Hannah enquanto atravessavam o beco. – Você não falou nada sobre problemas quando me ligou ontem à noite.

Hannah fez cara feia. Devia ter fechado sua boca grande, mas agora era tarde demais para engolir as palavras.

– Eu realmente não estou esperando nenhum problema.

– E os problemas que você não está esperando? É melhor você me falar logo, Hannah.

– Bom. – Hannah se calou e suspirou. Ela abriu um balaio de gatos, e estavam bem longe de um ninho de ratos. – Acho possível sermos flagradas. Se isso acontecer, vou falar para o Bill que te arrastei até aqui e você não sabia quais eram meus planos.

– Ah, claro. E o Bill vai acreditar. Estou começando a me arrepender, Hannah.

– Você prefere me esperar no carro?

– Não. Eu disse que ia te ajudar e é isso que vou fazer. – Andrea acelerou um pouco os passos. – Anda, Hannah. A gente não quer ser vista por ninguém.

– Ninguém vai nos ver. E se isso acontecer, não vão saber quem nós somos. Foi por isso que mandei você usar o casaco e o gorro do Bill.

A entrada do apartamento de Lucy ficava no beco e Hannah sabia que as chances de alguém vê-las eram mínimas. Havia uma escada externa que ficava exposta às intempéries, mas uma sempre-viva enorme, com ramos densos, as esconderia das vistas dos vizinhos.

Quando chegaram ao pé da escada, Andrea titubeou.

– E se ela cancelou a consulta, Hannah? O que é que a gente vai fazer?

– A gente bate primeiro. Se a Lucy atender, eu digo que passei para dar uns cookies de aniversário a ela. – Hannah mostrou o saquinho que levava. – A gente fica um pouco e depois vai embora.

– Hoje é aniversário da Lucy?

– Não sei quando é, mas é uma boa desculpa. – Hannah foi a primeira a subir a escada. – Eu sempre posso falar que alguém me deu a data errada. Mas a Lucy *não está* em casa. O Norman disse que ela nunca faltou a uma consulta e que é sempre pontual.

– Então por que você trouxe o cookie?

Hannah suspirou, lamentando que a irmã fosse tão atenta de manhã.

– Porque é sempre bom estar preparada.

Quando chegaram ao patamar, Hannah bateu à porta. Ninguém atendeu, nem quando ela bateu uma segunda vez. Ela se virou para Andrea.

– Está vendo? Falei que a Lucy não estava. Segura aqui os cookies. Preciso usar meu cartão de crédito.

– Para quê?

– Para abrir a porta. É só passar ele entre a moldura da porta e a tranca e ir mexendo até a lingueta estalar.

– Não vai dar certo. A tranca da Lucy é embutida. Está vendo essa segunda fechadura aqui?

Hannah franziu a testa. Andrea tinha razão. A porta de Lucy tinha duas trancas.

– Eu não sei abrir tranca embutida.

– Não é para abrir. O Bill diz que quando instalada de forma certa, não existe proteção melhor contra arrombadores do que a tranca embutida. – Andrea se esticou, apoiada no parapeito, para examinar a janela que ficava à direita da porta. – Mas claro que essa tranca não adianta muita coisa se você se esquecer de fechar a janela.

Andrea tirou as luvas e as enfiou no bolso. Abriu a janela contra tempestades, empurrou-a para o lado e pôs a palma das mãos no vidro interno. Empurrou, a janela se levantou, e ela se virou para abrir um sorriso triunfal para Hannah.

– Eu entro por ela. Sou menor que você. Você segura meu casaco e num segundo eu chego lá.

Hannah ficou olhando Andrea montar no parapeito e segurar o peitoril da janela. Ela deslizou até o tronco estar dentro da casa, depois apoiou os pés no parapeito e se contorceu até enfiar o resto do corpo. Hannah ouviu um baque e instantes depois a porta se abriu.

– Eu falei que conseguia. – Andrea sorriu, orgulhosa. – Mas seria bom se a Lucy não tivesse empilhado a louça suja na pia. A gente deve um prato e uma xícara de café a ela.

O apartamento de Lucy ficava no sótão, sob o telhado inclinado, e era composto de cozinha, banheiro e um ambiente amplo que servia a todos os propósitos. Andrea e Hannah começaram pela cozinha minúscula e acabaram de revistá-la rapidamente. Depois de abrir todos os armários e olharem dentro do forno, das prateleiras da geladeira e até dentro do congelador, fizeram buscas no banheiro.

Demoraram ainda menos no banheiro. Havia apenas quatro gavetas para revistar, e não acharam nada no armário de remédios fora a maquiagem, a escova de dentes e uma pasta de dente pela metade, além de uma aspirina fora da validade.

– Espera um segundo. – Hannah parou Andrea quando estava prestes a sair do cômodo. – A gente não olhou no vaso.

– No vaso?

– Eu já vi isso num filme. A pessoa enfia as coisas num embrulho à prova d'água e esconde na caixa.

Andrea ficou olhando Hannah levantar a tampa e examinar o interior da caixa.

– Achou alguma coisa? – ela perguntou.

– Nada além de água e das peças do vaso sanitário – Hannah relatou. – Acho que a Lucy não viu esse filme.

Em seguida, passaram ao ambiente amplo multiúso. Servia de sala de estar, escritório e quarto, e Hannah sabia que a tarefa seria desafiadora.

– Essa porta dá aonde? – Hannah perguntou, apontando para uma porta na parede, ao lado da cama de Lucy.

– Essa é a porta original do sótão – Andrea explicou. – Teve uma vez que a Vera me trouxe aqui em cima, quando eu estava no ensino médio.

– Por quê?

– A gente estava procurando acessórios para a peça de teatro do último ano. A Vera tinha um monte de coisas dos pais dela, e elas ficavam guardadas aqui no sótão. Por onde você quer que eu comece, Hannah?

– Você olha o closet e eu olho a cômoda da Lucy.

Andrea estava virada para o closet quando elas ouviram uma batidinha. As duas trocaram olhares assustados e Andrea sussurrou:

– O que é isso?

– Alguém batendo na porta – Hannah respondeu sussurrando.

– O que a gente faz?

Hannah viu que a irmã estava amedrontada e esticou a mão para tocá-la no braço.

– A gente não atende. Relaxa, Andrea. Se a pessoa tivesse a chave, não teria batido.

As batidas continuaram por mais algum tempo. Então veio o silêncio. As irmãs prenderam o fôlego, atentas aos passos descendo a escada, mas não ouviram nada. Esperaram, agoniadas pelo suspense, mas então as batidas recomeçaram.

– Ele é muito insistente – Andrea cochichou.

– Eu sei. Seria de se imaginar que já estivesse com os dedos doendo. – Hannah gesticulou para que Andrea saísse da beirada da cama de Lucy. – Deita aí no chão, Andrea. Acho que dá para ver o patamar da escada da janela da cozinha. Vou dar uma espiada.

Hannah entrou na cozinha na ponta dos pés e colou na parede ao se aproximar da janela acima da pia. Se a visita de Lucy a visse, seria difícil explicar o que estavam fazendo no apartamento sem que Lucy estivesse ali. As cortinas da cozinha eram de algodão amarelo, sustentadas por aros de plástico brancos em um varão estreito sobre a janela. Andrea as fechara depois de invadirem, mas havia uma frestinha entre os dois painéis.

A fenda entre os tecidos era perfeita. Hannah olhou para fora e esticou o pescoço para o lado. Via o patamar da escada, mas estava deserto. Não havia ninguém no alto da escada. A visita de Lucy continuava batendo: ouvia os batuques, assim como o corvo de Poe na porta do quarto.

O corvo de Poe? Hannah se apegou a essa ideia e abriu um sorriso. Esticou as mãos, abriu as cortinas e se deparou com os olhinhos redondos de um pica-pau de cabeça vermelha, flagrado no ato de bicar a moldura de madeira da porta da casa de Lucy. A ave ficou imóvel, depois deu um voo assustado, indo para o pinheiro que ficava ao lado da escada.

Hannah riu ao refazer seu caminho até o cômodo amplo da casa e ver Andrea espiando de trás da cama de Lucy.

– Pode sair daí, Andrea. Era só um pica-pau.

– Um pica-pau? – Andrea ficou meio reticente ao se levantar e se esgueirar para fora do espaço apertado, tirando o travesseiro do lugar com seus movimentos.

– Deve ter insetos na madeira da porta da Lucy. Ele saiu voando quando me viu.

Andrea soltou um suspiro aliviado.

– Eu só conseguia pensar no assassino do Boyd. Imaginei ele no alto da escada com uma faca na mão.

– Acho que o assassino não teria a educação de bater na porta. – Hannah deu um empurrãozinho na irmã, indicando o closet de Lucy. – Vamos lá, Andrea. Você olha o closet e eu cuido da cômoda e da cama.

Hannah examinou todas as gavetas da cômoda de Lucy enquanto Andrea encarava o closet comprido aninhado sob o beiral do telhado. Depois de acabar a busca na cômoda, Hannah se ajoelhou para olhar embaixo da cama.

– Ela está cheia de roupas novas – Andrea comentou, a voz abafada pelas peças de Lucy. – A maioria ainda está com a etiqueta, e é tudo da Beau Monde Fashions.

Hannah assentiu enquanto tirava as fronhas dos travesseiros e as sacudia.

– Isso é prova de que a Claire é uma das vítimas. A Lucy não tem como bancar as roupas da Beau Monde. Ela deve ter obrigado a Claire a dar tudo de graça.

– No closet dela não tem nada, Hannah. – Andrea emergiu do espaço estreito e comprido. O cabelo estava desgrenhado e o suéter estava cheio de teias de aranha. – Está bem claro que a Lucy não ganharia nenhum prêmio de casa mais arrumada. O closet dela é um desastre. Onde você quer que eu olhe agora?

– Olha embaixo dos móveis. Ela pode ter colado um envelope. E não esquece o sofá. Apalpa as almofadas, vê se não tem nada volumoso dentro delas. Eu vou olhar a escrivaninha.

Lucy tinha uma escrivaninha à moda antiga, com tampa de correr, e Hannah a observou com admiração. Delores tinha uma bem parecida, e era um de seus pertences mais estimados. Hannah a ajudara a levar a mesa para casa depois do leilão de antiguidades, e Delores lhe mostrara os compartimentos escondidos. Por sorte, Hannah ainda sabia onde ficavam.

Depois de revirar tudo o que havia nas gavetas normais, Hannah retirou uma delas e enfiou a mão no buraco para soltar a trava. O fundo falso se abriu com um clique, e ela esticou o braço e pegou um envelope cinza com dois círculos de papelão, um na aba e o outro logo abaixo. Um fio vermelho os unia e fazia as vezes de fecho.

– Achei uma coisa, Andrea.

Andrea foi correndo e ficou olhando Hannah desatar o fio.

– Onde foi que você achou isso?

– Em um compartimento escondido.

– Esse envelope é muito antigo. Acho que já não são fabricados há anos.

– Tem razão. – Hannah franziu a testa. – Pode ser do antigo dono da mesa.

Depois de desenrolar o fio, Hannah levantou a aba e arregalou os olhos. Havia um maço de notas de cem dólares dentro do envelope.

– Quanto tem aí? – Andrea indagou, fitando o dinheiro.

– Sei lá. Deixa eu contar. – Hannah contou e se virou para Andrea. – Tem 2 mil dólares. E não é do antigo dono da mesa. É da Lucy, e ela escondeu no compartimento secreto.

– Como é que você sabe?

– Algumas das notas têm a foto grande. É cédula nova, não antiga. – Hannah devolveu as notas ao envelope e enrolou o fio de novo para fechá-lo.

– O que a gente vai fazer com isso?

– Eu ainda não sei. Depende da origem dele. – Hannah esticou o braço até o compartimento escondido e pegou outro envelope. Era branco, de tamanho padrão, e tinha o símbolo do Departamento de Polícia de Seattle acima do endereço de retorno.

– O que é isso?

– É a razão por que o Norman está sendo extorquido. – Hannah dobrou o envelope e o enfiou no bolso de trás da calça jeans. – Vou devolver para ele.

– Você não vai abrir antes?

– Não.

– Mas você não quer saber o que o Norman fez?

– Claro que sim, mas vou esperar que ele me conte. – Hannah deu uma olhada para Andrea e reparou que a irmã estava com uma expressão esquisita no rosto. – O que foi?

– Você abriria o envelope num piscar de olhos se fosse fofoca de outra pessoa. Você deve gostar do Norman muito mais do que diz.

Hannah ignorou o comentário e tateou o compartimento outra vez. Era óbvio que Andrea suspeitava de um romance, e Hannah não queria debater o que sentia por Norman. Era seu amigo, talvez seu melhor amigo. Por enquanto, isso já bastava.

– O que mais tem aí? – Andrea perguntou.

– Fotos e negativos. Acho que a gente encontrou, Andrea.

– A montanha de munição para as tramoias sórdidas dela?

– Você misturou as metáforas, mas não tem importância. O importante é que a gente já tem provas contra a Lucy. Olha só essas fotos que ela tirou!

– É a Claire e o prefeito Bascomb entrando no Hotel Blue Moon. – Andrea parecia um pouco espantada ao olhar a primeira foto. – Não é de surpreender que Claire tenha dado tantas roupas para ela!

– A Lucy também deve ter chantageado o prefeito. Ele é casado e não ia gostar que a esposa visse essa foto. – Hannah largou a foto e pegou outra. – Essa aqui a Lucy tirou no Lake Eden Inn.

– Tem razão. É a mesa da recepção. Quem são esses dois caras?

– Um deles é o sr. Rutlege, o jurado que teve que se retirar. E o outro é o marido de uma concorrente. Não lembro qual é o nome dele, mas ele está segurando o envelope cinza que a gente achou.

– O do dinheiro?

– Parece ser exatamente o mesmo.

– Será que ele subornou o sr. Rutlege para a esposa ganhar o concurso?

– Ele *tentou* subornar. O sr. Rutlege deve ter recusado, já que foi a Lucy quem acabou com o dinheiro nas mãos.

Andrea refletiu um pouco, depois disse:

– Faz algum sentido. A Lucy deve ter visto o que aconteceu e deve ter confrontado o marido da concorrente. Provavelmente ameaçou ir a público se ele não lhe desse o envelope de dinheiro.

– Acho que deve ter sido isso. – Hannah apontou para outra foto. – Olha só essa. A Lucy tirou pela janela da cozinha da casa da Danielle.

Andrea estremeceu ao olhar para a foto.

– É o Boyd, e ele está batendo na Danielle. Ela parece estar morrendo de medo. E o Boyd está com uma cara horrível.

– Ele *era* horrível. – A voz de Hannah estava severa. – Eu não consigo sentir empatia por ele, Andrea. Sei que ele não merecia morrer do jeito que morreu, mas fico feliz de saber que a Danielle não precisa mais sofrer.

– Amém. Que bom que você achou isso, Hannah. Agora a gente precisa descobrir por que a Lucy telefonou para o Boyd. Devia estar pedindo dinheiro para ficar quieta.

Hannah ficou um bom tempo olhando para a foto, com uma expressão intrigada.

– Essa foto tem alguma coisa a ver com o assassinato do Boyd, mas não sei direito o quê.

– Eu também não sei, a não ser que... – A voz de Andrea sumiu e ela empalideceu. – Você acha que a Lucy... Digo, se o

Boyd se recusou a pagar e ela ficou com raiva dele, ela... não *mataria* ele, né?

– De jeito nenhum – Hannah lhe garantiu. – A Lucy é baixinha e o Boyd era alto.

– E daí?

– O golpe que matou o Boyd veio de cima. A Lucy teria que estar em cima de uma escada para martelar a cabeça dele com aquela força toda.

– Certo. Essa parte eu entendo. Mas e se o Boyd estivesse ajoelhado, implorando por misericórdia?

– Da Lucy? O Boyd tinha muitos quilos a mais que ela, e a gente já sabe que ele não se melindrava para bater em mulher. Se ele achasse que estava em perigo, teria agarrado a Lucy, martelo e tudo, e jogado ela contra a parede.

– É verdade. Mas vai ver que a Lucy o convenceu a se ajoelhar. Se ela deixou cair alguma coisa, e o objeto rolou e foi parar embaixo do carro, Boyd podia estar tentando pegá-lo para ela.

– Isso também não faz sentido – Hannah informou. – Tinha marcas de óleo no chão da garagem e o Boyd estava de calça cinza-clara. Se ele estivesse no chão, estaria com manchas de óleo nos joelhos da calça.

Andrea suspirou, aliviada.

– Que bom que você me disse isso, Hannah. Por um instante eu fiquei pensando que a gente podia estar revirando o apartamento de uma assas...

– Shh! – Hannah segurou o braço da irmã para calá-la. – Estou ouvindo alguma coisa!

– Outro pica-pau?

– Dessa vez não.

As duas prenderam a respiração, prestando atenção aos barulhos. Ouviram passos leves e Hannah se virou para a irmã.

– É a Vera. Ela está subindo pela escada interna.

– Ela deve ter ouvido a gente andando aqui em cima. – Andrea estava com uma cara de pânico. – Vamos ser pegas no flagra, Hannah!

– Não vamos, não. Vai se esconder no closet. Eu já estou indo. – Hannah deu um empurrãozinho em Andrea. – Corre!

Hannah recolheu as provas achadas, enfiou no fundo do compartimento secreto e recolocou a gaveta no lugar. Em seguida, ela pegou os casacos, os gorros e o saquinho de cookies e correu em direção ao closet o mais rápido possível. Se Vera Olsen as visse ali, ligaria para Bill e Mike para dar queixa. Andrea escaparia com uma palmadinha na mão. Tanto Bill como Mike acreditariam que Hannah tinha sido a agitadora. Mas quando Mike descobrisse que Hannah tinha ignorado seus conselhos e estava se intrometendo ativamente no caso, ele a trancaria numa cela e derreteria a chave.

Capítulo 11

– Ela não sabe que a gente está aqui – Hannah cochichou, empurrando para o lado a saia longa vermelha que roçava seu rosto.

– Como você sabe?

– Se a Vera achasse que é um invasor, teria ligado para a delegacia lá de baixo.

Andrea ficou calada por um instante, depois sussurrou:

– Tem razão. Impossível que uma mulher da idade da mamãe fosse enfrentar um invasor sozinha.

Hannah sorriu à luz fraca que vinha da outra ponta do closet de Lucy, onde uma janelinha tinha sido instalada. Vera Olsen alegava ter cinquenta anos, mas Hannah tinha visto sua foto no anuário de 1957 da Jordan High, que uma vez folheara na biblioteca da escola. A não ser que Vera tivesse levado uma década para completar o último ano do ensino médio, devia estar mais perto dos sessenta do que dos cinquenta anos. Mas se Vera queria mentir a idade, Hannah não ia atrapalhar.

A porta do closet de Lucy era feita de pinho nodoso, e Hannah cutucou Andrea e apontou para um buraco do nó que seria muito útil. Achou outro para si e ambas espiaram o que Vera faria. A porta ao lado da cama de Lucy se abriu e Vera entrou com um sorriso no rosto. Não estaria sorrindo se achasse que ia enfrentar um invasor, e Hannah entendeu que estavam a salvo, pelo menos por enquanto.

Vera cruzou o ambiente e foi direto até o computador de Lucy, que ficava em uma mesa bem em frente ao closet. Apertou o botão, ligou o monitor e se sentou na cadeira de Lucy, de costas para elas.

Andrea cutucou Hannah. Estava com uma expressão confusa, e Hannah respondeu encolhendo os ombros. Em seguida, Hannah apontou para o olho e Andrea fez que sim. O diálogo foi completamente mudo.

"O que é que ela está fazendo, Hannah?"

"Sei lá. A gente vai ter que esperar para ver."

"Está bem".

Vera cantarolou uma musiquinha enquanto o computador ligava. Como o cômodo era apertado e o monitor de dezessete polegadas de Lucy ficava em cima da CPU, Hannah e Andrea enxergavam a tela perfeitamente.

Depois que o computador já estava aquecido, Vera usou o mouse de Lucy para clicar no ícone do provedor de internet. Elas ouviram o tom de chamada e o número foi discado automaticamente com uma série de bipes. Houve uma explosão de estática e alguns outros bipes quando Vera se conectou, e então uma voz gerada por computador anunciou, "bem-vinda, Gostosa. Você recebeu um e-mail".

Andrea tampou a boca com a mão para abafar uma risadinha, e Hannah engoliu em seco. A ideia de Vera como "Gostosa" bastava para que as duas tremessem numa risada silenciosa. Vera clicou no ícone do e-mail e uma mensagem apareceu na tela. Estava em letras garrafais e as duas irmãs mal continham a alegria ao ler.

OLÁ, GOSTOSA – VOCÊ PEDIU UMA FOTO. AQUI ESTÁ. É SÓ VOCÊ CLICAR EM FAZER DOWNLOAD. QUE TAL UMA SUA? EU LIGO HOJE À NOITE PARA OUVIR SUA VOZ DOCE AO TELEFONE. TE AMO LINDA, LOBO PRATEADO.

Enquanto observavam, Vera baixava a foto e o retrato de um homem grisalho apareceu na tela. Ele sorria para a câmera e acenava do convés de um veleiro que parecia caro. Vera ligou a impressora a cores de Lucy e imprimiu a foto, arrebatando-a da bandeja com um sorriso. Em seguida, apertou o botão de responder e digitou uma mensagem.

TE MANDO MINHA FOTO AMANHÃ. TENHO QUE ACHAR A FOTO CERTA. PROMETO QUE VOU ESPERAR SUA LIGAÇÃO AO LADO DO TELEFONE. TAMBÉM TE AMO, GOSTOSA.

Hannah não se arriscou a olhar para Andrea por medo de se descontrolar. Vera Olsen, uma mulher que ela nem sabia que mexia em computadores, estava tendo um romance internético.

Depois de Vera deletar a mensagem particular e desligar o computador de Lucy, ela atravessou o cômodo com passos ligeiros e a foto do Lobo Prateado na mão. Abriu a porta, saiu e a fechou com um estalo.

Hannah e Andrea não disseram nem uma palavra ao ouvir os passos cada vez mais distantes de Vera. Quando já tinha certeza de que ela havia descido, Hannah cutucou Andrea. Saíram do closet, se olharam e imediatamente tiveram uma crise de riso.

– Você acha que a Vera vai mandar a foto dela para o Lobo Prateado? – Andrea perguntou.

– Por que não? Ela está ótima para a idade dela.

– Ela estaria ainda melhor se retocasse a raiz.

– Quem sabe ela não retoca? – Hannah riu. Só Andrea para reparar naquele tipo de coisa. – Vamos. São só 7h35, mas para que dar sorte ao azar? Vamos pegar as provas e cair fora.

– Eu estava pensando nisso. A Lucy não vai perceber que elas sumiram?

– Claro que vai, mas não vai saber quem as pegou. E ela não tem como reclamar que foram roubadas.

Andrea abriu um sorriso.

– Acho que não. Ela teria que explicar como foi que conseguiu essas coisas. E o dinheiro? Você também vai pegar?

– Claro. Ele não é da Lucy. Vou devolver ao marido da concorrente e dar um sermão sobre tentar subornar um jurado.

Andrea achou uma pilha de envelopes grandes ao lado do computador de Lucy e entregou um deles a Hannah.

– Enfia tudo aí dentro que eu escondo debaixo do casaco.

– Boa ideia. – Hannah puxou a gaveta, soltou a trava do fundo falso e pegou as provas. Pôs tudo no envelope e enfiou a mão no compartimento para verificar se não tinha deixado passar nada. – Tem um rolo de filme desprotegido. É melhor eu levar também. O Norman pode revelar ele para a gente.

Andrea apontou para os vários rolos de filmes espalhados na escrivaninha de Lucy.

– Tem outros filmes aqui. Quer levar?

– Não. Se fosse importante, a Lucy não teria deixado aí em cima. É diferente do rolo que ela escondeu no compartimento secreto. Pode ser uma prova que ela não teve tempo de revelar.

– Quer que eu dê uma olhada na casa inteira para ter certeza de que a gente não esqueceu nada? – Andrea sugeriu.

– Sim. Olha na cozinha e no banheiro e eu olho aqui.

Hannah tinha acabado de concluir que não tinham deixado nenhum rastro revelador quando o telefone de Lucy tocou. Ela deu uma olhada no relógio e franziu a testa. Eram apenas sete e quarenta e o combinado era que Norman seguraria Lucy na cadeira do consultório até as oito horas.

– É o Norman? – Andrea apareceu na porta, preocupada.

– Ainda não sei. A gente precisa esperar a ligação cair na secretária eletrônica.

O telefone tocou uma segunda vez, uma terceira. A secretária de Lucy entrou em ação antes do quarto toque e elas ouviram a mensagem. "Este é o telefone da Lucy Richards, repórter especial. Deixe seu número que eu te retorno em breve."

Hannah revirou os olhos para o teto. O máximo que Lucy fazia que poderia ser considerado uma reportagem especial era a descrição de um vestido de noiva.

"Lucy? Cadê você, Lucy?" Hannah arregalou os olhos quando reconheceu a voz. Era Norman, e ele parecia nervoso. "Eu cheguei às sete para fazer a moldagem dos seus dentes e você está mais de meia hora atrasada. Não posso mais esperar por você. Você vai ter que me ligar para remarcar."

A secretária eletrônica desligou com um estalo e Hannah se deparou com o olhar assustado de Andrea.

– Vamos, Andrea. Hora de correr para as colinas.

O coração de Hannah ainda estava acelerado quando as duas entraram na Clínica Odontológica Rhodes. Tinham saído correndo do apartamento de Lucy e só por um golpe de sorte tinham escapado de esbarrar com ela.

Norman deslizou o painel de vidro assim que escutou a porta da clínica se abrir, e ficou aliviado ao vê-las.

– Que bom que vocês acabaram não indo na Lucy! Ela não apareceu para a consulta e não ligou para cancelar.

– A gente foi. – Hannah ainda estava meio irritada porque Norman não havia ligado para adverti-las. – A gente já estava saindo quando você ligou. Por que você não avisou antes?

– Eu tentei. A princípio, achei que ela estivesse atrasada, mas às sete e dez, liguei para o celular da Andrea. – Norman se virou para Andrea. – Você não atendeu e eu liguei dezenas de vezes.

Andrea suspirou.

– Deixei no carro da Hannah. Não queria que ele tocasse quando a gente estivesse arrombando a casa. Achei que a Vera podia ouvir.

– Bem está o que bem acaba – Hannah reconfortou a irmã. E então ela pôs a mão no bolso de trás da calça jeans e entregou a Norman o envelope do Departamento de Polícia de Seattle. – Acho que isso é seu?

Norman ficou boquiaberto ao ver o envelope.

– Vocês acharam!

– Achamos isso e mais um monte de coisas. – Andrea enfiou a mão debaixo do casaco e pegou o outro envelope. –

Pelo que a gente viu, a Lucy fez cinco vítimas, e pode ser que haja mais.

– Mais?

– Pois é. – Hannah abriu o envelope e pegou o rolo de filme. – A gente achou tudo em um compartimento secreto de uma escrivaninha de tampa, e esse rolo de filme estava lá. Deve ser alguma prova, senão ela não teria escondido. Você pode revelar ele para a gente depressa?

Norman olhou para a agenda e balançou a cabeça.

– Eu adoraria ajudar, mas a sra. Haversham vai chegar às oito e meia. Impossível eu correr para casa e revelar o filme em menos de 45 minutos.

– Eu cuido da Jill Haversham para você – Andrea ofereceu. – Falo para ela que você teve uma emergência e peço para remarcar. E depois levo ela para a lanchonete e pago um café da manhã em agradecimento pela colaboração. Ela não sai muito de casa, vai adorar.

Hannah se virou para a irmã, surpresa. Não era do feitio de Andrea ser tão generosa com seu tempo.

– Essa ideia tem alguma coisa a ver com aquele duplex alugado que ela tem na Maple Street?

– Bom... para falar a verdade, tem sim. – O rosto de Andrea ficou um pouco corado. – Eu já estava querendo conversar com ela. Tenho um comprador interessado e ela poderia ganhar um bom dinheiro com isso.

Hannah sorriu. A irmã era teimosa feito um cachorrinho com um osso no que dizia respeito à venda de imóveis. Fazia pelo menos um ano que Andrea vinha tentando convencer Jill Haversham a vender o duplex e só desistiria quando conseguisse incluí-lo em seu catálogo.

– Se você quiser cuidar da sra. Haversham, por mim, tudo bem – Norman concordou. – Minha outra consulta é só às dez, então vou ter tempo à beça. Vamos lá, Hannah. Pega o filme e vamos para o quarto escuro para ver o que tem nele.

– Sua mãe ficou muito surpresa ao me ver. – Hannah entrou no closet amplo que Norman tinha transformado em quarto escuro. – E não sei se ela aprovou quando você disse que a gente ia subir para o seu quarto.

Norman riu.

– Foi erro meu. Eu devia ter falado que a gente ia subir para revelar um rolo de filme. Não seria tão ruim assim se não fosse a visita da sra. Beeseman. A minha mãe jamais fofocaria sobre você, mas não sei se a sra. Beeseman não o faria.

– Eu sei. A sra. Beeseman vai contar para todo mundo num raio de dez quilômetros e além.

Norman lhe lançou um olhar curioso enquanto Hannah entregava o rolo de filme.

– Você não me parece estar muito chateada com isso.

– Não estou. Quem me conhece não vai acreditar. E quem não me conhece não tem importância.

– Que bela atitude. – Norman ergueu o rolo de filme contra a luz. – É preto e branco. Que bom que tenho uma estrutura bem completa. Eu comecei com o preto e branco porque gostava do contraste. Demorei uns dez anos, no mínimo, para acrescentar cor. Quase todo mundo usa assim hoje em dia.

– Então é incomum a Lucy ter feito as fotos em preto e branco?

– Na verdade, não. Ela trabalha para o Rod e é raro ele imprimir páginas coloridas. Fica caro demais. A Lucy deve ter enchido a câmera de filme preto e branco para poder revelar as fotos no quarto escuro do Rod. Ele revela todas as fotos em preto e branco na redação, mas as fotos coloridas ele manda revelar fora.

– Faz muito sentido. A Lucy não ia querer mandar revelar fotos comprometedoras.

– Senta ali, Hannah. – Norman apontou para um banquinho no canto. – A gente vai ter que ficar na escuridão total até o filme estar no tanque.

Hannah foi para o banquinho e se acomodou. Ficou interessada porque nunca tinha entrado em um quarto escuro.

– Como é que você enxerga o que está fazendo na escuridão total?

– Não enxergo. Mas já fiz isso tantas vezes que meus dedos já sabem o que fazer. Muitos fotógrafos usam um saco escuro, mas eu não gosto. Deixam minhas mãos suadas. Pronta para eu apagar a luz?

– Pronta. – Hannah esticou a mão e segurou a beirada da pia comprida que parecia áspera. Não queria se desequilibrar e cair do banquinho quando ele apagasse as luzes.

Norman apertou o interruptor e Hannah olhou em volta. Sabia que era dia, mas nem uma réstia mínima de luz entrava no quarto escuro de Norman. O breu a desestabilizava um pouco, e ficou contente por ter pensado em se segurar na beirada da pia.

Os barulhos pareciam se amplificar na escuridão. Hannah ouviu um estouro e imaginou que Norman tivesse destampado o potinho de filme. Um ruído de algo sendo amassado foi seguido por um chiado, como se ele estivesse desenrolando alguma coisa. Sentiu-se meio desorientada, agora que já não podia mais perceber as dimensões do cômodo pela visão. Lembrou que devia ser assim que os cegos se sentiam e ficou grata por poder enxergar.

Hannah ouviu alguma coisa bater no metal, talvez a lateral do tanque de revelação. O que veio depois foi um tinido que para ela pareceu o barulho de uma tampa de metal grossa sendo colocada na panela, e então o quarto foi tomado por uma luz branca.

– São só cem watts, mas parece claríssima, não é?

– Deve ser porque nossas pupilas estão dilatadas. O que você tem que fazer agora?

– Despejar o revelador e sacudir devagar por uns dois ou três minutos. Depois eu tiro o revelador e ponho tudo no banho de interrupção.

– Você precisa apagar a luz de novo?

– Não, a lata tem um filtro de luz, então posso pôr e tirar os líquidos.

Hannah ficou olhando Norman despejar o revelador. Sentia o cheiro, e era um odor bastante pungente. Ele o sacudiu dentro do pote de metal até o cronômetro tocar. Em seguida, tirou o líquido e despejou outro, de um frasco diferente.

– Esse é o banho de interrupção?

– Isso mesmo. – Norman o balançou de um lado para o outro do tanque durante alguns segundos, depois descartou o líquido do banho de interrupção. – Agora eu tenho que pôr o fixador.

Hannah ficou ouvindo o tique-taque do cronômetro. De onde estava, não enxergava o mostrador, mas quando ressoou, ela pensou que tinham se passado apenas três ou quatro minutos.

– E agora?

– Vou abrir o tanque e lavar os negativos por um tempo, de cinco a dez minutos. Depois uso uma solução chamada Photo Flo e ponho elas na secadora.

– Na secadora? – Hannah indagou. – Não é o que eu estou pensando, né?

– Não, é uma secadora de negativos.

– E aí vamos ter as fotos?

– Ainda não. Nós vamos ter tiras secas de negativos para botar embaixo do ampliador e fazer as cópias fotográficas. Você vai gostar dessa parte, Hannah. Quando surgem as fotos, quase parece mágica.

– Mas como você enxerga elas se está escuro?

– Não vai estar escuro. A gente usa uma luz segura para fazer as cópias. É meio que laranja e fraca, mas dá para enxergar.

– É muito interessante, Norman. Eu bem que queria ter me interessado por fotografia. Você pode acender a luz segura para eu ver como é?

– Claro.

Norman apertou um interruptor e a luz clara do cômodo se apagou. Seus olhos demoraram um tempo para se adaptar, mas então Hannah percebeu o brilho laranja fraco. Ela se lembrou de uma fogueira de acampamento, naquele único verão em que tinha ido para a colônia de férias. Tinha odiado as camas, as comidas e os orientadores. Nunca tinha gostado muito de atividades organizadas, das quais todos eram obrigados a participar e tinham que fingir estar curtindo. Mas as fogueiras eram maravilhosas, um círculo fulgurante de luz diante da mata escura.

– Você quer aprender?

A pergunta de Norman tirou Hannah das memórias de lagos congelados, picadas de mosquito e cachorro-quente ao mesmo tempo cru e incinerado, combinação que só era atingível num acampamento.

– Aprender o quê?

– Fotografia. Posso te ensinar.

Hannah refletiu um pouco sobre a possibilidade.

– É, eu ia gostar. Mas não esquece que a gente também precisa fazer o projeto da nossa casa dos sonhos.

– Que bom que não mencionei *isso* para a minha mãe hoje de manhã – Norman disse com um sorriso zombeteiro –, senão a sra. Beeseman nunca mais ia sair do telefone.

Capítulo 12

Norman entrou na cozinha.

– Hannah? Suas fotos estão prontas.

– Ah, que bom. Mal estava aguentando esperar para ver como ficaram. – Hannah deu o sorriso mais inocente possível para a sra. Beeseman. Norman havia sugerido que ela descesse para tomar um café com a mãe dele e com a sra. Beeseman como forma de controle de danos. – Achei muito agradável a nossa conversa, sra. Beeseman. E digo o mesmo à senhora, sra. Rhodes.

Hannah se levantou da cadeira para acompanhar Norman escada acima. Quando ela já tinha certeza de que as duas não a escutariam, ela perguntou:

– O que foi que saiu?

– Quatro fotos. Uma delas está boa, mas não tive muito o que fazer com as outras três.

– Só quatro? E o resto do rolo?

– Não tinha nada. A Lucy deve ter rebobinado o filme depois de conseguir o que queria.

Norman abriu a porta do quarto escuro e Hannah entrou. As fotografias estavam arrumadas na bancada que ficava de frente para a pia.

– Pus em ordem – Norman explicou. – A da Sally Laughlin no Lake Eden Inn foi a primeira que ela tirou.

Hannah examinou a foto de Sally. Tirava uma assadeira de cogumelos recheados de um dos fornos da pousada. Ao passar à segunda foto, ela começou a franzir a testa. A iluminação estava péssima, e não conseguia entender direito o que havia em segundo plano.

– O que é isso?

– Não sei direito. Parece um prédio. Tem um carro. – Norman o apontou. – E dois homens. Tentei clarear um pouco, mas não deu muito certo. A Lucy usou a luz natural em vez do flash.

Hannah examinou a terceira foto. Os dois homens estavam um pouco mais visíveis. Embora parecessem estar de pé, conversando, na foto anterior, nesta eles estavam com uma postura mais antagônica. Ela olhou em silêncio por um instante, depois perguntou:

– Você acha que esse que está de frente para a câmera é o Boyd Watson?

– É difícil saber. A luz não é suficiente.

Hannah passou à última imagem. O homem de costas para a câmera levantava o braço direito. Tinha algum objeto na mão, mas Hannah não conseguia entender o que era. Olhou fixamente e então se deu conta.

– O que foi? – Norman ficou aflito.

– É um retrato do assassinato do Boyd Watson!

– Tem certeza?

– Não, mas faz sentido se a gente parar para pensar. – Hannah respirou fundo e soltou o ar devagar. O coração estava tão acelerado que ela ficou meio tonta. – Eu te contei do terceiro carro que a sra. Kalick viu. Ela achou que era a Felicia Berger com o namorado, mas isso muda tudo.

– Você acha que era a Lucy?

– Acho. Ela deve ter estacionado o carro e seguido a pé pelo beco atrás do Boyd e do assassino. Só assim que ela conseguiria essas fotos.

Norman se aproximou para olhar a foto de novo.

– Talvez você tenha razão, Hannah. Seria uma explicação para a Lucy não ter usado o flash. Ela não queria que o

Boyd e o assassino soubessem que ela estava lá. Infelizmente, isso tudo não passa de especulação.

– O que você está querendo dizer?

– Que essas fotos não *provam* nada. Ninguém conseguiria identificar os dois homens. Estava escuro demais. Poderia ser qualquer pessoa da cidade, ou de fora da cidade, aliás. E o fundo não ajuda a definir onde ela foi tirada. Só dá para ver dois homens e um carro, e não dá nem para saber que tipo de carro é.

Hannah franziu a testa.

– Mas tenho certeza de que é a garagem do Boyd.

– Acho que você tem razão, mas a gente não tem como provar. Essas fotos podem ter sido tiradas em qualquer lugar. A gente não sabe nem *quando* elas foram tiradas.

– O filme não tem data?

– Não. Se a câmera da Lucy tinha o recurso de datação, ela não usou. A gente não tem nem como provar que ela tirou as fotos na noite do assassinato do Boyd. A gente pode perguntar a ela, mas acho que ela não seria tonta a ponto de confessar que testemunhou um homicídio e ficou calada.

Hannah refletiu um pouco.

– Tem razão, Norman. A Lucy não falaria nada para a gente. E não posso ir correndo para a delegacia com essas fotos. Ainda que eu fale que achei o filme na escrivaninha da Lucy, vai ser minha palavra contra a dela, e aí estamos na mesma.

– Mas a Andrea estava lá com você. Ela pode jurar que o filme estava na escrivaninha da Lucy.

Hannah suspirou.

– Também não dá. Não posso envolver ela, e não é só com a reação do Bill que estou preocupada. Mesmo se o Mike e o Bill conseguirem identificar o assassino do Boyd pelos indícios que a gente achou, a coisa toda pode ser rejeitada durante o julgamento.

– Você tem razão, Hannah. Um advogado esperto da defesa poderia alegar que como a busca no apartamento de Lucy foi ilegal e foi feita pela esposa e a cunhada de um detetive encarregado do caso, ela não vale nada.

– São fruto de uma árvore envenenada. – Hannah repetiu uma expressão aprendida com um episódio de *Lei & Ordem*. – Estou entre a cruz e a espada, Norman.

– Talvez não. – Norman ficou pensativo. – Se a gente conseguir identificar o assassino sem envolver a Lucy, talvez você consiga achar outros indícios. E se o Bill e o Mike descobrirem esses indícios mais cedo ou mais tarde, sem a ajuda das fotos da Lucy, o tribunal vai aceitá-los.

Hannah ficou impressionada.

– Que genial, Norman.

– Eu também assisto à *Lei & Ordem*. Então basta a gente identificar o assassino e partir daí.

– Isso. – Hannah soltou um longo suspiro. – O assassino está de costas para a câmera e as fotos estão tão escuras que fica impossível reconhecer qualquer traço dele. A gente não tem como provar onde as fotos foram tiradas porque a iluminação é tão ruim que não dá para ver o segundo plano. E a gente nem sabe com certeza *quando* as fotos foram tiradas. Vai ser moleza, Norman.

– É disso que eu gosto em você, Hannah. Você sempre tem uma postura muito otimista.

Norman riu, e Hannah o olhou com surpresa antes de rir junto. Em geral, as pessoas detestavam quando ela era sarcástica, mas Norman devolvia na mesma moeda. Ela olhou para a bancada de novo, examinando cada uma das fotos. E então teve uma ideia.

– Espera aí. A gente tem como provar que a foto da Sally foi tirada antes?

– Claro que sim. Os negativos são numerados.

– Então a gente sabe que a Lucy tirou as fotos do assassinato *depois* da foto da Sally. Assim a gente tem uma ponta da linha do tempo. Eu só preciso perguntar à Sally quando ela fez cogumelos recheados e a gente vai saber quando a Lucy tirou a foto.

– Isso pode restringir a data – Norman concordou. – Vamos só torcer para que cogumelos recheados não seja um prato corriqueiro no cardápio da Sally.

Hannah resmungou.

– Valeu pelo balde de água fria, Norman. Nem tinha pensado nisso.

– Servimos bem para servir sempre. – Norman pegou a última foto, a que imaginavam ser a foto do assassinato. – Acabei de perceber uma coisa.

– O quê?

– Quando o assassino levanta o braço, a manga do casaco é puxada junto. Está vendo esse pontinho de luz aqui?

Hannah acenou que sim.

– O que é isso?

– Acho que é uma abotoadura. Deve ter refletido a luz da lua, e é mais clara do que o resto da imagem. Às vezes abotoaduras têm monogramas. Quer que eu tente ampliar?

– Você é um gênio, Norman! – Hannah ficou tão animada que passou os braços em torno dele e lhe deu um beijo no rosto. Norman ficou um pouco assustado, mas retribuiu o abraço.

Hannah se sentou no banquinho enquanto Norman ampliava a parte do negativo. Ele tinha razão. Quando a foto foi revelada, *foi* como mágica.

– Deixa eu secar. É só um minuto. – Norman acendeu a luz forte e foi até um aparelho que ele dizia ser a secadora de fotos, um enorme tambor de metal com superfície brilhosa.

– Quanto tempo leva?

– Só uns minutos. Esse é um tambor de secagem comercial, e é rápido. Consegui com um estúdio de Seattle quando o dono se aposentou. – Norman enfiou a impressão molhada virada do avesso no tambor de metal. – Quando a foto sair, é porque está seca.

O tambor reluzente começou a rodar feito uma roda-gigante e Hannah viu a foto cair em uma lona debaixo da secadora.

– Já posso pegar?

– Pode. Traz para a bancada, vamos olhar com cuidado. Eu acho possível que a gente descubra alguma coisa, Hannah.

Hannah levou a foto até a bancada, e seu coração acelerou ao analisá-la. A abotoadura do assassino era especial, tinha um perfil de cavalo com uma pedra que parecia um diamante no lugar do olho.

– É um modelo antigo.

– Como você sabe?

– Minha mãe coleciona joias antigas e tem um monte de livros de referência. Vamos voltar para a clínica, Norman. Eu vou pegar meu carro para ir falar com a Sally sobre os cogumelos recheados. E depois vou descobrir o paradeiro da Lucy e ter uma conversinha com ela.

– Toma cuidado, Hannah – Norman a avisou. – Não dá para você perguntar a ela sobre as fotos.

– Eu sei, mas a gente pode conversar sobre joias antigas. E posso mencionar que minha mãe tem interesse em comprar um par de abotoaduras antigas de cabeça de cavalo.

– Ela não vai ficar de sobreaviso?

– Como? Se eu conseguir encontrá-la antes de ela ir para casa, ela não vai saber que o filme sumiu. Ela não teve a chance de revelar as fotos, e não sabe que conseguiu uma imagem nítida da abotoadura do assassino. Não esquece que a gente teve que ampliar para ver.

Norman ponderou um instante.

– Tem razão. Seria só um pingo de luz através do visor.

– Eu acho que se a Lucy o seguiu até a casa do Boyd, ela deve ter reparado nas abotoaduras. Se foi assim, talvez ela diga o nome dele.

– Você acha mesmo que a Lucy te diria o nome do assassino?

– Por que não? – Hannah encolheu os ombros. – Ela vive se gabando de ser observadora, e assim ela vai ter a oportunidade de se exibir. Ela jamais vai desconfiar de que sei que o homem da abotoadura antiga é o assassino do Boyd.

– *Pode ser* que dê certo, imagino. – Norman parecia ter dúvidas.

– Vale a pena tentar. – Hannah pigarreou e olhou nos olhos de Norman. – Quanto ao envelope que eu te dei... só quero que você saiba que coloquei ele no bolso assim que o encontrei. E só tirei do bolso na hora de te entregar.

– Me surpreende que você ainda esteja viva, Hannah.

– Claro que estou viva. – Hannah ficou confusa com a súbita mudança de assunto. – Por que eu não estaria?

– Eu achei que a esta altura você já teria morrido de tanta curiosidade. – Norman riu. E então passou os braços em torno dela e lhe deu um abraço forte.

Hannah passou zunindo pela praça e se aproximou da Jordan High a cinquenta quilômetros por hora. As ruas estavam desertas, ela não estava dirigindo temerariamente, e era uma verdadeira curtição correr pela cidade.

– É melhor você ir mais devagar, Hannah. Você está dez quilômetros acima do limite.

– Eu sei. – Hannah deu um sorriso travesso para a irmã. – Mas o Herb Beeseman está vigiando a porta do auditório e ele não tem como me multar.

– Conhecendo o Herb, acho até possível que ele tenha instalado um radar. Ouvi dizer que o conselho municipal votou para que a receita arrecadada este mês com multas de trânsito seja usada com a festa de Natal das crianças.

Hannah pensou um pouco nisso, depois tirou o pé do acelerador.

– Talvez você tenha razão. E a mamãe nunca vai me deixar em paz se eu for multada, até porque peguei no pé dela por causa da multa que recebeu.

– Tem certeza de que a Lucy está no colégio?

– Não, mas o Rod me falou que ela está fazendo uma matéria sobre as concorrentes de hoje. Pelo que eu entendo, ela só poderia estar em dois lugares.

– O colégio ou a pousada?

– Isso mesmo. Se a Lucy não estiver no colégio, deve estar na Sally. E a gente precisa ir até lá para descobrir quando foi que ela serviu os cogumelos recheados.

Elas percorreram mais alguns quarteirões em silêncio, e então Hannah percebeu que Andrea tremia.

– Desculpa pelo aquecedor. Botei no máximo, mas não fica mais quente do que está.

– Tudo bem. Não estou com tanto frio assim.

– Então por que você tremeu?

– Porque estava pensando nas fotos do assassinato. Talvez seja um disparate, Hannah, mas acabei de ter uma ideia.

– Qual? – Hannah entrou no estacionamento dos professores e achou uma vaga perto da porta da cozinha. Tinha mostrado as fotos a Andrea, que concordara que pareciam ser fotos do assassinato de Boyd.

– Por que a Lucy não entregou o filme ao Bill e ao Mike? Se eu chegasse tão perto de um assassino a ponto de tirar uma foto dele, eu iria correndo para a delegacia.

– Eu também. Mas não foi o que a Lucy fez. O que você está querendo dizer?

– Esse rolo de filme estava com as outras coisas que ela usava para chantagear as pessoas, né?

– Para extorquir – Hannah corrigiu.

– Certo, para extorquir. Mas estava na gaveta secreta.

– Estava. – Hannah desligou o carro e se virou para Andrea. – O que você está pensando?

– Estou pensando que talvez a Lucy estivesse pensando em chantagear o assassino do Boyd.

Hannah ficou boquiaberta. Essa possibilidade nunca tinha passado por sua cabeça. Achava que tampouco tinha passado pela cabeça de Norman. Ele teria falado alguma coisa.

– É só uma ideia. – Andrea pareceu ficar na defensiva. – Só estou pensando alto para você ver o que acha.

Hannah passou um bom tempo calada e depois soltou o ar.

– Não é tão bizarro quanto parece, Andrea. Eu acho que você pode estar pensando certo.

– Acha? – Andrea ficou bem surpresa. – Mas a Lucy deve saber que chantagear um assassino é perigoso à beça.

– Talvez, mas a autoconfiança dela está bem alta agora. Ela está de carro novo, guarda-roupa novo, muito dinheiro e o Norman está tratando os dentes dela de graça. A Lucy deve imaginar que está na hora de passar a algo maior, que dê muito mais lucro.

– Mas... isso é loucura!

Hannah apenas confirmou e se calou.

Andrea a fitou por um instante, depois suspirou.

– Tem razão. A gente sabe que a Lucy já foi louca de bisbilhotar e tirar as fotos. Mas você acha mesmo que ela é louca *assim*?

– Sei lá. – Hannah abriu a porta e com um gesto pediu que Andrea descesse do carro. – Mas acho que é melhor a gente encontrar a Lucy. Não sei como avisar a ela que tome cuidado sem mencionar a pilha de indícios que nós confiscamos, mas a gente tem que tentar. Se ela tentar chantagear o assassino do Boyd, vai arrumar mais encrenca do que um gato de rabo comprido em uma sala cheia de cadeiras de balanço.

Capítulo 13

– Lamento, Hannah. Não vejo a Lucy desde ontem à noite. Se ela aparecer, eu aviso que você está atrás dela.

– E você passou o dia todo aqui? – Andrea perguntou.

– Paradinho aqui. – Herb deu batidinhas na cadeira. – Fiz um intervalo faz uns minutos, mas tranquei a porta antes de sair. Quer que eu leve essas caixas lá para dentro, Hannah?

– Seria ótimo. Obrigada, Herb. – Eles organizaram as caixas que carregavam e Hannah entregou o saquinho de cookies que levara para Herb. – É uma receita nova da Lisa. Ela chama de piscadela de cereja.

Herb abriu o saquinho e deu uma olhada.

– O nome é legal. As cerejas parecem estar piscando mesmo. O que você vai preparar hoje, Hannah?

– Um flan havaiano.

– O que é isso?

– Um manjar assado com abacaxi – Andrea explicou. – A Hannah aprendeu a fazer quando a gente estava no colégio e é meu doce preferido.

– Deve ser bom. Eu gosto de abacaxi. Então... por que você nunca usa abacaxi nos cookies?

– Não sei. – Hannah ficou pensativa. Já tinha feito cookies com passas, tâmaras e banana, mas nunca tinha cogitado usar abacaxi. A bem da verdade, não era má ideia. – Valeu pela sugestão, Herb. Vamos ver o que eu vou inventar.

– Acho que cookies de abacaxi fariam sucesso, principalmente se o gosto fosse de bolo invertido de abacaxi. Você acha que devo falar disso com a Lisa? Ela consegue fazer um bolo invertido de abacaxi melhor que o da minha mãe.

– Boa ideia. – Hannah conteve um sorriso. Se um dia Marge Beeseman descobrisse que o caçula preferia o bolo de Lisa ao dela, uma guerra colossal seria travada em Lake Eden. – Precisamos ir andando, Herb. A gente está com o dia cheio. Prometi ir ao hospital para ver a Danielle. Depois a gente tem que dar uma passada no Lake Eden Inn e voltar para a loja a tempo da reunião do Clube de Romances da Regência hoje à tarde.

– Minha mãe me disse que elas vão fazer uma leitura vestidas a caráter e que a Lucy vai estar lá para tirar fotos para o jornal. Só espero que ela apareça.

– Por que não apareceria?

– Ontem à noite, quando vi ela no concurso, ela disse que estava trabalhando numa matéria grande.

Hannah quase teve medo de perguntar, mas perguntou.

– A Lucy te contou alguma coisa sobre ela?

– Nada. – Herb acenou que não. – Mas ela disse que se saísse como ela achava que sairia, ela ganharia tanto dinheiro que conseguiria pagar o carro novo que ela está dirigindo.

Eles se despediram e as irmãs voltaram para o carro em silêncio. Hannah torcia para que a grande tarefa de Lucy não tivesse nada a ver com confrontar o assassino de Boyd, e desconfiava que Andrea estivesse junto na torcida.

* * *

Após uma breve parada no hospital, elas ganharam as ruas de novo. Hannah tinha substituído o bordado ofensivo por um retrato cortado de uma revista. Vacas pastando no campo podiam até não ser belas-artes, mas eram inofensivas.

O Lake Eden Inn ficava a apenas três quilômetros do hospital, e fizeram o trajeto num intervalo bom. Quando entraram no bar rústico, pelo segundo dia seguido, Hannah teve uma sensação de déjà vu. O bufê do almoço estava servido, os hóspedes ocupavam as mesmas mesas, e Sally estava no mesmo banquinho, com as pernas levantadas exatamente na mesma posição. A única diferença era a cor da blusa de maternidade. Desta vez, Sally tinha escolhido um azul-elétrico com letras brancas que anunciavam: "MÃE EM AÇÃO".

– Oi, Sally. – Hannah foi ao encontro dela acompanhada por Andrea. – A gente não voltou para almoçar de graça de novo, juro.

Sally riu.

– Podem se servir. Eu sempre faço comida à beça, e esse estrogonofe de carne não fica bom requentado. Tem creme azedo demais.

– O seu estrogonofe de carne leva cogumelos? – Andrea indagou, desviando o olhar da mesa do bufê.

– Quatro tipos diferentes. – Sally enumerou contando-os nos dedos. – Champignon, shiitake, ostra e funghi.

Hannah reparou que Andrea olhava na direção do estrogonofe de carne. Andrea nunca comia nada de café da manhã, e àquela altura já devia estar morta de fome.

– Por falar em cogumelo, quando foi a última vez que você fez cogumelos recheados com pão e linguiça?

– Eu servi esse prato na quarta-feira, no happy hour das cinco horas – Sally declarou –, mas acho que não faço ele nunca mais. Dá muito trabalho de última hora.

Hannah guardou essa informação para referência futura.

– Cogumelos recheados não é um prato frequente no seu cardápio?

– Não, eu só faço para ocasiões especiais. Eles não ficam bons no bufê térmico e têm que ser servidos ainda quentes. Provavelmente só vou voltar a fazer os cogumelos no meu coquetel de Natal. Você vem, né?

– Eu não perderia por nada – Hannah disse.

– Eu também não. – Andrea esboçou um sorriso. – Você sempre dá festas ótimas e sua comida é incrível.

– Você parece estar com fome. Por que não serve um prato? – Sally sugeriu.

Hannah olhou para Andrea. Seu desejo pela comida estava mais aguçado.

– Está bem, mas você tem certeza de que não vai faltar comida?

– Certeza. Vão encher o prato e voltem aqui, que nem ontem.

– Com uma diferença. – Hannah foi insistente. – Você tem que deixar a gente pagar.

Sally negou.

– Deixa de bobagem. Vocês estão me fazendo um favor me distraindo do Dick Júnior. Hoje ele não parou de chutar. O Dick diz que vou parir um lutador de karatê faixa preta.

Hannah e Andrea não demoraram muito para encher o prato de comida. Depois de voltarem ao bar com os pratos abarrotados, Hannah foi direto ao assunto que interessava.

– Estou tentando achar a Lucy Richards. Você a viu hoje?

– Não. – Sally balançou a cabeça. – Ela veio aqui para a festa depois do programa de ontem à noite, mas não a vejo desde então.

Andrea engoliu a garfada de estrogonofe de carne, depois perguntou:

– Você sabe que horas eram quando ela foi embora?

– Ela ainda estava aqui quando desmaiei de sono, por volta das onze. Eu não conseguia ficar de olho aberto. Você devia perguntar ao Dick. Ele só fechou o bar à uma hora da manhã.

– Tão tarde assim? – Hannah se surpreendeu. – Pensei que vocês fechassem à meia-noite.

– E fechamos, mas tinha muita gente aqui e nós faturamos bem com as bebidas. O Dick falou que todo mundo estava se divertindo e ele não teve coragem de apagar as luzes.

– Tinha muita gente que veio da cidade? – Andrea perguntou, garfando mais estrogonofe.

– Tinha, mas essas pessoas não ficaram até tarde porque precisavam ir trabalhar de manhã. As únicas pessoas da cidade que estavam aqui quando eu fui embora eram o prefeito Bascomb com a esposa, Mason Kimball, o Cyril Murphy, e a mãe de vocês com a sra. Rhodes.

Andrea quase se engasgou com um shiitake. Depois que conseguiu engolir, ela perguntou:

– A mamãe ficou aqui até tarde?

– Pois é. Ela estava dançando com aquele âncora bonito da KCOW. Não lembro como ele se chama. E a sra. Rhodes dividiu a mesa com o cara bonitinho que faz a previsão do tempo.

– Chuck Wilson e Rayne Phillips?

Sally confirmou e Hannah arregalou os olhos. Ela ficou pensando no que Norman diria se soubesse que as mães deles ficaram de bar em bar com dois homens bonitos que deviam ter uns trinta anos a menos que elas.

– O Dick falou que os duros na queda eram as concorrentes e um pessoal da emissora KCOW. Eles estão todos hospedados aqui, e não precisavam se preocupar em ir para casa depois. – Sally pulou do banquinho. – Hora de servir os doces. Quer que eu chame o Dick para você perguntar a ele sobre o paradeiro da Lucy?

– Sim, se ele não for te fazer falta.

– Sem problema. Hoje a gente optou pelo caminho mais fácil. Mas é claro que você já sabia disso.

– Já?

– Acho que então não sabe. – Sally abriu um sorriso largo. – Bom, você vai ter uma grande surpresa ao ver o que nós vamos servir.

Depois que Sally saiu, Hannah se virou para a irmã com uma expressão confusa.

– Do que ela está falando?

– Sei lá, mas isso não importa. O que a gente vai fazer quanto à mamãe com o Chuck Wilson?

– Nada.

– Mas isso é uma crise! – Andrea tomou um gole d'água e abanou o rosto com o guardanapo. – Pensa só, Hannah. O que as pessoas vão dizer quando descobrirem que a mamãe está saindo com o Chuck Wilson? Ele tem idade para ser nosso irmão!

Hannah achou divertida a inversão de papéis. Andrea agia como a mãe que acabara de descobrir que a filha tinha feito alguma coisa horrível.

– É melhor a gente ter uma conversa de mãe e filha com ela, Hannah. Não fica bem... – Andrea lutava para achar as palavras certas – ... não fica bem para uma mulher da idade dela!

– Relaxa, Andrea. A Sally não disse que a mamãe está *saindo* com o Chuck Wilson. Só disse que eles estavam dançando.

Andrea pensou um pouco.

– É verdade. Acho que dançar não tem problema, contanto que não seja música lenta. Você acha que a gente devia perguntar para a Sally que tipo de dança foi?

– Eu acho que a gente não devia se meter. A mamãe já tem idade para saber o que está fazendo. – Hannah viu Dick se aproximando delas. – Esquece isso, Andrea. Não deve ser nada. O Dick está vindo e a gente tem perguntas a fazer.

Cinco minutos depois, elas já tinham algumas respostas. Lucy tinha chegado com o resto do pessoal vindo do auditório da Jordan High após o programa. Pelo que Dick tinha visto, não estava com ninguém e tinha passado umas horas pulando de mesa em mesa, falando com as concorrentes e os membros da equipe da emissora KCOW. Ele servira uma bebida a ela, uma taça de vinho branco, e ela havia recusado uma segunda servida. Lucy contou a ele que estava trabalhando numa matéria grande e queria ficar sóbria. Dick não sabia se ela tinha conseguido a matéria, mas disse que ela estava sorridente ao ir embora.

– Quando foi isso? – Andrea indagou.

– Por volta da meia-noite. Eu a vi sair.

– Ela estava sozinha? – Hannah interferiu para fazer a pergunta.

– Ela estava ao sair pela porta.

Hannah ficou na dúvida.

– É possível que ela tenha sido seguida?

– Claro, mas eu não teria visto. As coisas ficaram movimentadas naquele momento e fiquei ocupadíssimo.

– Você sabe se ela foi embora no carro dela?

– Foi. Logo depois de chegar, alguém entrou aqui e avisou que ela tinha deixado os faróis acesos. A Lucy me deu as chaves e me mandou ir ao estacionamento para desligar. Quase mandei ela para aquele lugar, mas eu queria ver o carro novo.

– É possível que ela tenha ido para casa com outra pessoa e buscado o carro hoje de manhã? – Hannah lhe fez a última pergunta.

– Não. A bateria do prefeito Bascomb estava fraca e eu saí para dar partida no carro dele à meia-noite e meia. O carro da Lucy já não estava no estacionamento. Ela parou bem ao lado dele e eu dei ré até a vaga que ela tinha ocupado para ligar o carro na tomada.

– Obrigada, Dick. Era só isso que eu precisava saber. – Hannah o dispensou com um sorriso.

– Certo, mas eu também tenho uma pergunta. Por que tanto interesse na Lucy?

– Eu preciso achar ela – Hannah respondeu sem mentir. Em seguida, cruzou os dedos. – Ninguém a vê desde ontem à noite e preciso verificar a matéria que ela vai publicar sobre o concurso. Ela me citou de forma errada na semana passada e não quero que isso se repita.

– Bom, boa sorte na procura. Preciso ir. O carrinho de sobremesa está pesado e eu não quero que a Sally o empurre sozinha.

– O Bill ficou igualzinho quando eu estava grávida da Tracey – Andrea comentou quando Dick se afastou. – Ele chegava a ir até o carro para levar as compras para dentro de casa.

Hannah sorriu.

– Como é que você sabe?

– Eu contei. A Lucy tem uma daquelas secretárias eletrônicas que bipam a cada recado e foram quinze bipes. Não deixei recado. Só contei os bipes e desliguei.

– Bom trabalho, Andrea. – Hannah lhe deu tapinhas nas costas, e elas saíram e caminharam na direção do estacionamento. – Se a Lucy não esteve em casa, não sabe que as provas sumiram. Ou seja, ela não vai ficar tão desconfiada assim quando eu me encontrar com ela na reunião do Clube de Romances da Regência da mamãe.

– Que horas vai ser?

Hannah olhou para o relógio.

– Elas começam às três, mas só preciso chegar às três e quinze, e primeiro eu preciso assar seis dúzias de biscoitos de cacau. Já é uma e dez, mas ainda tenho bastante tempo. Quer ir para a loja comigo para me ajudar?

– Eu? – Andrea ficou chocada com a sugestão. – Você sabe que não sei fazer doce.

– Então você fica na cozinha conversando comigo enquanto eu faço. A gente pode pensar em uma estratégia para usar com a Lucy.

Àquela altura, já tinham chegado no carro de Hannah. Ela o destrancou e Andrea entrou. Hannah reparou que a irmã sorria ao se contorcer para passar pelo câmbio e se acomodar no banco do carona.

– Qual é a graça?

– Nada. Só estou feliz de você ter me convidado para ir à loja. – O sorriso de Andrea ficou ainda maior. – Você está tentando me dizer que precisa de mim, né, Hannah?

– Mas é claro que preciso de você. – Hannah se sentou atrás do volante. Andrea parecia tão feliz de ser necessária que sentiu uma pontada de arrependimento por todas as coisas horríveis que tinha falado para a irmã quando eram meninas. Andrea tinha merecido todas elas, mas Hannah queria ter sido mais delicada. Em vez de chamar Andrea de burra pela nota ruim na prova de matemática, ela poderia ter se oferecido para ajudá-la a estudar. E em vez de gritar com Andrea por demorar demais no banheiro, poderia tê-la ajudado a improvisar uma penteadeira no quarto. O tato nunca tinha sido o ponto forte de Hannah. Ela sabia. Continuava não sendo, mas ela estava aprendendo, e se virou para a irmã com um sorriso no rosto.

– No que diz respeito a irmãs, você até que dá para o gasto.

Capítulo 14

Depois de conversar com Lisa e agradecer o trabalho extra que tinha feito para atender à encomenda de Sally para o bufê de sobremesas, Hannah fez um levantamento entre os clientes presentes na cafeteria. Nenhum deles, nem mesmo Rod, que estava ali almoçando mais tarde, tinha visto Lucy naquele dia.

– Nada? – Andrea perguntou quando Hannah voltou ao balcão.

– Ninguém viu. Vamos, Andrea. Preciso cozinhar. – Hannah levou Andrea para os fundos da confeitaria e a acomodou em um banquinho com uma caneca de café e uma travessa de cookies de pecã.

– Posso ajudar se você me disser o que fazer – Andrea ofereceu.

– Eu te aviso se precisar. – Hannah foi à câmara fria para pegar as tigelas de massa de biscoitos de cacau que Lisa havia preparado. Ela despejou a mistura sobre a ilha de trabalho de aço inoxidável e ficou olhando Andrea terminar o terceiro cookie de pecã. – Me passa aquele medidor, por favor? O médio.

Andrea achou o medidor certo e o entregou.

– Mais alguma coisa? Eu realmente quero ajudar, Hannah.

– Você pode... espera... deixa eu pensar. – Hannah se conteve a tempo. Ia pedir que Andrea a ajudasse a medir a massa, fazer bolinhas e mergulhá-las no açúcar refinado, mas precisaria explicar a tarefa, e Hannah não estava com tempo para ensinar a Andrea as sutilezas da fabricação de cookies. – Já sei o que você pode fazer. Pega o caderno que fica ao lado da pia e anota tudo o que a gente descobriu hoje. A gente precisa ter um registro.

Andrea pulou para pegar o caderno.

– Ok. Sou boa de anotação. O que eu anoto primeiro?

– Faz uma lista das vítimas da Lucy. A gente vai acabar tendo que falar com todas para descobrir exatamente o que ela extorquiu de cada uma. Começa pelo Norman.

– Certo. – Andrea anotou o nome de Norman. – Ele estava só tratando os dentes dela, né?

Hannah confirmou enquanto enrolava bolinhas de massa e as colocava dentro da cumbuca de açúcar.

– Tem também a Claire. A gente sabe que ela deu roupas para a Lucy.

– E o prefeito Bascomb, mas a gente não sabe o que ele deu para ela.

– Deve ter sido dinheiro, mas eu vou ter que averiguar. Põe um ponto de interrogação por enquanto. – Hannah botou doze bolinhas de massa cobertas de açúcar em uma assadeira e as amassou com a espátula. – Depois anota o marido da concorrente.

– O sr. Avery?

– Isso. Escreve "dinheiro" ao lado do nome dele, mas sem especificar a quantia.

Andrea ergueu os olhos com uma expressão confusa.

– Mas você contou o dinheiro. Disse que tinha 2 mil dólares.

– Sim, mas talvez tenha mais. A Lucy pode ter gastado uma parte. Vou ter que conversar com o sr. Avery para descobrir quanto tinha no envelope que ele entregou a ela.

– Está bem. – Andrea pôs um cifrão ao lado do nome do sr. Avery e acrescentou um ponto de interrogação. – Quem é o próximo?

Hannah levou duas travessas de cookies ao forno. Ajustou o cronômetro e voltou para a ilha de trabalho para fazer mais bolinhas de massa.

– Anota o nome do Boyd. A gente não tem certeza se ela conseguiu chantagear ele, mas vou pedir para a Danielle checar o extrato bancário e ver se tem dinheiro faltando.

– Ela também devia olhar a fatura do cartão de crédito. O Boyd pode ter pagado alguma coisa para a Lucy ou sacado dinheiro para um adiantamento.

– Boa ideia. Anota isso para eu não me esquecer de falar com ela. – Hannah encheu mais duas assadeiras e as levou para o segundo forno. Ao voltar para a bancada de trabalho, viu que Andrea estava pensativa.

– O que foi?

– Estava só pensando nas provas da Lucy. Sei que você devolveu a carta para o Norman, mas você vai entregar as outras ao Mike e ao Bill?

– Eu ainda não sei. Acho que vou ter que entregar, se elas tiverem alguma coisa a ver com o assassinato do Boyd.

– Mas e se não tiverem?

Hannah refletiu um pouco.

– Acho que essa atitude vai caber às vítimas da Lucy. Quando eu devolver as fotos a elas, vou perguntar se querem processá-la.

– Elas não vão querer.

Andrea pareceu muito segura do que dizia, e Hannah olhou para ela.

– Talvez sim. O que a Lucy fez é ilegal.

– E o que *eles* fizeram é vexaminoso. A Claire e o prefeito Bascomb não vão querer que a esposa dele descubra o caso que estão tendo. Foi por isso que eles deram à Lucy o que ela pediu.

– É verdade. – Hannah começou a enrolar mais massa.

– E o Norman não vai processar. Segundo você, ele falou que a mãe dele ficaria arrasada se descobrisse o que está na carta.

Hannah pegou a tigela com as bolinhas de massa e o açúcar e sacudiu para cobri-las.

– Você tem razão. O sr. Avery também não vai processar. E o Boyd morreu, então não tem como.

– Então a Lucy vai escapar impune?

Hannah encolheu os ombros.

– Pode ser. Se as vítimas preferirem não dar queixa, não tem nada que a gente possa fazer.

– Mas não é justo! – O rosto de Andrea foi tomado por uma expressão muito parecida com a que Hannah tinha visto na cara de Moishe na única vez que tentara dar um banho no gato. A irmã estava cuspindo de raiva, ultrajada. – A gente tem que fazer alguma coisa, Hannah. A gente não pode deixar a Lucy escapar ilesa!

Hannah concordava plenamente com a opinião da irmã. Não era justo deixar que Lucy não recebesse nenhum castigo por extorsão.

– Talvez a gente já tenha feito alguma coisa. A Lucy não vai saber quem arrombou a casa dela e pegou as provas. Agora todo dia ela vai acordar se perguntando quando é que o bicho vai pegar. E quando as vítimas pararem de pagar, ela vai começar a suar.

– Entendi. – Andrea abriu um sorriso. – A Lucy não vai saber se estão planejando processá-la. Ficar na cadeia deve ser horrível, mas pelo menos você sabe quando vai sair. A Lucy vai ficar com a faca no pescoço.

O cronômetro disparou e Hannah se levantou para tirar as duas primeiras assadeiras do forno. Depois pôs os cookies na grade para esfriar e colocou outras duas para assar.

– Deve ter sido assim mesmo que as vítimas se sentiram – Andrea continuou. – Mesmo dando a Lucy o que ela pediu, era impossível saber se ela não ia virar as costas e expor seus segredos de qualquer forma. Sei que elas não deviam ter feito o que fizeram, mas foram bobagens em comparação com o que a Lucy fez.

Hannah olhou assustada para Andrea. A irmã estava tão macabra quanto um juiz se preparando para decretar uma pena de morte. Andrea realmente estava chateada com Lucy, e não era do seu feitio ser tão vingativa.

fileiras de assentos arrumados para a plateia, mas talvez ela chegasse mais tarde.

Irma subiu em uma escada para sua cabeça ficar acima do dossel preto. Parecia meio nervosa, e Hannah entendia o porquê. O dossel estava alto e Delores já tinha lhe falado que Irma tinha um pouco de medo de altura. Irma pigarreou e começou.

– Vamos fazer uma leitura de *O escândalo secreto*, de Kathryn Kirkwood. – A voz de Irma ficou um pouco estridente. Segurava o livro aberto com a mão esquerda e a escada com a outra. – Capitão Hargrove, interpretado por Gail Hanson, conseguiu localizar sua futura noiva, que havia desaparecido. Ela é a Lady Sarah Atherton, interpretada por Bonnie Surma. A Lady Sarah foi vítima de um acidente de carruagem, e perdeu a memória. Ela é de fato Sarah Atherton? E o Capitão Hargrove realmente é seu futuro marido?

Irma pigarreou de novo e olhou para o livro. Apertou os olhos e começou a leitura.

– Sarah guardava silêncio enquanto a carruagem começava seu trajeto. Ela ergueu os olhos para fitar o capitão, e não achou reconfortante a expressão de seu rosto. Ele a encarava com atenção, quase como se procurasse alguma coisa. Por que a olhava assim?

Bonnie captou a deixa e olhou para Gail. Ao fazer isso, o chapéu caiu de sua cabeça.

– Por favor, não me olhe assim, capitão Hargrove.

– Peço desculpas – disse Gail, com a voz mais grave que conseguia fazer.

Bonnie tornou a levantar a cabeça, tomando o cuidado de segurar o chapéu.

– O senhor disse que me levaria para casa, capitão. *Onde* ela fica?

– Esqueci que a senhorita não iria se lembrar – Gail respondeu, ainda tentando fazer uma voz grave. – Vou levá-la à Mansão Hargrove.

Bonnie franziu a testa, se virando para que a plateia visse sua expressão.

– Mas a Mansão Hargrove é a *sua* casa, não a minha.

– Ela tampouco é minha casa. A Mansão Hargrove é do meu irmão, o Duque de Ashford. É onde nosso casamento será celebrado.

– E quando isso vai acontecer, capitão?

Gail fez uma pausa dramática, depois declarou:

– Vamos trocar votos daqui a menos de quinze dias. Os convites já foram enviados.

– O senhor seria capaz de se casar comigo, ainda que eu não me lembre do senhor?

Bonnie abriu a boca e pôs a mão na lateral do rosto num gesto que Hannah presumiu que fosse de choque.

– É claro. Não vejo que diferença isso possa fazer, contanto que eu me lembre da senhorita.

– Para mim faz uma diferença enorme! Não vou me casar com um estranho!

Gail recuou para transmitir surpresa, mas levou a interpretação longe demais. O pano preto se mexeu quando ela o atingiu com o cotovelo, e por um triz ela não se desequilibrou no banco de piano.

– A senhorita prefere decepcionar nossos convidados?

– Antes eles do que eu, capitão. – Bonnie se virou para a plateia e deu um sorrisinho corajoso. – Antes eles do que eu.

Irma York juntou as mãos num sinal de aplauso. A plateia entendeu a deixa e houve uma ovação estrondosa. Enquanto Hannah verificava se estava tudo pronto na mesa do lanche, ela se perguntava se o pessoal do período da Regência na Inglaterra falava mesmo daquele jeito formal e pomposo. Talvez tudo não passasse de uma pegadinha iniciada pela autora de romances da Regência predileta da mãe, Georgette Heyer, e eternizada por todos os outros escritores que seguiram seus passos.

Bonnie correu até a mesa do lanche, ainda segurando o chapéu. O passarinho tinha caído. Estava pendurado pela pata e os olhos pintados pareciam assustados.

– Você viu a Lucy Richards?

– Não. Você vai perder o passarinho, Bonnie.

– Esse passarinho bobo! Eu colei ele três vezes. – Bonnie levantou a mão e o arrancou. – Ela prometeu que viria tirar fotos para o jornal.

– Se você tiver uma câmera, eu posso tirar.

– Pode? Você é muito gentil, Hannah. – Bonnie ficou aliviada. – Vem para o palco que a gente faz isso de uma vez. Gostou da leitura?

– Foi muito divertida – Hannah disse a primeira coisa que lhe passou pela cabeça, depois se deu conta de que era verdade. A leitura tinha sido tão divertida que passaria semanas rindo dela.

Biscoitos de cacau

NÃO PREAQUEÇA o forno por enquanto –
a massa tem que ser refrigerada antes de ir ao forno.

1 ½ xícara de manteiga derretida (*375 ml*)
2 xícaras de cacau em pó (*não adoçado*)
2 xícaras de açúcar mascavo
3 ovos grandes batidos (*é só quebrá-los em um copo e batê-los com o garfo*)
4 colheres (chá) de bicarbonato de sódio
1 colher (chá) de sal
2 colheres (chá) de essência de baunilha
3 xícaras de farinha de trigo (*não peneirar*)
½ xícara de açúcar refinado em uma tigela pequena (para depois)

Derreta a manteiga e junte o cacau até criar uma mistura uniforme. Acrescente o açúcar mascavo. Deixe esfriar um pouco, depois misture os ovos batidos. Junte o bicarbonato, o sal e a baunilha e misture bem. Acrescente a farinha e misture até a massa ficar uniforme. Deixe esfriar na geladeira por no mínimo uma hora. (*De um dia para o outro também fica bom.*)

Preaqueça o forno a 175 ºC, use a grelha do meio.

Com as mãos, enrole a massa em bolinhas do tamanho de nozes. A massa pode estar grudenta, portanto, enrole apenas os cookies que você pretende assar imediatamente e depois devolva a tigela à geladeira. Passe as bolinhas na tigela de açúcar refinado e as coloque em assadeiras untadas. A assadeira de tamanho padrão comporta 12 bolinhas. Amasse-as com uma espátula (*ou com a palma da mão se a vigilância sanitária não estiver por perto*).

Asse a 175 ºC por 10 minutos. Deixe as assadeiras esfriarem por 1 ou 2 minutos e depois transfira os cookies para uma grade para que terminem de esfriar. (*Se ficarem tempo demais na assadeira, eles grudam.*)

A Tracey diz que o sabor desse biscoito é igual ao de seu biscoito de bichinho de chocolate predileto, mas que é melhor porque ela não tem que pescá-lo entre os biscoitos de baunilha que vêm junto na caixa.

Capítulo 15

Quando Hannah voltou para a loja, às quatro da tarde, se deparou com Andrea esperando por ela.

– Eu achei que você tivesse uma visita marcada.

– Eu tinha. – Andrea esboçou um sorriso. – Eu vendi, Hannah. O John e a Wendy Rahn fizeram uma proposta e a sra. Ehrenberg aceitou. O irmão mais velho do John é o dono do terreno ao lado, e eles vão cultivar a terra toda juntos.

Hannah deu um tapinha no ombro de Andrea.

– Mandou bem!

– O Al disse que fui genial por mostrar o imóvel ao John e à Wendy. E ele me disse que daqui para a frente eu posso trabalhar no horário que eu quiser. Ou seja, vou ter mais tempo ainda para te ajudar. Você está precisando assar mais cookies, Hannah? Acho que já peguei o jeito na hora de enrolar a massa.

– Obrigada, mas hoje nós já encerramos as fornadas de cookies. – Hannah jogou um pano sobre a caixa que tinha trazido do carro, assim a irmã não perceberia que os únicos cookies restantes eram os tortos que ela tinha feito.

– E a Lucy? Conseguiu falar com ela na reunião?

– Ela não apareceu. A Gail Hanson trouxe a câmera dela e fui eu que acabei tirando as fotos.

Andrea franziu a testa.

– Fico me perguntando onde estará ela. Ninguém viu ela hoje.

– A Bonnie Surma falou que essa não foi a primeira vez que ela faltou a um serviço. A Lucy ia cobrir a cerimônia de premiação das escoteiras mirins no mês passado. Ela não deu as caras e a Bonnie teve que pedir a uma das mães que tirasse as fotos.

– Então você acha que ela está por aí atrás de uma matéria mais relevante?

– Não sei o que achar, mas não tenho tempo para ficar dirigindo pela cidade à procura dela. A gente vai ter que falar com ela hoje à noite, no concurso. Quem é vivo sempre aparece.

Andrea ficou arrepiada com as palavras escolhidas por Hannah.

– Queria que você não tivesse falado isso. Eu estou com uma sensação muito ruim.

– Não se preocupe sem necessidade – Hannah aconselhou. – A gente passou o dia inteiro atrás da Lucy quando devíamos estar tentando ajudar a Danielle. Você é boa de conversar com psiquiatras?

Andrea ergueu as sobrancelhas.

– Em sessões de terapia?

– Não, por telefone. A Danielle falou que o Boyd marcou uma sessão com o psiquiatra na terça-feira, logo depois de dar o soco no olho dela. Preciso descobrir se ele foi.

– Eu descubro. – Andrea pegou o telefone. – Você está falando do dr. Holland, da Clínica Holland de St. Paul?

– Isso. Eu gostaria de saber sobre o que eles conversaram, mas acho que isso o dr. Holland não vai nos dizer. Psiquiatra não gosta de discutir paciente, nem quando ele está morto.

– Deixa comigo. – Andrea parecia muito segura ao discar o número da lista telefônica e pedir o número da Clínica Holland.

Hannah ficou ouvindo enquanto a irmã tentava falar direto com o dr. Holland ao telefone. Demorou um tempo porque ele estava com um paciente, mas Andrea convenceu a recepcionista de que seu telefonema era uma emergência. Não conseguiu entender muito escutando a conversa só do lado de Andrea. "Entendo" e "claro que entendo" não eram palavras muito reveladoras.

– O que foi que ele falou? – Hannah perguntou depois de Andrea desligar o telefone.

– Não muita coisa. O Boyd compareceu, mas o dr. Holland disse que não pode me contar o que eles discutiram. Ele falou que o Boyd chegou às duas horas e saiu da clínica às duas e meia.

– Foi só meia hora. – Hannah ficou surpresa. – A maioria das sessões de terapia não dura uma hora?

– Cinquenta minutos. Eu perguntei sobre isso e o dr. Holland falou que o Boyd encurtou a sessão porque tinha que voltar para Lake Eden para uma reunião de pais e mestres na escola.

– A Danielle não mencionou essa reunião. – Hannah empurrou o caderno para Andrea. – Olha as nossas anotações.

Andrea folheou o caderno para achar as anotações que tinha feito.

– Aqui. A Danielle falou que o Boyd foi de carro para St. Paul para se consultar com o dr. Holland, e ele só voltou para casa às seis horas da tarde.

– A Danielle não ficou sabendo que ele tinha voltado para a escola. – Hannah pensou um pouco e depois pegou o telefone. – Melhor eu ligar para a Charlotte Roscoe antes que ela vá para casa. Ela deve ter algum registro das reuniões de pais e mestres, aí ela vai poder nos dizer quem participou do encontro.

Hannah deu uma buzinada de leve ao se despedir da irmã. Andrea ia buscar Tracey no Kiddie Korner e elas se encontrariam depois, no concurso.

Ao passar pela praça, Hannah acendeu os faróis. Era o momento mais perigoso do dia para dirigir. A noite caía rápido, e embora ainda enxergasse, tudo que escapava à luz do farol dianteiro tinha perdido a cor e adquirira tons de cinza.

Não havia muitos carros no estacionamento do colégio. Os professores já tinham ido para casa e a plateia daquela noite só chegaria dali a uma hora e meia. Hannah tinha levado a roupa que usaria e seu plano era se vestir no vestiário feminino. Teria que se entender com um felino irritado quando chegasse em casa, depois do programa, mas Moishe aguentaria mais algumas horas sem ela.

Charlotte Roscoe, a secretária da Jordan High, tinha sido muito prestativa ao telefone. Tinha olhado a agenda de Boyd, mas não havia nenhum registro de reuniões. Ela explicou a Hannah que os professores da Jordan High só eram obrigados a registrar as reuniões acadêmicas. Sugeriu que a reunião tivesse contado com a participação de algum membro de uma das equipes do técnico Watson e aconselhou que Hannah falasse com Gil Surma, o orientador psicológico da Jordan High, para ver se ele havia participado. Gil ainda estava na escola, reunido com os Escoteiros Mirins. Já que era inverno e o auditório era local proibido durante o concurso, Gil os ensinava a montar uma barraca de lona no corredor da sala da diretoria.

Depois de estacionar e descer do carro, Hannah foi até o porta-malas para pegar um saco grande com os cookies da véspera. Os Escoteiros estavam sempre esfomeados, e poderiam comê-los a caminho de casa. Atravessou o estacionamento às pressas, percorreu a lateral do prédio e entrou pela porta da frente.

Hannah abriu um sorriso ao dobrar uma curva e se deparar com uma imagem incomum. Uma barraca cor de cáqui havia desabado ao lado da porta da diretoria. Dentro dela, vários montinhos se contorciam, dando a impressão de que a barraca tinha ganhado vida, e ela ouvia a voz de Gil, que tentava assumir o controle da situação.

– Vamos, meninos. Vamos parar de se mexer para eu conseguir achar a abertura. Vocês não vão querer passar a noite aqui, né?

A pergunta foi seguida por uma torrente de gargalhadas infantis, e Hannah decidiu dar uma mãozinha. Ela foi até a barraca serpenteante, levantou a parte da frente da lona e a segurou até uma cabeça surgir.

– Obrigado, seja você quem for. – Gil rastejou para fora da barraca apoiado nas mãos e nos joelhos. Em seguida, ergueu os olhos e sorriu. – Você salvou a gente, Hannah. Eu estava mostrando à minha tropa como é fácil montar uma barraca.

Gil se levantou e assumiu o lugar dela, segurando a ponta da barraca. Cinco jovens escoteiros mirins se arrastaram para fora, um depois do outro, e os cinco pareceram contentes por ver Hannah. Ela sabia que não era por causa de sua personalidade cativante ou por tê-los ajudado a se desvencilhar da barraca: tinham reparado no saco de cookies que ela trazia.

– Seu encontro terminou, Gil? – Hannah perguntou.

– Sim. Devia ter acabado uns quinze minutos atrás, mas a barraca não colaborou.

Hannah distribuiu os cookies, quatro para cada um dos meninos, e eles foram embora mastigando com alegria. Quando o último a sair já não tinha mais como escutá-los, ela anunciou:

– Preciso conversar com você, Gil. É sobre o Boyd Watson.

– Que coisa tenebrosa. – Gil balançou a cabeça. – O sr. Purvis nos disse que as autoridades estavam investigando a possibilidade de morte violenta, mas um dos outros professores comentou que ultimamente o Boyd parecia deprimido. Você acha que foi suicídio?

– Impossível. Ninguém comete suicídio dando marteladas na própria cabeça até rachar o crânio. – Gil pareceu meio nauseado, e Hannah se arrependeu da descrição exagerada. – Você está passando mal, Gil?

– Estou bem. Nos jornais, eles não descreveram exatamente *como* o Boyd morreu. E foi a Danielle quem achou ele assim?

– Foi.

– Coitada da Danielle. Ela deve estar sofrendo muito. É melhor eu dar uma passadinha na casa dela para ver se posso ajudar de alguma forma.

– Ela não está em casa, Gil. O Doc Knight internou ela no hospital.

– Ela está tão doente assim?

Hannah resolveu que florear a verdade não faria mal. Não queria de jeito nenhum que Gil soubesse que Danielle era suspeita do homicídio de Boyd.

– Ela estava com um resfriado forte fazia mais ou menos uma semana. O choque só piorou a situação e o Doc resolveu que ela vai ficar no Lake Eden Memorial até se recuperar.

Gil foi muito empático.

– Vamos mandar flores. Vou colocar uma latinha para recolher doações na sala dos professores. E os jogadores dos Gulls podem entrar na vaquinha. A Danielle precisa saber que ela não está sozinha num momento como esse.

– Era sobre isso que eu queria conversar. – Hannah interferiu antes que Gil continuasse elaborando planos.

– De flores?

– Não, dos Gulls. Acabei de saber que o Boyd teve uma reunião com um dos membros da equipe dele na terça-feira, depois do horário de aula. Você estava presente?

Gil negou.

– Na terça tenho o clube de xadrez. É claro que eu teria cancelado se o Boyd me pedisse para participar, mas ele não pediu.

– Mas você estava aqui na escola?

– Não. Eu levei o clube todo para a minha casa. São só três membros, dois do quarto ano e um do terceiro. Assistimos à gravação da última partida do Bobby Fischer.

Hannah suspirou. As coisas não estavam saindo conforme ela esperava.

– Então você não sabe com quem o Boyd se encontrou?

– Infelizmente, não. Nós fomos embora assim que o sino tocou. Por que você está querendo saber?

Hannah suspirou. Não queria mentir, e talvez não precisasse inventar outra história para esconder sua verdadeira motivação. Gil era o orientador psicológico da Jordan High e era obrigado a obedecer às mesmas regras de sigilo que o dr. Holland seguia.

– Se eu te contar um segredo, você não pode contar para ninguém, né?

– Sim, se for uma sessão de terapia.

– Ok, estamos em uma sessão de terapia. Só não vai me cobrar pelo seu tempo.

Gil achou graça.

– Não vou. Fala comigo.

– Você disse que não sabia com quem o Boyd se encontrou, então vamos ter que tentar outro caminho. Você sabe se o Boyd estava tendo problemas com algum dos membros do time dele?

– Estava, sim. Me desculpe, mas não posso falar quem.

– Você precisa me falar! – Hannah sentiu seu nível de frustração aumentar. – Sei da sua ética profissional e tal, mas isso pode ter a ver com o assassinato do Boyd!

Gil ergueu as mãos num gesto de capitulação.

– Espera aí, Hannah. Eu não disse que não vou te falar. Eu disse que *não posso* te falar. O Boyd não me disse o nome do aluno.

– Ah. – Hannah sentiu um pouco de vergonha pela explosão.

– O Boyd só levantou uma hipótese. Ele me perguntou o que eu faria se fosse o técnico principal e descobrisse que um dos meus jogadores de basquete está usando anabolizantes.

– Anabolizantes? – Hannah se surpreendeu. Pelo que sabia, Lake Eden nunca tinha passado por um problema dessa magnitude. No ano anterior, três jogadores do time de futebol americano tinham sido suspensos por algumas partidas porque tinham dado uma festa no lago regada a cerveja, mas esse tinha sido o único caso. – O que você falou para o Boyd?

– Falei que eu suspenderia o jogador até o fim da temporada. As regras da escola são muito claras quanto ao uso de drogas anabolizantes.

– O que o Boyd falou?

– Ele levantou uma outra hipótese. Me perguntou o que eu faria caso o pai do garoto ameaçasse retirar o apoio ao programa de bolsas esportivas da escola. Falei para ele que isso também não influenciaria na minha decisão e que eu suspenderia o garoto mesmo assim.

– O Boyd aceitou seu conselho?

– Acho que sim. Conversamos sobre a melhor maneira de falar para o pai do garoto que ele seria suspenso. O Boyd chegou a fazer algumas anotações. Depois me agradeceu por facilitar o trabalho dele. Isso foi na segunda-feira, Hannah. Se o Boyd marcou uma reunião depois da aula na terça-feira, o assunto pode ter sido esse.

O coração de Hannah começou a acelerar enquanto ela fazia a pergunta mais importante de todas.

– O Boyd *suspendeu* algum menino do time?

– Não, eu já verifiquei. Ou o Boyd mudou de ideia ou... – Gil se calou e de novo pareceu meio enjoado.

– Ou o quê?

– Ou não deu tempo de ele preencher as fichas antes de ser assassinado.

Capítulo 16

Lisa ficou ao lado dela com uma tigela de chantili enquanto Hannah fatiava o flan havaiano. O doce estava perfeito, e Hannah sorriu ao transferi-lo para as cumbucas de vidro lapidado. Ela salpicou um pouquinho de abacaxi amassado, botou uma colher da calda dourada de caramelo e passou as cumbucas para Lisa, que serviu colheradas generosas de chantili por cima de tudo.

Depois de arrumar as cumbucas de sobremesa e as colheres na bandeja, Hannah e Lisa tiraram o avental e esperaram o sinal do diretor de cena. A luz vermelha da câmera, apontando na direção das duas, estava desligada, e Hannah se virou para Lisa com uma pergunta.

– Seu pai está assistindo?

– Ele está na plateia com o sr. Drevlow. Esta noite ele queria me ver ao vivo. Meu pai acha que a gente tem um programa de culinária e eu não tive coragem de dizer que é só uma coisa temporária.

Hannah olhou para Rayne Phillips, que estava na frente de uma tela azul. Fazia gestos grandiosos que apontavam frentes de tempestade inexistentes e Hannah ficou encafifada, se perguntando como ele sabia para onde apontar. Em seguida, viu o monitor instalado fora do alcance da câmera, que mostrava os altos e baixos gerados por computador que rodopiavam sobre o mapa de Minnesota. Nunca tinha pensado nisso, mas para ser o apresentador da meteorologia da KCOW, ele precisava de um talento para a atuação.

– Pronta, Hannah?

– Estou pronta. – Hannah sorriu ao pegar a bandeja. – Está quase na hora. Vamos acabar com eles, Lisa.

Quando o diretor de cena fez um gesto, Hannah foi até a bancada, passando com cuidado pelos cabos. Depois de Lisa servir os membros da bancada, Chuck Wilson se virou para Hannah.

– O que as meninas têm para a gente hoje?

Hannah se eriçou com sua escolha de palavras, mas foi rápida ao esconder a irritação com um sorriso. Fazia mais de uma década que não era uma "menina".

– Manjar de abacaxi com calda de caramelo. Chamo de flan havaiano.

– Está com uma cara ótima. – Chuck enfiou a colher no doce e a câmera fixou nele quando deu a primeira mordida. Ele sorriu, deixou a doçura cremosa rolar na língua por um instante e depois engoliu. – Que delícia, meninas.

Hannah se aborreceu de novo e estava prestes a falar poucas e boas quando Lisa interferiu.

– Obrigada, Chuck. Tenho certeza de que vai fazer sucesso entre a clientela da Cookie Jar. Nós estamos começando a servir outros doces, e nosso plano é que cada dia seja um diferente.

– Eu vou lá no dia que tiver esse – Chuck prometeu. Em seguida, ele se virou para Dee-Dee Hughes. – O que você achou, Dee-Dee?

– É pesado e leve ao mesmo tempo, se é que você me entende. – Hannah achou que ninguém seria capaz de entender o que Dee-Dee queria dizer, mas conseguiu continuar sorrindo. – Mas uma coisa deliciosa assim deve ser cheia de calorias. Acertei?

Lisa tomou as rédeas de novo e Hannah respirou aliviada. Tinha garantido a ela que estava preparada para a questão previsível de Dee-Dee sobre o número de calorias.

– Claro que não é comida dietética, mas não dá para comer gelatina com zero calorias todas as noites. Se isso for motivo de preocupação, você pode cortar pela metade o açúcar do manjar e comer só uma porçãozinha da calda de caramelo. E dá para substituir o açúcar por adoçante artificial no chantili.

– Mas ainda assim o doce vai ser engordativo, não vai? – Dee-Dee indagou.

Hannah segurou a língua. O ímpeto de responder foi quase forte demais para resistir. Mas antes que pudesse abrir a boca, Wingo Jones entrou na discussão.

– A hora da sobremesa é a hora do carboidrato. Se você está preocupada em não ganhar peso, precisa fazer exercícios para queimar as calorias. Eu estaria disposto a correr uns quinze quilômetros por uma fatia deste flan havaiano.

– Eu também. – Rayne Phillips assentiu e esticou o braço para pegar o prato de Dee-Dee. – Não se preocupe, Dee-Dee. Eu vou a proteger de você mesma. Se eu comer a sua sobremesa, você não vai engordar.

Chuck Wilson gargalhou e no mesmo instante Hannah o perdoou por chamá-la de menina. Talvez ele não fosse tão babaca assim, no final das contas. Em seguida, ele se voltou para a câmera e lembrou a todos que ficassem ligados no *Notícias do mundo*, que seria seguido pela terceira noite do Concurso de Doces das Farinhas Hartland. A música surgiu, os créditos começaram a rolar na tela e os âncoras fingiram estar ocupados arrumando papéis e trocando sorrisos.

Dee-Dee manteve uma expressão simpática até a luz vermelha da câmera se apagar. Em seguida, encarou Rayne Phillips e pronunciou vários impropérios horríveis que teriam sido encobertos por diversos bipes se o programa ainda estivesse no ar.

Hannah ria ao voltar para o cenário de cozinha com Lisa para recolher suas coisas. Lisa também ria, e as duas estavam de bom humor ao organizar os materiais em caixas e botá-las nas prateleiras dos fundos.

– Se a gente já tiver terminado tudo, eu vou lá me sentar com o papai e o sr. Drevlow – Lisa disse.

– Vai lá, Lisa. Você foi ótima hoje, e eu achei sua resposta à pergunta da Dee-Dee perfeita. – Hannah enfiou a mão no bolso do avental e entregou um envelope a Lisa. – Aqui. É para você. É o pagamento por todas as horas extras que você trabalhou esta semana.

Lisa ficou surpresa.

– Mas não precisa. Trabalhei a mais porque quis. Eu gosto de te ajudar, Hannah, e não esperava ganhar hora extra.

– Então pode chamar de bônus de Natal. Você fez por merecer.

– Está bem. – Lisa guardou o envelope no bolso. – Mas não me paga mais. Eu cubro você até o fim do concurso e até você terminar... aquela *outra* coisa que você está fazendo.

Hannah assentiu. Lisa era a funcionária perfeita, e talvez já fosse hora de pensar em transformá-la em sócia. Juntas, as duas conseguiam fazer a Cookie Jar funcionar tranquilamente, e talvez pudessem até se revezar para tirar férias num mês de pouco movimento.

Mas quando seria? Hannah refletiu um pouco e franziu a testa. Havia sempre uma festa ou um evento social que precisava dos serviços de bufê, e as pessoas comiam cookies o ano inteiro. A não ser que todos os moradores de Lake Eden adotassem uma dieta de baixo carboidrato ao mesmo tempo, elas nunca teriam um mês de pouco movimento.

Hannah tinha acabado de sair da sala de maquiagem, onde profissionais tinham retocado seu batom e tentado domar seu cabelo ruivo arrepiado, quando Andrea se aproximou correndo.

– Te achei! Vamos dar uma entradinha aqui para a gente poder conversar a sós. – Andrea a puxou para o banheiro feminino. – A Lucy não está aí. Eu procurei em tudo quanto é canto. Até perguntei para o Bill se ela não estava na delegacia e ele me disse que não tinha visto ela hoje.

Hannah sentiu o estômago embrulhar e foi tomada pela náusea. Ela realmente esperava que Lucy aparecesse no concurso.

– Vai ver que foi só um atraso?

– Pode ser. – Andrea não parecia estar convencida disso. – Eu andei pensando, Hannah. E se a Lucy foi para casa e descobriu que a gaveta secreta está vazia? Se imaginou que a polícia estava atrás dela, ela pode ter fugido.

Hannah ainda não tinha pensado nisso.

– É possível, mas não explica o fato de ela ter faltado à consulta com o Norman hoje de manhã.

– Tem razão. Não explica mesmo. Vai ver que ela está atrasada e é só isso. E o Gil Surma? Te contou alguma coisa interessante?

Hannah botou a irmã a par do que havia acontecido, e percebeu que Andrea ficou chocada ao ouvir falar dos anabolizantes.

– Eu também não acreditei, a princípio. Mas o Gil falou que o Boyd estava muito chateado com isso.

– Acho que a possibilidade existe – Andrea admitiu. – Só não gosto de pensar que isso poderia acontecer aqui em Lake Eden. O Gil não sabe quem é o garoto?

– O Boyd falou como se fosse uma situação hipotética. Não mencionou o nome do jogador.

Andrea suspirou.

– Bom, pelo menos a gente sabe que ele é jogador de basquete. Quantos meninos são dos Gulls?

– Vinte.

– Esse tanto?

– É. O Gil disse que basquete é o esporte mais popular da Jordan High. O Boyd tinha cinco meninos no Time A. São os titulares. E todos os titulares têm substitutos. Já são dez. E aí tem o Time B e o Time C, e cada um deles tem cinco garotos. O que não vai faltar para a gente é trabalho, Andrea.

– Imagino que não. Você conseguiu uma lista dos nomes?

– O Gil falou que ia pegar com a Charlotte e deixaria na Cookie Jar de manhã.

Andrea fechou a cara ao ponderar como lidar com esse novo conjunto de fatos.

– Como a gente vai descobrir qual é o jogador? Se a gente ligar para eles e perguntar, só vamos ouvir negativas.

– Eu sei. Na verdade, eu nem tenho certeza de que essa história tem a ver com o assassinato do Boyd. Pode ser coincidência.

– Não é coincidência. O pai do jogador matou o Boyd antes que o filho fosse expulso do time.

Hannah ficou surpresa. Andrea parecia muito segura do que dizia.

– Você acha mesmo que isso seria motivo suficiente para o assassinato?

– Sem dúvida. Basquete de colégio é esporte sério em Lake Eden.

– Mas um pai chegaria a esse ponto?

– Claro que sim. Lembra daquela mãe do Texas que matou a rival da filha na disputa pela vaga na equipe de líderes de torcida? E a importância disso não chega nem aos pés da importância do basquete.

Hannah pensou um pouco.

– O pai do jogador pode ter seguido o Boyd quando ele foi para casa depois do concurso e tentado convencê-lo a não suspender o filho. Isso explicaria a discussão que o sr. Gessell ouviu.

– E discussões podem virar brigas de verdade. A gente sabe que o Boyd tinha pavio curto. E se o pai do jogador também tinha?

Hannah precisava admitir que a ideia fazia sentido.

– Acho que pode ter sido isso mesmo. O pai pegou o martelo e bateu no Boyd na hora da raiva. Talvez não tivesse a *intenção* de matar ele, mas matou. E aí, quando se deu conta de que o Boyd estava morto, ele foi embora correndo.

Andrea pulava de empolgação.

– A gente conseguiu, Hannah! A gente já sabe quem matou o Boyd!

– Ainda não. – Hannah esticou a mão para conter a irmã exultante demais. – A gente pode até saber o motivo, mas ainda não sabe quem foi. Vai lá fora e procura a Lucy. Se você a achar, fica por perto até o programa terminar.

– Está bem. Mas e se a Lucy não contar para a gente quem é a pessoa nas fotos?

"Então a gente vai estar num mato sem cachorro, e vai ter perdido tempo à beça", Hannah pensou. Mas não disse nada porque não queria dar sorte ao azar.

– Não esquenta com isso agora. Se concentra em achar a Lucy. Eu arranco essa informação dela, de uma forma ou de outra.

Rudy, um dos câmeras, pegou Hannah quando ela ia se sentar atrás da mesa do júri.

– Ei, Hannah. O flan havaiano que você fez estava ótimo.

– Como é que *você* sabe disso?

– O Wingo recebeu um telefonema logo depois do jornal e deixou o prato em cima da bancada. Eu peguei para mim antes que ele voltasse.

– Fez muito bem. – Hannah abriu um sorriso. Gostava de Rudy. Ele tinha dado explicações sobre as câmeras e como saber quando eles estavam no ar. Ela apontou para uma das câmeras enormes instaladas no set. – Por que essas câmeras são diferentes das que você usa?

– Elas são alimentadas por fios. Está vendo esses cabos?

Hannah viu os cabos pretos grossos que serpenteavam pelo chão.

– Aonde eles dão?

– Na cabine de controle móvel, que fica no caminhão da produção. É lá que o Mason fica durante o programa. Ele vê as imagens dessas câmeras nos monitores e através dos fones dá ordens de que ângulos temos que gravar. É ele quem decide qual imagem é transmitida.

– Me parece um trabalho bem complicado.

– E é. O programa é ao vivo, e ele tem que decidir rápido. Quando ele chama uma câmera, a imagem é transmitida no mesmo segundo.

Hannah achou curioso. O que sabia sobre produção televisiva cabia em um dedal e ainda sobrava espaço.

– O que a sua câmera faz?

– Eu filmo as montagens que a gente passa durante as críticas dos jurados. A minha câmera é chamada de vagante, e é autônoma. Ela grava em fita de três quartos de polegadas e dá para editar depois.

– Editar?

– Eu gravei quatro horas de imagens para a montagem de hoje, e vamos passar menos de três minutos.

– É fita à beça para só uns minutos.

– A gente sempre grava mais do que precisa. Assim o editor pode escolher. Eu gravo as concorrentes chegando, a plateia enchendo e até as festas na pousada.

Ao ouvir essa informação, Hannah teve uma ideia. Se Rudy gravava quatro horas de fita por dia, era possível que tivesse conseguido uma imagem do assassino com suas abotoaduras. Ainda planejava arrancar o nome do assassino da boca de Lucy, mas e se ela tivesse fugido da cidade como Andrea sugerira? Elas precisavam de um plano B.

– O que acontece com a parte da fita que não é usada?

– A parte que é cortada na edição?

– Se é assim que se diz. Vocês jogam fora?

Rudy deu risada.

– Na KCOW, a gente não joga *nada* fora. A gente recicla até clipes de papel.

– Então vocês gravam outra coisa por cima?

– Sim, mas não logo depois. As gravações ficam um tempo guardadas na emissora. Depois elas são revisadas. Se o Mason tiver certeza de que a gente não vai mais precisar de nenhum trecho, a gente apaga e usa a fita de novo.

– Então todas as imagens que foram cortadas estão guardadas na emissora?

Rudy negou com a cabeça.

– As fitas ainda estão no caminhão da produção. Por que esse interesse todo?

– É que achei esse processo todo fascinante – Hannah disse com um sorriso no rosto. – Você acha que eu posso assistir?

– É fita até não poder mais e em geral é uma chatice. Tem certeza?

– Tenho certeza. – Hannah prendeu a respiração ao esperar a resposta de Rudy. Talvez aquilo fosse muito importante. Ainda que achasse Lucy e conseguisse arrancar o nome do assassino, ver o homem e suas abotoaduras na tela seria uma forma de provar que Lucy não tinha mentido sobre sua identidade.

– Se você quer morrer de tédio, por mim tudo bem. Mas eu não tenho a palavra final. Você vai ter que pedir a permissão do Mason.

Hannah lhe deu um sorriso. Rudy não fazia ideia de como havia ajudado.

– Obrigada, Rudy. Vou falar com o Mason assim que o programa acabar.

Flan havaiano

Preaqueça o forno a 175 °C,
use a grelha do meio.

1 xícara de açúcar refinado
½ xícara de água
6 ovos
1 lata de leite condensado
¼ xícara de açúcar refinado
1 ½ xícara de suco de abacaxi
⅛ colher (chá) de sal
1 abacaxi pequeno amassado (*tire bem a água*)
Chantili para a cobertura (*opcional*)

Pegue uma forma quadrada de 20 cm com laterais (*de metal ou de vidro*) ou qualquer outra forma que comporte 6 xícaras de líquido. Não unte. Só a deixe à mão, perto do forno.

Junte uma xícara de açúcar refinado com meia xícara de água numa panela. Leve ao fogo até ferver, primeiro mexendo, depois sacudindo até a mistura ficar dourada. (*Ela fica muito quente, então use luvas de cozinha.*)

Com cuidado, despeje o xarope na forma escolhida e incline até que ele cubra o fundo e as bordas. Esta é a calda de caramelo. (*Tenha muito cuidado. A mistura fica escaldante.*) Passe água na panela que você usou e a coloque na pia. Em seguida, deixe a forma de lado enquanto faz o manjar. (*Talvez você ouça uns estalos enquanto o caramelo esfria. Não se preocupe. É o caramelo que está rachando, não a sua forma.*)

Bata os ovos até eles ficarem amarelo-claros e engrossarem. (*Vai demorar um pouco se você não tiver uma batedeira elétrica.*) Junte o leite condensado, o açúcar, o sal e o suco de abacaxi e bata bem.

Pegue o coador e coe a mistura sobre a forma.

Pegue uma forma maior. A forma do manjar deve caber dentro dela com uma sobra de pelo menos 2,5 cm em cada um dos lados. Ponha a forma de manjar dentro da forma maior. Coloque as duas formas no forno e derrame água quente na forma maior, em quantidade suficiente para que a forma de manjar fique mergulhada até a metade.

Asse durante uma hora ou até que, ao enfiar um palito no meio do manjar, ele saia limpo.

Tire a forma do manjar da água e deixe esfriar na grade por 10 minutos, no mínimo. (*O manjar pode ser servido quente ou frio.*)

Para servir, vire o manjar em uma tigela de fundo reto ou uma travessa com borda virada. (*Para que a calda de caramelo não transborde.*) Ponha fatias de manjar em um prato de sobremesa e espalhe uma parte do abacaxi amassado por cima. Em seguida, derrame um pouco da calda de caramelo e coloque o chantili por cima, caso queira.

Delores prefere o manjar frio. Andrea diz que fica melhor em temperatura ambiente, já eu gosto dele quente.

Capítulo 17

Quem vence a disputa da noite é um homem e Hannah fica contente. Confeitaria é uma vocação para todos. Depois que o primeiro sargento do exército aceita a fita de finalista, Clayton Hart lembra aos espectadores que a final do Concurso de Doces das Farinhas Hartland é na noite seguinte. O programa duraria uma hora e os três finalistas fariam seus pratos na frente das câmeras. Todos os concorrentes seriam gravados ao vivo, e a filmagem seria mostrada em três telas gigantes suspensas, uma técnica criada pelo produtor da KCOW Mason Kimball para que a plateia pudesse observar cada movimento que fizessem.

Quando o programa acabou, Hannah se virou para Edna Ferguson.

– Você falou sério quando disse aquilo sobre o enroladinho de canela do sargento Hogarth?

– Eu não falaria se não fosse – Edna respondeu –, e vou repetir. O enroladinho dele é melhor do que o meu.

– E isso que você faz o melhor enroladinho de canela da cidade. – A barriga de Hannah roncou só de pensar neles. Não comia nada desde que havia almoçado no bufê de Sally, a não ser que levasse em conta as provas dos doces julgados, e ela estava esfomeada. Infelizmente não teria tempo para comer.

Precisava encontrar Andrea e ver se a irmã tinha achado a esquiva Lucy Richards, e depois teria que correr até o caminhão da produção e pedir permissão a Mason Kimball para assistir as imagens cortadas de Rudy.

– Você vai à festa na pousada? – Edna indagou.

– Hoje não. Tenho mais coisa para fazer do que as horas do dia permitem. – Hannah se levantou e alisou a saia do conjuntinho novo. Era de uma cor que Claire chamara de "terrosa", um tom entre o marrom e o laranja. Hannah tinha hesitado até em prová-lo. Nada que era laranja combinava com seu cabelo. Mas Claire insistira e a roupa realmente ficava deslumbrante nela.

Andrea acenava da coxia e Lucy não estava com ela. Hannah foi na direção da irmã com uma expressão de dúvida. Ou Lucy tinha fugido ou estava... Hannah se interrompeu no meio do pensamento e repetiu a máxima que o pai sempre falava. Não fazia sentido pegar problema emprestado. É claro que o pai tinha vivido com Delores aqueles anos todos, e não *precisava* pegar problema emprestado: o problema dividia o teto com ele.

– A Lucy não está aqui – Andrea relatou assim que Hannah chegou perto o bastante para ouvi-la –, mas posso te ajudar a procurar. O Bill tem que voltar para a delegacia e a Tracey quer ficar com a vovó de novo.

Hannah sabia o que Andrea estava pedindo. Andrea precisava ser necessária outra vez.

– Que bom, Andrea. Preciso muito da sua ajuda.

O rosto de Andrea ficou radiante.

– O que nós vamos fazer primeiro?

– Eu tenho que ir lá no caminhão da produção rapidinho. Você me espera no saguão. Pergunta pela Lucy. Talvez alguém tenha visto ela.

– Já fiz isso. – Andrea soou meio petulante. – Ninguém viu.

Hannah enfiou a mão na bolsa e pegou as chaves.

– Está bem. Então vê se você arruma alguém que leve minhas caixas para o carro. Assim a gente ganha tempo.

– Ok. – Andrea ficou muito mais feliz ao pegar as chaves. – Gosto de ser útil.

– Você é útil, acredite. E se você quiser ajudar mais ainda, dê a volta no prédio e estacione ao lado do caminhão da produção. A gente vai ganhar ainda mais tempo.

Hannah registrou esse novo fato a respeito de Andrea para referência futura ao sair pela porta dos fundos e correu até o caminhão da produção da KCOW no estacionamento. A irmã precisava ser necessária e gostava de ser útil. Só torcia para Andrea ainda querer ser útil depois que assistissem às quatro horas das imagens cortadas feitas por Rudy.

Mason Kimball estava descendo os degraus de metal quando Hannah se aproximou do caminhão da produção. Ele parecia cansado e estava com olheiras.

– Oi, Hannah. O que você está fazendo aqui?

– Conversei com o Rudy antes do programa – Hannah explicou, entrando no discurso ensaiado. – Ele me explicou direitinho como a montagem é feita, e eu adoraria assistir às gravações dele que não passaram na edição, se você não se importar.

– Você quer ver *todas* as gravações do Rudy? São mais de doze horas.

Hannah tentou adotar uma expressão ingênua.

– Eu adoraria, mas não tenho doze horas sobrando. Na verdade, estou mais interessada na filmagem que o Rudy fez na quarta-feira. Eu achei a montagem de quarta a melhor de todas.

Mason franziu a testa e Hannah entendeu que ele não tinha comprado a desculpa.

– Quarta foi a noite em que o Boyd Watson foi jurado do concurso. Tem a ver com o assassinato dele?

– Claro que não – Hannah mentiu descaradamente. – É só interesse nas imagens que o Rudy fez. Acho ele muito talentoso.

As rugas na testa de Mason ficaram ainda mais profundas.

– Ele é, mas ninguém fica tão interessado assim nessas imagens. Acho melhor você me contar o que está procurando. Você está colaborando com a delegacia de novo?

– Não, e eu não estava colaborando antes – Hannah declarou com sinceridade. Não estava exatamente colaborando com a delegacia: estava colaborando com Bill.

– Mas ouvi dizer que você desvendou o assassinato do Ron LaSalle.

– Foi o Bill que desvendou, não eu. É que por acaso ouvi uma coisa que ajudou ele, só isso.

Mason balançou a cabeça como um cachorro saindo do lago, não com a mesma velocidade, mas com o mesmo jeito categórico.

– De forma nenhuma, Hannah. Eu não vou me meter nessa história. Se você não me contar exatamente por que quer ver as imagens, não vou permitir que você as veja.

– Está bem. – Hannah deu um longo suspiro. Não ia mencionar as fotos que Lucy tinha tirado do assassinato e de sua procura pelas abotoaduras do assassino, mas precisava dizer alguma coisa convincente a Mason. – Escuta, Mason. Eu sei que é um tiro no escuro, mas talvez exista alguma imagem do Boyd antes de começar o concurso. O Rudy me falou que ele filma a plateia chegando. Se o Boyd parou para bater papo com alguém, o Bill e o Mike precisam saber. Aí eles podem interrogar a pessoa para descobrir qual era o estado de espírito do Boyd e o que ele falou.

Mason pensou um pouco.

– Está bem. Não me lembro de nenhuma imagem do Boyd, mas não vi tudo.

– Isso é um sim?

– Sim. Não tenho nenhuma objeção. Só tem um problema.

– Qual?

– Você vai precisar ver as fitas hoje.

Hannah resmungou.

– Hoje?

– Infelizmente. Amanhã é o último dia do concurso e aí é tanta correria que não vou conseguir arranjar ninguém para te ajudar.

– Não posso fazer isso sozinha?

– Não. O engenheiro tem que achar as fitas certas para você e carregá-las. Você usaria um equipamento sofisticado, e ele teria que te ensinar o que fazer. É possível que a gente precise de algumas das imagens para a montagem final. Não posso correr o risco de que você as apague sem querer.

– Ok. Eu assisto às fitas hoje. A que horas o engenheiro vai embora?

– Ele não vai. A gente nunca deixa o caminhão sozinho quando está numa locação. Tem equipamentos caros demais dentro dele.

– Então dá tempo de eu ir para casa correndo e dar comida para o meu gato antes?

– Claro. Pode ir sem pressa. É só bater na porta quando você voltar. Vou avisar ao P.K. que você vem. – Mason se virou para entrar no caminhão, mas titubeou. – Se você esperar um segundo, eu a acompanho até o seu carro. Você não devia circular por aqui sozinha à noite.

– Valeu, Mason. – Hannah ficou ao lado dos degraus de metal e esperou Mason conversar com o engenheiro. Só levou um instante, a porta se abriu e ele desceu a escadinha.

– Pronto. Falei para o P.K. quais fitas você quer e ele vai deixar todas prontas para você. Acha mesmo que vai encontrar alguma coisa, Hannah?

– É provável que não, mas eu preciso fazer isso. E talvez tenha umas boas imagens da Tracey. Eu não menti para você, Mason. Estou interessada de verdade.

– Se você achar alguma imagem dela, anota o *time code*. O engenheiro te mostra onde fica. A gente pode copiar a fita para você. Ela ficou uma graça no vídeo.

Nevava quando eles atravessaram o estacionamento, e um vento frio soprava pelo asfalto. Mason ergueu os braços para levantar a gola e Hannah fez toda a força do mundo para não arfar. Ele estava usando um par de abotoaduras antigas com desenho de patos.

– Que abotoaduras lindas – Hannah disse, torcendo para a voz não estar trêmula. – São antigas?

– São. Eram do avô da Ellen. Ele tinha uma coleção enorme.

Hannah teve um pouco de medo de perguntar, mas perguntou.

– O avô da Ellen por acaso tinha um par de abotoaduras douradas com cabeça de cavalo?

– Talvez. Eu sei que ele tinha um com cachorros e eu fiquei com este par que tem os patos. É alguma coisa importante?

– É, sim. – A cabeça de Hannah acelerou em busca de uma desculpa plausível. Não queria de jeito nenhum contar a Mason que o assassino de Boyd usava abotoaduras com cabeça de cavalo. – Minha mãe coleciona joias antigas e está procurando um par desses. Achei que daria um belo presente de Natal, mas não consegui achar para comprar.

– Eu peço para a Ellen dar uma olhada na caixinha de joias. Elas seriam valiosas?

– Seriam. – Hannah deixou por isso mesmo. Mason não fazia ideia do valor que teriam. Embora fosse verdade que valeriam uma nota no circuito das joias antigas, elas seriam igualmente valiosas como prova de que Danielle não tinha matado Boyd.

– Espero que a Ellen não tenha vendido. Ela queria comprar móveis novos e vendeu parte da coleção faz uns seis anos.

– A um colecionador particular?

– Não, ela deixou em consignação com uma das joalherias do shopping.

Hannah sentiu seu ânimo desabar mais rápido que um ganso baleado. Se as abotoaduras de cavalo que tinha visto na foto de Lucy tinham sido vendidas no Tri-County Mall, o comprador podia ser qualquer pessoa da região.

– Aquele não é o seu carro? – Mason apontou para o veículo que dava a volta no prédio.

– É. A Andrea está trazendo ele para mais perto. – Hannah acenou e Andrea parou ao lado deles. A irmã foi para o banco do carona e Mason esticou o braço para abrir a porta para Hannah.

Hannah ficou contente. Cavalheirismo ainda existia. Ela sorriu para Mason e disse:

– Eu acho que você está se saindo muito bem no programa. A minha sensação é de que está todo mundo adorando.

– Obrigado, Hannah. A gente já teve acesso aos números e temos mais espectadores do que eu achava que teríamos. Você está chamando a audiência para o programa com as receitas que faz durante o jornal.

– Que bom. – Hannah se sentou atrás do volante e se despediu de Mason. – Não esquece de perguntar para a Ellen sobre as abotoaduras. Se ela ainda as tiver, eu vou querer comprar para a coleção da minha mãe.

Andrea esperou Hannah dobrar a esquina e segurou a irmã pelo braço.

– Que abotoaduras? A mamãe não coleciona abotoaduras.

– Eu sei. Foi só uma desculpa. O Mason estava usando um par de abotoaduras antigas com desenho de patos e ele disse que faz parte da coleção que a Ellen herdou do avô.

Andrea perdeu o fôlego.

– Você acha que as abotoaduras de cavalo estão com o Mason?

– Não. Ele falou que talvez existisse um par assim, mas que a Ellen vendeu boa parte da coleção uns seis anos atrás por meio de uma joalheria do shopping. Se estava com ela e se ela vendeu, o comprador pode ser qualquer um. É outro beco sem saída.

Andrea suspirou.

– Poxa. Ninguém disse que ia ser fácil. Para onde a gente vai primeiro?

– Para a minha casa. Quero trocar de roupa e dar comida ao Moishe. Se eu não for logo, ele come meu sofá. Eu e o Mike comemos alguns saquinhos de pretzels na noite de quarta e ainda não deu tempo de passar o aspirador para tirar os restinhos. Um dos saquinhos era de alho, o preferido do Moishe.

Dizer que Moishe ficou feliz de vê-las seria muito pouco. No instante em que Hannah destrancou a porta do apartamento, ele pulou em seus braços e lambeu seu rosto. Quando já estava satisfeito, ele saltou e correu até o pote vazio de comida e se lamentou aos berros.

Hannah tinha ido direto para a cozinha para servir a comida. Ao tirar a corda grossa que prendia a porta do armário, reparou que ela estava roída quase por inteiro. Tinha chegado na hora certa. Mais cinco minutos e o chão da cozinha estaria tomado pela ração de gato. Alimentou Moishe, vestiu uma roupa mais confortável e elas foram embora. Estavam na garagem, se preparando para voltar ao Suburban de Hannah, que ainda estava quente.

– Aonde a gente vai? – Andrea perguntou, abrindo a porta.

– Para a casa da Vera Olsen. Quero perguntar se ela viu a Lucy. Se a resposta for não, vou perguntar se a gente não pode ir ao apartamento da Lucy. Talvez a gente ache uma pista de onde ela foi.

– Você acha mesmo que a Vera vai deixar a gente entrar? – Andrea parecia estar em dúvida.

– Claro. Não se preocupe com bobagem, Andrea. Eu penso numa justificativa quando a gente chegar lá.

Não demoraram no trajeto até a casa de Vera. Hannah estacionou na rua e elas desceram do carro.

– A Lucy não está em casa – Hannah afirmou quando estavam na calçada em frente à casa de Vera.

– Você é o quê, sensitiva?

Hannah riu.

– Quem dera. Aí a gente saberia onde a Lucy está.

– Como você sabe que ela não está em casa?

Hannah fez Andrea voltar alguns passos e apontou para as janelas de Lucy.

– Só tem uma luz. É a da cozinha, em cima da pia, e já estava acesa de manhã. Você não acha que ela está lá em cima sentada na escuridão, né?

– Acho que não. – Andrea abriu a porta da varanda e elas entraram. – Você já pensou no que vai falar para a Vera?

– Não, vou deixar você improvisar.

Andrea lhe lançou um olhar assustado.

– Eu? Por que *eu*?

– Porque você é melhor do que eu com as pessoas. – Hannah apertou a campainha instalada na parede ao lado da porta maciça. – Afinal, você é corretora de imóveis.

Andrea balbuciou algo que jamais diria na frente de Tracey. E então cutucou Hannah quando ouviram passos se aproximarem da porta.

– Shh! A Vera está vindo.

Vera Olsen abriu a porta e sorriu ao vê-las na varandinha.

– Hannah e Andrea. Que surpresa. A Lucy mandou vocês junto com os cookies?

– Sim. – Andrea respondeu instantaneamente, aproveitando a deixa de Vera. – A gente não trouxe antes porque não sabia se você estaria em casa. Busca os cookies que a Lucy providenciou para a sra. Olsen, por favor, Hannah?

Hannah foi correndo até o carro e pegou um saquinho de cookies. Ao voltar, se deparou com Andrea e Vera na sala, sentadas em dois sofás modulares horríveis, cor de limão, conversando como se fossem amigas de longa data. Hannah imaginou que Vera tivesse comprado os móveis com um desconto enorme. Ninguém em sã consciência pagaria o preço cheio naquela cor.

Vera sorriu para Hannah, pegou os cookies e pediu com um aceno que ela se acomodasse em uma das almofadas cor de bile.

– É isso o que quero dizer, Andrea. Mesmo com todas as horas que a Lucy passa trabalhando no jornal, ela se lembrou dos meus cookies. Às vezes preciso reclamar da bagunça que fica o apartamento dela, mas fora isso, ela é um amor de menina. Imagino que ela vá aprender a ser mais organizada se eu ficar lembrando que ela tem que arrumar as coisas.

– Com certeza – Andrea abriu seu sorriso mais doce para Vera –, principalmente porque ela tem você para ensiná-la. Ela estava muito preocupada se nós traríamos seus cookies antes de você ir dormir. Quando foi que você os pediu a ela?

– Ontem de manhã. Eu sou louca por doce, sabe? Esperava que ela os trouxesse ontem à noite, mas ela deve ter chegado tarde em casa.

– Você não ouviu ela chegar ontem?

– Não. Ela me falou que precisava tirar umas fotos na pousada e a festa deve ter ido até tarde. Só fui para a cama às onze e meia e ela ainda não estava em casa.

Hannah não conseguiu permanecer calada. Era relevante demais.

– Você não a viu hoje de manhã?

– Não, ela já tinha saído quando eu subi com o café da manhã. Fiz waffles, é o predileto dela.

Hannah evitou o olhar de Andrea. Ambas sabiam que Vera não tinha batido à porta de Lucy com um prato de waffles. A Gostosa tinha subido a escada interna rumo ao sótão para responder ao e-mail recebido do Lobo Prateado.

– A menina trabalha demais. – Vera suspirou. – E nunca dorme o tanto que devia. O Rod depende dela para tudo, sabe? Ela escreve todas as matérias importantes e fica por aí tirando fotos para o jornal dia e noite.

Hannah mordeu os lábios para não dizer nada. As fotos que Lucy havia tirado não eram para o jornal editado por Rod!

Andrea deu uma olhada ferina para Hannah, que dizia, "Boca fechada!". Em seguida, se virou para Vera outra vez.

– A Lucy pediu para a gente buscar um filme para ela. Tudo bem se a gente for ao apartamento dela para pegar?

– Podem ir. Usem a escada interna. Assim vocês não precisam sair nesse frio. Ela deu a chave a vocês, não deu?

Andrea se virou para Hannah.

– Está com você, Hannah.

– Não está, não. – Hannah atuou com uma expressão totalmente impassível. – Eu achei que estava *com você.*

– Deixa para lá. Usem a minha. – Vera pegou o molho de chaves da mesinha de centro e o entregou a Hannah. – Tem que subir e abrir a porta no final do corredor. Tem outro lance de escadas que leva ao sótão e o interruptor da luz fica ao lado da porta.

Andrea agradeceu e Hannah a seguiu escada acima. As duas ficaram em silêncio até chegarem ao segundo andar e fecharem a porta do corredor.

– Você foi incrível. – Hannah deu tapinhas no ombro da irmã enquanto começavam a subir a segunda escada, bem mais estreita.

– Obrigada. – Andrea se virou para sorrir para Hannah. – Mas você que se vire se a Lucy estiver em casa. Eu já fiz minha parte.

Lucy não respondeu às batidas na porta e Hannah usou a chave de Vera. Abriu a porta, acendeu a luz e ambas hesitaram, como se tivessem se deparado com uma parede invisível. Alguém tinha estado no apartamento de Lucy depois que elas passaram por lá, naquela manhã.

– O que foi que aconteceu? – Andrea perdeu o fôlego, olhando a bagunça da sala de Lucy.

– Alguém estava procurando alguma coisa – Hannah declarou o óbvio – e não arrumou nada depois de terminar as buscas.

Parecia que o cômodo tinha sido arrasado por um tornado. As cobertas foram arrancadas da cama de Lucy e estavam amontoadas no chão. Todas as gavetas da escrivaninha de tampo tinham sido puxadas e viradas, e havia potes de rolos com fitas de filme estragadas que se projetavam como línguas compridas e curvas espalhadas no tapete. O computador de Lucy estava ligado e uma mensagem piscava na tela. Dizia, "TODOS OS ARQUIVOS DO DISCO C FORAM DELETADOS".

– Foi a Lucy quem fez isso? – Andrea perguntou, tremendo um pouco.

– Não foi a Lucy.

– Como você sabe?

Hannah se abaixou para examinar um dos potes de filme esvaziados.

– A Lucy jamais faria algo desse gênero. Estragaria todas as fotos dela.

– O assassino! – Andrea se arrepiou e depois estremeceu. – Devia estar procurando as fotos que a Lucy tirou dele. E como ele não tinha como saber qual rolo de filme a Lucy usou, destruiu todos eles.

– Você é ligeira, Andrea. E pode ser que tenha razão. Mas como o assassino sabia que a Lucy tirou as fotos?

– A Lucy deve ter falado para ele. Deve ter tentado fazer chantagem, Hannah.

– Seria condizente com o que o Herb nos disse. A Lucy falou que estava trabalhando numa matéria importante, e que se desse tudo certo, ela ganharia dinheiro suficiente para comprar o carro que alugava. Ela deve ter imaginado que o assassino do Boyd pagaria uma nota nesses negativos.

– A Lucy foi boba. Eu não imaginava que ela fosse tão idiota.

– Não é idiotice, é burrice – Hannah corrigiu. – *Muita* burrice.

– Você acha que o assassino...? – Andrea interrompeu sua fala e se equilibrou se escorando na parede. Parecia incapaz de dar voz a essa possibilidade. Não tinha importância. Hannah sabia muito bem o que ela queria dizer.

– Essa é uma das teorias, Andrea, mas é só uma teoria. A gente nem tem certeza de que a Lucy falou com o assassino do Boyd. – A mente de Hannah disparou, tentando criar alguma outra possibilidade. Seu instinto lhe dizia que o assassino de Boyd era quem tinha arrombado o apartamento de Lucy, mas Andrea não ajudaria muito caso entrasse em pânico. – Alguma das *outras* vítimas de chantagem da Lucy pode ter feito isso.

Um pouco de cor começou a retornar à face de Andrea quando ela pensou nisso.

– Você acha mesmo?

– É uma possibilidade. A pessoa também teria muito a ganhar. Pode ter sido o prefeito Bascomb, a Claire ou o sr. Avery.

– O sr. Avery?

– Por que não? A Lucy ficou com o dinheiro dele. Ele podia estar tentando pegá-lo de volta.

– Tem razão. – Andrea pareceu muito aliviada. – Pelo menos a gente sabe que não foi a Danielle. Ela nem sabe da chantagem e ainda está no hospital. E não foi o Norman. Você devolveu a carta e ele não teria nenhum outro motivo para arrombar a casa da Lucy.

– Muito bem. – Hannah ficou satisfeita. Andrea começava a raciocinar direito.

– Mas e o filme da Lucy? – Andrea questionou. – Por que o prefeito Bascomb, a Claire ou o sr. Avery se dariam ao trabalho de estragá-lo? Se a Lucy estava fazendo chantagem, já tinha mostrado as fotos a eles. Eles estariam atrás dos negativos.

Hannah suspirou. Talvez Andrea estivesse raciocinando direito *demais*. Mas a pergunta era legítima, e tinha que bolar uma resposta.

– Pode ter sido uma nova vítima de chantagem. A Lucy pode ter tirado fotos incriminadoras ontem à noite. A nova vítima iria imaginar que ela não teve tempo de revelar o filme.

– Faz sentido. Mas e a Lucy? – Andrea tornou a ficar nervosa. – Por que ela desapareceu?

– Você já chegou a uma teoria sobre isso – Hannah a interrompeu, lamentando ter que andar na corda bamba entre a histeria de Andrea e suas perguntas lógicas.

– Tem razão. Tinha me esquecido. Eu disse que se a Lucy descobriu que as provas tinham sumido, pode ser que tenha pensado que a polícia estava atrás dela e fugido da cidade.

– Isso mesmo. E a teoria ainda faz sentido. Se a Lucy caiu fora antes de o apartamento ser vandalizado, ela nem ficou sabendo. Vamos nos concentrar em pensar para onde ela pode ter ido.

Andrea suspirou.

– Vai ser difícil, Hannah. Eu nem sei de onde a Lucy veio. E acho que ela não tem nenhum amigo nesta cidade. Ninguém parece gostar muito dela.

– É só porque ela é grossa, fuxiqueira, presunçosa e chantageia as pessoas. Fora isso, tudo bem.

Andrea riu, riu de verdade, e Hannah entendeu que a irmã tinha voltado aos trilhos. Agora só precisava mantê-la neles.

– Por onde a gente começa, Hannah? Você deve ter ideias.

– Claro que tenho – Hannah declarou, revirando a cabeça em busca de alguma coisa para Andrea fazer. – Por que você não vai no closet da Lucy e olha se todas as roupas estão lá? Ela deve ter feito uma mala antes de ir embora.

– Boa ideia. O que você vai fazer?

– Vou dar uma olhada na cozinha e no banheiro.

– Não, não faz isso. – Andrea estremeceu de novo. – Não quero ficar sozinha, Hannah. E se *foi* o assassino? Ele pode voltar.

– Por que ele voltaria? Ele acha que destruiu todas as provas da Lucy. Ele não sabe que a gente tem as fotos que ela tirou dele.

– É verdade. – Uma expressão aliviada substituiu o pânico que havia surgido no rosto de Andrea. – Vai lá, Hannah. Eu aguento firme. O que você vai procurar?

– Uma pista do paradeiro dela. Pode ser um mapa, uma anotação com endereço, qualquer coisa assim. Mas a gente tem que correr, Andrea. A Vera vai achar esquisito a gente ficar aqui em cima tanto tempo.

– Combinado. Você tem toca-fitas no carro, né?

– Tenho. Por quê?

– Depois de olhar o closet, vou pegar a fita da secretária eletrônica da Lucy. A gente pode ouvir no carro. Alguém pode ter ligado para falar o número de uma reserva ou coisa assim depois que ela já tinha ido embora.

– Genial. – Hannah a recompensou com um sorriso, depois foi fazer buscas na cozinha e no banheiro. Achava que não encontraria nenhuma pista, mas precisava tentar.

Não havia nada na cozinha a não ser as gavetas puxadas e os armários abertos. Hannah olhou o lixo e só achou duas latas de atum, um embrulho de pão com uma fatia mofada e os cacos do prato e da xícara de café que Andrea tinha quebrado de manhã, ao entrar pela janela da cozinha. A pior das hipóteses não tinha passado por sua cabeça até acender a luz do banheiro e ver a cortina do chuveiro fechada. Já estava fechada de manhã? Não conseguia se lembrar, e é claro que não queria perguntar a Andrea. Hannah esticou a mão com os dedos trêmulos e titubeou, se esforçando para não pensar no que Anthony Perkins fizera com Janet Leigh em *Psicose*.

Capítulo 18

No chuveiro não havia nada além de um frasco de xampu e umas manchas de ferrugem perto do ralo. Elas verificaram e reverificaram as portas e janelas de Lucy para ter certeza de que o apartamento estava seguro e depois desceram para devolver as chaves a Vera. Não mencionaram o arrombamento pois sabiam que isso só a faria ter uma noite de insônia se preocupando com Lucy. Pelo que tinham percebido, não havia sumido nada do apartamento, e resolveram comunicar a invasão depois, quando falassem com Mike e Bill. Em seguida, foram para a Cookie Jar, pararam na vaga de Hannah nos fundos da loja, botaram o aquecedor no máximo para se encolherem junto aos respiradouros e escutaram a fita da secretária eletrônica.

Havia a ligação de Norman, a que lhes avisara de que Lucy não estava no consultório, diversos telefonemas de Rod perguntando onde estava ela, um monte de recados sobre os atrasos no pagamento do cartão de crédito e a mensagem de um operador de telemarketing que leu sua proposta toda na gravação. O único telefonema remotamente curioso foi o de Delores. Ela queria saber se Lucy tinha mais interesse em colares ou em brincos.

– O que foi *isso*? – Hannah indagou depois que ouviram o recado de Delores.

– Ah, a mamãe deve estar tentando cavar outra matéria no jornal. Teve aquela que foi publicada quando você estava na faculdade sobre a coleção de relógios antigos dela. – Andrea suspirou ao apertar o botão para rebobinar a fita. – Aqui não tem pista nenhuma, Hannah. O que a gente faz agora?

Hannah deu de ombros. Elas não estavam chegando a lugar nenhum.

– Vamos voltar para a casa da Lucy. A Vera disse que ia direto para a cama. Se as luzes da casa dela estiverem apagadas, a gente vê se o carro da Lucy não está lá.

– Que diferença isso faz? Ele deve ter sumido junto com a Lucy.

– Não necessariamente. – Hannah deu ré para sair da vaga e seguiu pelo beco. – A Lucy pode ter ido embora da cidade com alguém.

– Quem?

– Sei lá, mas é melhor a gente averiguar. Investigar é um processo de eliminação. A gente tem que explorar todas as possibilidades, e o que sobrar, por mais implausível que seja, tem que ser a verdade.

– Eu nunca tinha pensado desse jeito. – Andrea parecia impressionada. – Você tem uma cabeça ótima para isso, Hannah.

– É a cabeça do Sir Arthur Conan Doyle. Li num livro do Sherlock Holmes. Devo ter citado errado, mas foi basicamente isso o que ele disse.

– Quem sabe eu não compro uma série de livros do Sherlock Holmes para dar ao Bill de Natal? – Andrea estava pensativa. – Tem em fita?

– Sim, se você estiver falando da série da PBS.

– Não estou falando de televisão, estou falando de áudio. Aí ele poderia ouvir a caminho do trabalho.

– É um trajeto de dez minutos. Ele vai ficar tão curioso que vai ficar sentado no estacionamento até o capítulo terminar e vai acabar sendo descontado pelos atrasos. – Hannah dobrou a esquina. – Pronto, Andrea. Olha se a Vera ainda está acordada.

Andrea espiou pela janela enquanto Hannah dirigia devagar.

– Está tudo escuro. Ela deve ter ido dormir.

– Que bom. – Hannah apagou as luzes e entrou no beco. Não queria ser vista por nenhum dos vizinhos. Na casa de Vera a garagem era à moda antiga, uma estrutura independente que ficava nos fundos do terreno. Hannah estacionou no canto do beco e desligou o motor. – Chegamos.

– Se a Vera um dia botasse a casa à venda, a garagem seria definida como de dois carros – Andrea disse, achando divertido. – Dá para imaginar dois carros aí dentro?

Hannah desligou a luz do teto para evitar o clarão quando ela abrisse a porta.

– Dois carrinhos esportivos, talvez, mas seria no máximo isso. Vamos lá, Andrea. Pega as lanternas que estão no banco de trás e vamos olhar a garagem.

– Você realmente precisa de mim para isso?

A voz de Andrea já estava trêmula de novo e Hannah se virou para ela, surpresa.

– Qual é o problema?

– Me bateu uma sensação ruim.

Hannah sabia que a irmã não se referia ao fato de que o aquecedor do carro não soprava muito ar quente.

– Por que isso agora?

– Porque da última vez que a gente foi olhar uma garagem, a gente achou um cadáver.

– O último cadáver que a gente achou não estava numa garagem, e a situação agora é outra. A gente não tem nem certeza de que a Lucy sumiu, que dirá que ela está morta. Ela pode muito bem estar por aí correndo atrás de uma matéria sensacionalista.

– Você acredita *mesmo* nisso?

Hannah suspirou. Não gostava de mentir.

– Na verdade, não.

– Eu também não acredito nisso. E eu estou com uma sensação péssima. Acho que a gente devia ligar para o Bill e o Mike.

– E falar o que para eles? – Hannah questionou. – Você quer que o Bill fique sabendo que a gente invadiu o apartamento da Lucy e roubou o monte de provas que ela tinha?

– Não.

– Ok, então coragem. Se eu precisar arrombar, vou precisar que você segure a lanterna.

– Arrombar? – Andrea ficou em choque. – Você não tinha falado nada em arrombar!

– Eu disse *se*. A primeira coisa que a gente vai fazer é olhar pela janela. Se a garagem estiver vazia, não faz sentido a gente arrombar. Além do mais, você me disse que gosta de ser útil.

Andrea resmungou, mas pegou as lanternas e entregou uma delas a Hannah.

– Está bem. Mas se o carro da Lucy estiver aí, eu não vou entrar.

– Combinado.

Hannah desceu do carro e esperou Andrea descer também. Deram a volta pela lateral da garagem e Hannah encostou a lanterna na vidraça antes de acendê-la. Espiou pelo vidro empoeirado, viu o carro de Lucy e soltou um resmungo.

– O que foi? – o sussurro de Andrea foi alto no silêncio noturno.

– O carro da Lucy – Hannah murmurou. – E isso quer dizer que eu tenho que entrar.

– Por quê?

– Porque ela pode ter deixado alguma coisa lá dentro que nos diga para onde ela foi.

Andrea pensou um pouco.

– Entendi. Você vai quebrar o vidro da garagem?

– Não, a não ser que a porta esteja trancada. É daquele tipo antigo, que não tem abertura. Estou conseguindo ver o mecanismo. – Hannah desligou a lanterna e a enfiou no bolso do casaco.

– Você acha que está destrancada?

– Existe uma grande possibilidade. A maioria das pessoas não tranca a garagem em Lake Eden. Praticamente não existe crime.

– Se a gente não contar os assassinatos.

Hannah deu uma risadinha simpática enquanto elas refaziam o caminho até a parte da frente da garagem. Pelo menos Andrea estava recomposta a ponto de fazer piada. Ela se abaixou para segurar a maçaneta da porta, girou até que estalasse e puxou. A porta deslizou para cima sem problema nenhum. Lucy ou Vera devia ter botado óleo no trilho antes da primeira nevasca.

Andrea lhe fez um joinha e endireitou os ombros.

– Mudei de ideia. Vou entrar com você. Eu jamais me perdoaria se alguma coisa ruim acontecesse com você e eu não estivesse perto.

Hannah achou o comentário engraçado e segurou uma risadinha. Andrea parecia pensar que seria terrível se algo ruim acontecesse sem que ela estivesse presente, mas que tudo ficaria bem se ela estivesse por perto. Não fazia sentido, mas ainda assim Hannah ficou contente pela companhia.

Depois de entrarem, Hannah esticou o braço para abaixar a porta. Andrea perdeu o fôlego e ela parou.

– O que foi?

– Precisa fechar a porta? Está muito escuro aqui dentro.

– Acho que não, mas não liga a sua lanterna. Os vizinhos da Vera que moram do outro lado do beco podem ver. Vai andando devagarinho pela lateral do carro da Lucy e não tropece em nada. Eu vou na frente.

As irmãs foram andando devagar até Hannah chegar à porta do motorista. Enfiou a mão no bolso, pegou a lanterna e a encostou na janela.

– Ok, Andrea. Vou ver se eu enxergo alguma coisa.

– Está bem. Anda logo, Hannah. Estou congelando.

Hannah acendeu a lanterna, deu uma olhada e logo desligou.

– Você está com o seu celular, Andrea?

– Claro que sim. Sou corretora de imóveis e nunca vou a lugar nenhum sem ele.

– Cadê?

– Está na minha bolsa, no seu carro. Por quê?

– Eu quero que você volte no carro e ligue para o Bill. Manda ele vir aqui agora.

Andrea arfou ao compreender o que o pedido de Hannah insinuava.

– A Lucy está *dentro* do carro?

– Isso mesmo.

– Ela está... hmm... morta?

– Mortinha da silva.

– Mas você tem certeza?

– Certeza. – Hannah teve que se esforçar para a voz não falhar. A imagem que havia capturado com o feixe da lanterna havia eliminado por completo a necessidade de uma ambulância, e não ia dividir os detalhes com a irmã. – Faz o que eu estou pedindo, Andrea. Agora. E depois de ligar, come uns cookies. A noite vai ser longa.

A viatura apareceu em tempo recorde e Hannah ficou aliviada ao ver Bill e Mike. Em momentos como esse, a presença de dois policiais treinados para lidar com as consequências da morte dava muita tranquilidade.

Mike desceu da viatura e foi ao encontro de Hannah.

– O que houve?

– É a Lucy Richards. Ela está no carro e está morta.

– Tem certeza?

– Absoluta. Chama o Bill e vem comigo. Eu te mostro.

A garagem tinha uma lâmpada de cordinha. Hannah levantou a mão para acendê-la, mas parou antes que os dedos alcançassem a corda.

– Posso encostar? Talvez tenha digitais.

– Pode. Não dá para colher digitais disso aí. – Mike fez sinal para que ela puxasse. – Você tocou em alguma coisa antes de achar a Lucy?

– Na lateral do carro e na maçaneta da garagem, mas eu e a Andrea estávamos de luvas. Só isso.

– E a maçaneta da porta do carona? – Bill indagou.

– Eu não abri. Só olhei pelo vidro com a ajuda da minha lanterna. Estava... hmm... bem óbvio que ela está morta.

– E a Andrea? – Bill estava preocupado. – Ela estava junto quando você achou a Lucy?

– Estava, mas ela não viu nada. Eu apaguei a lanterna e mandei ela voltar para o carro e te ligar. Falei que a Lucy estava morta, mas ela não sabe de mais nada.

Bill ficou aliviado, e lhe deu um abraço.

– Obrigado, Hannah.

– Você pode voltar para o seu carro, mas não vá embora. – Mike segurou a mão dela e a apertou. – A gente conversa com você depois.

Hannah tinha sido dispensada e estava contente. Realmente não queria mais ver o corpo. Lucy Richards tinha sido assassinada com um tiro na parte de trás da cabeça, ao estilo execução, e a imagem não era nada agradável. Hannah respirou fundo o ar frio da noite algumas vezes para clarear a mente. O cheiro era de pinho e madeira aromática. Alguém devia estar com a lareira acesa. Em seguida, voltou para o carro.

Andrea se virou para Hannah quando a irmã se acomodou atrás do volante.

– O Bill está muito chateado comigo?

– Não. Ele chegou a me agradecer por não ter deixado você ver a Lucy.

– Ah, que bom. – Andrea suspirou aliviada. – O que eles te perguntaram?

– Eles queriam saber se a gente tocou em alguma coisa. Foi só isso. Eles vão voltar aqui para conversar com a gente depois.

– Vamos contar que entramos no apartamento da Lucy?

– Vamos, mas só da segunda vez. A Vera sabe que a gente foi lá e não temos nenhum motivo para mentir. Isso explica por que a gente olhou na garagem da Lucy.

– Explica?

– Vou dizer que dava para perceber que alguém tinha invadido o apartamento e que ficamos preocupadas com a Lucy, já que ninguém a viu o dia inteiro. Nós fomos na garagem para ver se o carro dela tinha sumido.

– Ok, mas por que a gente não contou do arrombamento para a Vera?

– A gente imaginou que ela ficaria histérica e não tinha certeza de que alguma coisa ruim tinha acontecido com a Lucy. A gente ia voltar lá depois, quando entendesse melhor o que tinha acontecido.

Andrea continuava apreensiva.

– E a gente não vai ter que contar para eles que arrombamos o apartamento hoje de manhã?

– Não, a não ser que eles nos perguntem diretamente, e dentro dos protocolos oficiais.

– Que bom. Você vai mostrar a eles as fotos do assassinato?

– Acho que vou ter que mostrar – Hannah respondeu, e sua voz era séria. – As fotos podem ser o motivo para a Lucy ter sido assassinada.

– Mas como você vai dizer que conseguiu o filme da Lucy?

Hannah pôs a cabeça entre as mãos. Andrea fazia perguntas demais.

– Na hora eu vou pensar em alguma coisa. Me passa uns biscoitos de cacau, Andrea. Estou precisando de ânimo. E come também. De boca cheia você não vai poder me fazer tanta pergunta irritante.

As duas irmãs mastigaram em silêncio. Depois de alguns minutos, Hannah começou a se sentir melhor. Ficou mais atenta, a cabeça pareceu desanuviar, e estava pronta para mais perguntas.

– Certo, Andrea. – Hannah se virou para a irmã. – Manda bala.

– Que bala?

– Me faz todas aquelas perguntas que você queria me fazer antes.

– Tem certeza? – as sobrancelhas de Andrea formaram rugas de preocupação. – Você falou que minhas perguntas são irritantes.

– Elas são, mas agora me recuperei.

– Do quê?

– Da deficiência de chocolate. Você queria saber o que vou falar para o Bill e o Mike quando eles perguntarem como eu consegui o filme da Lucy?

– Isso.

– Não vou entrar em detalhes. Só vou dizer que me deparei com o rolo hoje de manhã e pedi para o Norman revelar o filme para mim.

– Mas eles vão querer saber onde você achou.

Hannah acenou que não.

– Não vão, não. Quando virem as fotos e se derem conta de que são do assassinato do Boyd Watson, não vão olhar os dentes do cavalo dado. É assim, Andrea. Se o Bill e o Mike souberem que a gente fez alguma coisa ilegal para obter o rolo, ele não vai valer como prova contra o assassino. Mas se eles *não* souberem, vale.

– Entendi. Mas o Bill e o Mike vão ser espertos a ponto de chegar a essa conclusão?

– Vou dar uma pista bem direta. – Hannah olhou pelo para-brisa e viu Mike e Bill saindo da garagem. – Aí estão os dois. Abre o porta-luvas e me passa as fotos do assassinato do Boyd. Estão num envelope separado.

– Você não quer tudo?

– Não. Deixa o resto aí. E tenta fingir que você ainda está nervosa demais para falar muita coisa e segue minhas deixas.

Andrea abriu o porta-luvas e entregou as fotos do homicídio. Hannah tinha acabado de guardá-las no bolso do casaco quando Bill se aproximou da porta do carona e a abriu. Abraçou Andrea com um dos braços e perguntou:

– Você está bem, amor?

– Eu... eu acho que sim. Só estou meio... abalada.

Hannah suspirou aliviada. Andrea tremia outra vez, embora um segundo antes estivesse tão calma quanto possível. Era uma pena que não pudesse indicar a irmã ao Oscar. Andrea merecia.

– Hannah? – Mike abriu a porta dela. – Preciso te fazer umas perguntas.

– Está bem. – Era bom que não precisasse fingir estar perturbada demais para responder. Andrea era uma atriz bem melhor do que ela. – Na sua casa ou na minha?

Mike sorriu, mas o sorriso desapareceu rápido. Homicídio era coisa séria.

– Vem comigo para a viatura. Ela fica bem mais aquecida do que o seu carro. Você nunca vai arrumar esse seu aquecedor?

– Ele está arrumado. Só não é muito eficiente. – Hannah desceu do Suburban e fez um gesto para Andrea. Não estava disposta a correr o risco de que a irmã fizesse confidências a Bill caso deixasse os dois a sós no carro. – Vem, Andrea. Vamos todo mundo para a viatura para se aquecer e contar tudo.

Capítulo 19

Assim que Mike abriu a porta de trás da viatura, Hannah empurrou Andrea para dentro e entrou no carro também. Bill e Mike não tiveram alternativa senão entrar no banco da frente, e era isso o que Hannah queria. Como a irmã estava no banco de trás com ela, Hannah poderia cutucar Andrea se ela *realmente* começasse a contar tudo.

Mike se virou no banco para olhar para Hannah.

– Você conhecia a Lucy. Por que você acha que ela foi assassinada?

– Não sei – Hannah respondeu, e não faltou com a verdade. Ela não sabia. Só tinha um palpite esclarecido.

– E você? – Bill perguntou a Andrea. – Consegue pensar em alguém que tinha motivo para matar a Lucy?

– Eu... não sei direito. Talvez. Fala para eles, Hannah.

– Ela está falando da pessoa que revirou o apartamento da Lucy. – Hannah salvou a irmã. – A gente acabou de chegar de lá. As gavetas todas foram tiradas do lugar e tudo estava espalhado no chão. Parece que alguém arrombou para procurar alguma coisa. Foi por isso que fomos na garagem. A gente queria ver se o carro da Lucy estava lá.

Bill semicerrou os olhos e Hannah entendeu que ele estava se lembrando da noite em que tinham arrombado a casa de Max Turner.

– Como foi que vocês entraram na casa da Lucy? Ou é melhor eu não perguntar?

– Pode perguntar – Hannah respondeu depressa, antes que Andrea pudesse cogitar abrir a boca. – A Vera Olsen emprestou a chave.

Bill estava confuso ao se virar para Andrea.

– Mas por que vocês foram no apartamento da Lucy?

– Porque a gente não viu ela hoje. Cheguei a te perguntar se você tinha visto ela, lembra? E... e ficamos preocupadas com ela.

– Você me falou que queria perguntar a Lucy sobre as fotos que ela tirou da Tracey.

– Queria. – Andrea teve um leve tremelique. Hannah sabia que estava atuando pois o aquecedor da viatura estava no máximo e elas estavam quase tostando no banco de trás. – Pelo menos foi assim que começou. E a Hannah também precisava falar com ela.

– Por que *você* precisava falar com a Lucy? – Mike perguntou a Hannah.

Hannah viu a oportunidade e aproveitou. Sabia que nunca haveria ocasião melhor do que aquela.

– Eu queria perguntar a ela sobre minhas suspeitas.

– Que suspeitas?

– Suspeitas a respeito do assassinato do Boyd Watson. Mas um *profissional qualificado* como você não teria interesse em nada em que eu *esbarrasse* por acaso, né?

Mike fez cara feia e Hannah soube que tinha acertado em cheio com a alfinetada. Ele havia se lembrado das palavras que usara ao aconselhar que ela não se metesse no caso.

– Talvez eu não devesse ter sido tão ríspido com você – Mike admitiu. – Serviria de alguma coisa se me oferecesse para retirar o que disse?

– Na verdade, não. – Hannah balançou a cabeça. Quando uma pessoa como Mike retirava algo que tinha dito, era reciclagem. Ela ouviria a mesma coisa outra vez, sob uma forma ligeiramente diferente.

– Poxa, Hannah. – Mike esticou a mão para dar tapinhas em seu braço. – Eu preciso muito da sua ajuda. Você não pode esquecer o que eu disse e me contar o que sabe?

Hannah sabia que ele não chegaria mais perto do que isso de um pedido de desculpas e resolveu aceitá-lo.

– Está bem. Mas que tal eu mostrar em vez de falar?

– *Mostrar*? Você esbarrou... – Mike se interrompeu e demorou um instante para reformular o que ia dizer. – Você descobriu algum indício?

Mike estava aprendendo e Hannah decidiu recompensá-lo. Ela entregou as três fotos do assassinato de Boyd. Esperaria para ver o que ele achava antes de lhe dar a ampliação que Norman fizera da imagem da abotoadura do assassino.

– Não sei se serve de indício ou não, mas pode ser a razão por que a Lucy foi assassinada. Deem uma olhada.

Mike acendeu a luz do teto, Bill se aproximou para enxergar melhor e eles examinaram as fotos juntos. Então Mike perguntou:

– Foi a Lucy quem tirou essas fotos?

– Foram tiradas com a câmera dela. – Hannah repetiu o que Norman tinha dito. – Não sei o horário exato, mas sei que foi em algum momento entre as cinco horas de quarta e o amanhecer de quinta.

– Você acha que são fotos do assassinato do Boyd Watson?

– Sem dúvida.

Bill parecia desconfiar.

– Não é indubitável. O intervalo de tempo se encaixa, mas as fotos são muito escuras, é impossível saber com certeza.

– Exatamente – Mike concordou. – Elas jamais seriam aceitas no tribunal, Hannah. Caso você tenha os negativos, talvez nosso fotógrafo consiga clareá-las.

– Não dá. – Hannah balançou a cabeça. – Melhor que isso, não fica. O Norman revelou o filme para mim e ele é ótimo no quarto escuro. Seu fotógrafo pode tentar, mas não vai conseguir fazer coisa melhor.

Bill semicerrou os olhos.

– Espera aí. Quando foi que o Norman tirou um tempo para revelar este filme?

– Hoje de manhã. Logo depois que o achei. Vocês não vão querer saber mais.

– Você entregou o filme da Lucy ao *Norman Rhodes*? – Mike ficou em choque.

– Sim. Eu não sabia o que tinha nele e sabia que vocês fariam um monte de perguntas se eu o levasse para a delegacia. Era mais fácil entregar ao Norman.

– Mas como você conseguiu... – Bill se calou na hora certa. – A gente quer saber como foi que você achou o rolo de filme da Lucy?

– Não. Isso não interessa.

Bill ficou meio tenso com a resposta, mas não insistiu.

– E você acha que a Lucy tirou essas fotos?

– Tenho noventa e nove por cento de certeza, mas não a achei a tempo de perguntar para ela. É só uma intuição porque não sou...

– Uma profissional qualificada – Mike a interrompeu antes que ela tornasse a usar a expressão.

– Isso mesmo. Vocês querem saber qual é a minha teoria? – os dois homens acenaram que sim e Mike se aproximou por cima das costas do banco. Hannah se sentiu vingada. Em questão de minutos, tinha passado dos avisos para que não se metesse à valorização de seus pontos de vista. – Eu acho que a Lucy estava no beco na noite em que o Boyd foi assassinado. Ela viu a coisa toda e tirou essas fotos. Elas são escuras porque ela não teve a audácia de ligar o flash.

– Faz sentido – Mike comentou. – E você acha que o assassino descobriu que a Lucy tirou fotos dele?

– Claro. É por isso que ela acabou morta. A Lucy sabia quem ele era, e ele se livrou dela antes que ela pudesse abrir a boca.

– Você sabe *quando* a Lucy foi assassinada? – Bill indagou.

– Só tenho palpites.

– Então palpite. – Mike lhe deu um sorriso. – Até agora, você é a melhor palpiteira que eu conheço.

Hannah se sentiu bem e retribuiu o sorriso.

– O Dick Laughlin me contou que a Lucy saiu da pousada à meia-noite. E ela não apareceu para a consulta odontológica que marcou para as sete horas da manhã com o Norman.

– Então foi entre meia-noite e sete horas?

– É o que eu imagino. A Lucy não ligou para cancelar e o Norman falou que ela nunca tinha se atrasado. Só me resta imaginar que ela já estava morta àquela altura.

– Certo. – Mike pegou o caderno e anotou os horários. – Quem sabe o Doc Knight não consegue restringir ainda mais o horário? Vamos pensar na logística um instante. O assassino do Boyd matou a Lucy entre meia-noite e sete horas, depois foi ao apartamento dela para procurar as fotos que ela tirou?

Hannah cutucou Andrea para que ela continuasse calada. De jeito nenhum ela queria confessar que elas tinham entrado no apartamento de Lucy às sete da manhã.

– Não exatamente. Acho que matou ela e fugiu da cena do crime. Vai ver que um dos vizinhos da Lucy acendeu a luz ou coisa assim e ele entrou em pânico. Ele voltou depois para procurar o filme.

– Como é que você sabe que ele não matou a Lucy e foi direito para o apartamento para... – Mike parou quando Bill o cutucou. – Melhor não perguntar?

– Exatamente. Você vai ter que aceitar meu palpite, Mike.

Mike estava com cara de que queria pressioná-la para arrancar mais detalhes, mas ele conseguiu conter a curiosidade.

– Ok. Você sabe quando foi que o assassino voltou para procurar o filme?

– Depois das sete e quarenta e cinco da manhã e... – Hannah se virou para Andrea. – Que horas eram quando a Vera emprestou a chave para a gente?

– Nove. Eu olhei o relógio antes de a gente subir a escada.

– Acabei de pensar numa coisa. – Bill parecia assustado ao se voltar para Hannah. – Existe alguma possibilidade de que o assassino soubesse que você estava com o filme da Lucy? O que quero dizer é que se a Lucy falou alguma coisa antes de ser assassinada, vocês podem estar correndo muito risco.

– Relaxa, Bill. – Hannah sorriu para tranquilizá-lo. – O assassino não sabe que as fotos estão comigo.

– Tem certeza? – Mike estava igualmente preocupado.

– Absoluta. O assassino está pensando que ele achou e destruiu o rolo. Ele tirou todos os filmes da Lucy dos potes. Vocês vão ver quando entrarem no apartamento.

– Espera aí. – Bill parecia confuso outra vez. – O assassino não pegaria os rolos de filme da Lucy e revelaria tudo para ter certeza de que pegou as fotos certas?

– Não, a não ser que ele tivesse o próprio quarto escuro. Pensa só, Bill. Impossível ele levar provas incriminadoras até a Farmácia Lake Eden e mandar revelar.

– Você tem razão – Mike disse.

– Claro que tenho. E tenho outra peça do quebra-cabeça, caso vocês queiram ver.

– Você disse *ver* – Mike captou a palavra no mesmo instante. – É outra foto?

Hannah lhe entregou a última imagem.

– É uma ampliação que o Norman fez da última foto do rolo da Lucy, aquela em que o assassino levanta o braço. Essa é a abotoadura do assassino, e ela está mais clara do que o resto da foto porque brilhou ao luar.

Mike olhou fixo para a última foto e depois a passou para Bill.

– É uma cabeça de cavalo e parecer ser antiga.

– E também é rara – Andrea informou. – Dei uma passadinha na casa da mamãe hoje à tarde e procurei essa peça em um dos catálogos de leilão dela. O último par que foi a leilão foi vendido a 7 mil dólares.

Hannah olhou para Andrea com ar de surpresa. Não sabia que a irmã tinha feito aquela coleta de dados.

– Quando foi que você achou tempo para isso?

– Logo depois que o John e a Wendy compraram sua última morada.

– Não fala em última morada. – Hannah caiu na risada. – Ainda mais com um assassino à solta.

Mike gargalhou, assim como Bill e Andrea. Era bom dar risada, aliviava a tensão. Durante alguns instantes, eles conseguiram esquecer a brutalidade dos dois homicídios, mas então viram os faróis na entrada do beco quando o Explorer de Doc Knight apareceu. Era um lembrete tangível de que a morte violenta estava a passos de distância, e as risadas se calaram de repente.

– Tem outra coisa que você precisa saber – Hannah falou logo, antes que Mike descesse da viatura.

– Me conta daqui a um minuto. – Mike abriu a porta e com um gesto pediu que Bill agisse da mesma forma. – Vocês ficam aí. A gente vai botar o Doc Knight a par do que aconteceu e eu já volto.

– O que você vai falar para ele? – Andrea perguntou assim que ficou sozinha com a irmã.

– Uma novidade – Hannah disse. Não queria entrar na história das filmagens feitas por Rudy para a montagem de quarta-feira e que seriam necessárias quatro horas para assisti-las. – Conto a vocês dois quando o Mike voltar.

Andrea pareceu ficar satisfeita com isso, pois sorriu.

– Você é impressionante, Hannah. Disse ao Bill e ao Mike exatamente o que eles precisavam saber e não teve nem que mentir sobre o resto. Você simplesmente... bom... qual é a palavra mesmo?

– Me esquivei. Me esquivei de contar a verdade toda para eles.

– É isso. Você se esquivou, e deu tudo certo. Sabe, Hannah? Talvez fosse melhor eu não dizer isso, mas acho que você daria uma ótima corretora de imóveis.

– Você não está feliz, Hannah? – Andrea perguntou enquanto percorriam as ruas nevadas a caminho do colégio.

– Feliz?

– É. O Mike finalmente concordou em nos deixar fazer trabalho de detetive de verdade. Ele nos deu permissão para assistir às filmagens descartadas.

– Certo. – Hannah entrou no estacionamento. Era desnecessário jogar um balde de água fria em Andrea lhe dizendo que talvez Mike e Bill tivessem segundas intenções. Se ela e Andrea assistissem às filmagens, os detetives *de verdade* economizariam quatro horas de trabalho, além de ficarem em segurança no caminhão da produção da KCOW com o engenheiro da noite. Hannah desconfiava de que essa era a maneira encontrada por Mike para garantir que as duas ficariam longe de confusões, mas talvez fosse maldade dela pensar assim. – Tem certeza de que você não liga de assistir as fitas comigo?

– Não ligo, não. Elas podem ter imagens da Tracey. O Mason Kimball foi bem legal de oferecer uma cópia se a gente achasse alguma, né?

– É, foi mesmo. – Hannah pensou nas abotoaduras antigas de Mason e pensou que precisava se lembrar de perguntar se ele tinha falado com Ellen sobre a possibilidade de haver um par com cabeças de cavalo. Provavelmente não daria em nada, mas não custava retomar a conversa. Mesmo se tivessem vendido, talvez a joalheria do shopping tivesse um registro de peças tão valiosas assim. Era improvável, mas não impossível.

– O Bill disse que demoraria no mínimo mais duas horas – Andrea disse. – Ele vem me buscar quando acabar. Espero que ele se atrase. Eu queria ver a fita inteira.

– Talvez ele se atrase, sim. – Hannah deu a volta no edifício e estacionou ao lado do caminhão da produção. – Ok, Andrea. Vamos lá. Estica o braço e pega uns cookies. Eu ainda não comi e minha barriga está roncando.

– Ihh. – Andrea mostrou o saquinho vazio de biscoitos de cacau. – Acabei de comer o último. Quer que eu dê um pulo no Quick Stop para comprar uns petiscos?

Hannah pensou na possibilidade por um breve instante, mas o trajeto até o Quick Stop levaria pelo menos quinze minutos, e já eram quase onze horas.

– Deixa para lá. Não vou morrer se eu ficar mais umas horinhas sem comida. Eu pego qualquer coisa para comer mais tarde, quando chegar em casa.

– Moishe.

– O quê?

– Você pega *o Moishe* quando chegar em casa. Eu achei uma fofura você abrir a porta e ele pular nos seus braços. Ele deve sentir muita saudade quando você passa o dia inteiro fora.

– O Moishe só tem saudade do pote de comida cheio – Hannah respondeu, embora não acreditasse nisso de verdade. Moishe realmente parecia sentir saudade, o que causava uma sensação boa nela.

Elas subiram os degraus de metal que davam no caminhão da produção e Hannah bateu à porta. Ouviu passos se aproximando e a porta se abriu, revelando um barbudo de rabo de cavalo e brinquinho de diamante na orelha esquerda.

– Hannah Swensen? – o engenheiro perguntou.

– Isso. O Mason Kimball me deu permissão para assistir às imagens que o Rudy fez na quarta-feira. Eu trouxe minha irmã, Andrea, para me ajudar.

– Sem problema. – O engenheiro deu uma olhada em Andrea e esboçou um sorriso. – Entrem, eu vou arrumar tudo para vocês. Me chamo P.K.

Hannah ficou pensando o que as siglas P.K. representavam, mas não tinha importância. Elas o seguiram por um corredor, rumo a uma porta nos fundos do caminhão. P.K. a abriu e com um gesto pediu que entrassem.

– Essa é a sala de exibição do Mason. Ele falou que vocês podiam usar. Sentem-se, vou buscar as fitas.

Hannah ficou impressionada. A salinha era como uma toca com duas cadeiras giratórias separadas por uma mesa. Havia um aparelho de tevê instalado na parede oposta, ao lado de um carrinho com rodinhas com um aparelho de videocassete grande.

– Nada mal – Andrea comentou, se acomodando em uma das cadeiras giratórias. – Ficaria bem melhor com papel de parede em vez de painel escuro, mas é aconchegante.

– Aconchegante? – Hannah olhou para as paredes totalmente nuas. – Eu achava que aconchegante era chita e ursinhos de pelúcia.

– Não no setor imobiliário. Cômodo pequeno é aconchegante, cômodo grande é espaçoso e a cozinha é o sonho de todo gourmet.

Momentos depois, P.K. voltou com quatro fitas em caixas pretas. Eram maiores do que as fitas que Hannah usava no videocassete que tinha em casa, e ela imaginou que eram as fitas de três quartos de polegadas que Rudy tinha falado. Ele abriu uma das caixas e colocou a fita no videocassete.

– Vou iniciar e ensinar a vocês como se usa o controle remoto. Vocês já usaram um videocassete?

– Já – Hannah respondeu –, mas o que eu tenho em casa não é de três quartos de polegadas.

– Os comandos são praticamente iguais. A fita é de outro tamanho, só isso.

– Eu também tenho videocassete. – Andrea sorriu para P.K. quando ele se aboletou na beirada de sua cadeira, e Hannah desconfiou de que a irmã tivesse feito mais uma conquista. Estava bonita de calça preta justa e suéter felpudo rosa, e os homens nunca tinham sido capazes de resistir a Andrea.

– Então vocês vão conseguir lidar com esse numa boa. – P.K. esticou o controle para que Andrea o visse. – Aqui fica o play, e aqui os botões de parar, avançar, voltar, pausar e pesquisar.

Hannah quase riu. Andrea sempre deixara Bill ajustar o videocassete, e era bem provável que nunca tivesse segurado um controle remoto na vida. Mas ela assentiu como se entendesse tudo e P.K. ficou satisfeito.

– Só não encosta no círculo do meio – P.K. avisou. – É para uma coisa que vocês não precisam. Vocês entendem de *time code*?

Andrea negou e se virou para Hannah.

– E você?

– O Mason mencionou isso. Disse que é para a gente anotar se quiser que ele faça uma cópia de alguma coisa.

– Ok. – P.K. desviou os olhos de Andrea com dificuldade e se virou para Hannah. – O *time code* é um bando de números que avançam na parte inferior da tela. A câmera insere automaticamente. No começo distrai a gente, mas vocês vão aprender a ignorar.

P.K. começou o vídeo e eles viram a imagem da escola. Havia números no canto inferior da tela, como P.K. dissera, e as frações de segundos corriam tão rápido que Hannah mal conseguia lê-las.

– Quando vocês acharem algum trecho que queiram, apertem o botão de pausar. – P.K. ergueu o controle remoto e demonstrou. – Aí o que vocês precisam fazer é voltar a fita com a pesquisa reversa e pausar de novo para ver o número.

– Certo. Isso eu sei fazer – Hannah declarou. – A gente escreve o número do começo?

– E do fim. Vocês delimitam a parte da fita para mim com os *time codes*. Assim eu sei qual imagem vocês querem e o tempo de duração. – P.K. demonstrou outra vez e entregou o controle a Andrea. – Vou pegar um bloco e uma caneta na sala do Mason.

– Obrigada – Andrea disse, sorrindo para ele. – Desculpa causar tanto incômodo.

Hannah esperou P.K. sair e se virou para a irmã.

– Você está pedindo desculpa por causar tanto *incômodo*?

– Eu precisava dizer alguma coisa. – Andrea encolheu os ombros. – Ele está sendo muito legal.

– Talvez ele esteja sendo legal *demais*. E você está flertando com ele.

– Eu sempre flerto. O Bill não liga. Ele sabe que eu nunca *faria* nada. E ele entende que flertar facilita minha vida quando quero alguma coisa.

Hannah nunca tinha ouvido uma justificativa parecida, mas pelo menos Andrea era franca consigo mesma.

– Ok. O que você quer do P.K.?

– Café. Se eu der mais uns sorrisos e comentar que estou com frio, ele vai acabar oferecendo um cafezinho para a gente.

Capítulo 20

No começo, assistir às filmagens foi divertido, principalmente quando viam os amigos na fita de Rudy. Hannah e Andrea não tiravam os olhos do monitor, as canetas em punho para anotar *time codes*. Mas a novidade começou a perder a graça. Como as imagens gravadas por Rudy eram feitas especificamente para a montagem, que ganharia uma trilha musical, a fita tinha um barulho de fundo, mas não tinha comentários claros. De vez em quando, ouvia-se a voz de Rudy passando informações da locação e das pessoas em cena, mas ninguém se dirigia à câmera.

Durante uma longa sequência que Rudy tinha gravado na manhã de quarta-feira, acompanhando o carro das concorrentes do estacionamento do Lake Eden Inn até o auditório da Jordan High, Andrea demonstrou impaciência com um suspiro.

– São só carros, Hannah. E a câmera nem chega perto o suficiente para a gente ver os motoristas.

– O Mason me avisou que seria um tédio – Hannah lembrou à irmã.

– Você me disse. Mas eu não achava que ia ser *esse* tédio todo. Quanto tempo ainda falta?

Hannah deu uma olhada no *time code* que piscava no canto inferior da tela.

– Três horas e meia.

– Não dá para você avançar nessa parte?

– Melhor não. A gente pode deixar alguma coisa passar.

Andrea tomou outro gole do café que P.K. servira às duas.

– Acho que você tem razão – ela admitiu. – Que carro o sr. Avery está dirigindo?

– O Ford azul-escuro, mas a gente já o eliminou da lista de suspeitos.

– Foi?

– Foi. Tanto a Sally como o Dick disseram que ele estava na festa com a esposa na hora em que o Boyd foi assassinado. Para ter certeza, eu confirmei com o Jeremy e a Belle Rutlege.

– Está bem, ele não matou o Boyd. Mas isso não quer dizer que não matou a Lucy. Afinal, ela o chantageou. O assassino da Lucy pode ter sido uma das vítimas de chantagem. Ele pode ter tentado acertar as contas com ela ou recuperar as provas usadas contra ele. Ele não sabia que estamos com todas as fotos e negativos que eram dela.

Hannah balançou a cabeça. Andrea não estava pensando direito.

– E o filme que o assassino destruiu? Por que uma das outras vítimas de chantagem faria isso?

– Não sei. – Andrea refletiu por um instante. – Vai ver que o assassino estava tentando impedi-la de chantagear mais alguém.

– Exato. – Andrea esfregou os olhos. – Você tem certeza de que o Boyd e a Lucy foram assassinados pela mesma pessoa?

– Bastante certeza.

– E tem certeza de que não é melhor você entregar as outras fotos que a Lucy usava para fazer chantagem?

– Tenho, sim. – Hannah foi categórica. – As vítimas da Lucy já sofreram muito, e a gente sabe que nenhuma delas é o assassino.

Andrea não parecia estar convencida.

– Me fale suas razões de novo.

– A gente sabe que não foi a Claire porque é um homem que aparece nas fotos com o Boyd Watson. Não é o prefeito

Bascomb porque ele é bem mais alto do que o homem na foto da Lucy, e nós já eliminamos o sr. Avery porque ele tem álibi. Não pode ser nenhum deles.

– Você está enganada, Hannah. Esquecemos o Norman. Nem por um segundo eu acredito que ele tenha matado o Boyd ou a Lucy, mas ele ainda não foi eliminado.

– Foi, sim. Eu devolvi a prova dele. Ele não tinha nenhum motivo para matar a Lucy e revirar o apartamento, principalmente sabendo que a gente já tinha feito isso. E foi o Norman quem deu a ideia de ampliar a abotoadura do assassino. Ele não teria sugerido se as abotoaduras fossem dele.

– Tem razão. – Andrea soltou um longo suspiro. – Acho que é só cansaço, já não estou pensando direito.

– Toma mais café. – Hannah esticou a mão e com a garrafa trazida por P.K. encheu a xícara da irmã.

– Esse café está com gosto de alcatrão. – Andrea fez careta. – Até meu café solúvel é melhor.

– Eu sei, mas ele vai mantê-la acordada até você poder se deitar. Tenta se concentrar. Eles acabaram de parar na porta da escola.

As duas assistiram as concorrentes entrarem no auditório e suas famílias irem embora. Havia uma série de imagens de Herb verificando os crachás, pedindo assinaturas em uma ficha e destrancando as portas, lhes dando acesso às cozinhas.

– Isso não vai fazer diferença nenhuma, Hannah. – Andrea suspirou. – São todas mulheres e a gente sabe que o assassino do Boyd é homem.

– Sim. Vou avançar esse trecho. Quando você vir um homem, grita.

– Está bem. Como você quiser.

Hannah ouviu o desânimo na voz de Andrea e lutava contra a mesma sensação. Sabia que as chances de ver as abotoaduras do assassino na filmagem eram mínimas, mas de jeito nenhum desistiria sem assistir às fitas de quarta-feira até o final.

– Fica atenta, Andrea. Quando a gente chegar na parte em que a plateia vai chegando, deve ter algumas imagens da Tracey. Você provavelmente vai aparecer também.

– Tinha esquecido disso. Ok, Hannah. Estou de olho.

Andrea pareceu bem mais atenta e os lábios de Hannah se contraíram quando ela tentou esconder um sorriso. Sabia que só haveria alguma imagem de Tracey e de Andrea depois de cerca de duas horas de filme, mas não precisava dizer isso a ela.

– Obrigada pela ajuda, Andrea. – Hannah parou a fita para dar boa-noite à irmã. – Eu te ligo de manhã.

– Não antes das oito.

– De jeito nenhum. Eu sei o que acontece com as pessoas que te ligam cedo.

Andrea demorou um pouco, mas abriu um sorriso relutante.

– Caso você esteja se referindo à Lucy, saiba que não foi legal.

– Eu sei. Eu nunca disse que eu era legal. Vai para casa, Andrea. Eu ainda tenho que assistir mais duas horas.

– Boa sorte. – Andrea se virou em direção à porta, mas deu meia-volta.

– Quer que a gente pare em algum lugar e compre uma comidinha para você? O Speedy Burger não fica muito longe daqui.

Hannah ficou muito tentada. Imagens de hambúrgueres gordurosos, milk-shakes e anéis de cebola dançavam dentro de sua cabeça e davam água na boca. Mas Andrea estava exausta e não era justo se aproveitar dela.

– Não precisa. Eu aguento até chegar em casa.

– Então boa noite.

Andrea saiu porta afora e Hannah apertou o botão de play. A barriga reclamava e o fato de as imagens serem do bufê de happy hour de Sally não ajudava. A travessa de cogumelos recheados foi quase sua ruína. Hannah sabia que Sally usava linguiça e uma mistura de queijos que ficava incrivelmente deliciosa. Sua barriga roncava e ela tomou outro gole de café, mas ele não substituía a comida direito.

Alguma coisa na manga da camisa de um homem cintilou enquanto se servia da entrada de salmão defumado de Sally. Voltou a fita bem devagarinho e suspirou ao perceber que era apenas um botão da abotoadura que tinha refletido a luz. Ela suspirou e recomeçou a fita. Se cochilasse e perdesse algum trecho da filmagem, teria que reassistir tudo, e uma vez já dava para o gasto.

Hannah parou a fita mais quatro vezes durante a sequência do bufê de happy hour. Na primeira vez, acabou percebendo que o brilho era de uma pulseira de cobre que supostamente evitava artrite, na segunda vez era de um botão de ouro na manga de um paletó azul, e na terceira e na quarta era apenas de relógios de pulso. Ela via abotoaduras atrás de todas as moitas.

Ao longo de vários minutos, que pareceram horas, não viu mais nada interessante. Hannah se perguntava como era possível o tempo passar tão devagar. Então houve outro trajeto até o auditório quando as concorrentes saíram do Lake Eden Inn para a competição. Hannah acelerou esse trecho, dizendo a si mesma que carros seguindo carros não renderiam nenhuma abotoadura. Viu as concorrentes descerem do carro ao chegar na escola e entrarem no auditório, mas nada chamou sua atenção.

Depois que as concorrentes entraram no prédio, Rudy colocou a câmera no estacionamento de novo, para fazer imagens da plateia, que estava chegando. Era uma parte mais interessante, e Hannah não teve que se esforçar tanto assim para continuar acordada. Delores e Carrie apareceram e Hannah sorriu ao ver Carrie escolher uma vaga e estacionar. A vaga era perfeita, mas Carrie precisou de várias tentativas para alinhar as rodas e parar o carro.

O carro de Bill apareceu logo em seguida, e Hannah parou a fita para anotar o *time code*. Andrea estava linda, como sempre, e Tracey sorria na direção de Rudy. Dava pulinhos enquanto Bill e Andrea a pegavam pela mão e entravam no prédio. Pelo menos Hannah tinha conseguido alguma coisa naquela noite. Andrea amaria ter uma cópia daquela filmagem.

Depois de delimitar as imagens de Tracey por meio dos *time codes* anotados no bloco, Hannah voltou a fita e se concentrou nos outros membros da plateia. Reconheceu o Honda pequenino de Betty Jackson estacionando em uma vaga e viu Betty descer do carro. Na verdade, Betty tinha talento para deslizar pelo banco, uma façanha incrível para alguém tão robusta. Hannah viu Phil e Sue Plotnik, seus vizinhos de baixo, sem o bebê Kevin. Tinham deixado o filho na casa da mãe de Sue ou tinham chamado uma babá. Várias das senhoras de Bertie Straub subiram a escada, com o cabelo protegido por lenços. Hannah desconfiava que tivessem ido direto do Cut 'n Curl. O xerife Grant surgiu logo depois, com ares de autoridade devido ao uniforme de gala, e depois o prefeito Bascomb com a esposa.

Hannah observou diversos moradores de Lake Eden entrarem. Todos sorriam e pareciam estar ansiosos pela diversão daquela noite. Alguns rostos ela não conhecia, eram pessoas vindas de outras cidades de Minnesota. Prestou muita atenção nelas, mas não viu nenhum homem de abotoadura.

Em seguida, Rudy foi com a câmera para o saguão do auditório, logo depois de a última pessoa entrar. Hannah viu Claire, que trocava umas palavrinhas com Marge Beeseman e fazia o possível para ignorar o prefeito com a esposa a poucos metros de distância. Hannah ficou olhando um instante e suspirou. Se tivesse assistido àquela fita uma semana antes, não teria nem pestanejado, mas era incrível a diferença que uma visão retrospectiva fazia. Agora que sabia de Claire e do prefeito Bascomb, via a culpa no rosto dos dois pela forma como faziam questão de evitar o olhar um do outro.

Duas figuras chegaram no final da fila. Era Boyd Watson com a irmã, Maryann. Ele se virou para falar com o padre Coultas, que também chegara atrasado, e Maryann avistou alguns amigos e lhes fez acenos. Hannah fitou Boyd com muita atenção, mas ele não parecia diferente do habitual. Sorria e estava relaxado ao se virar para Maryann, e era nítido que não tinha nenhum pressentimento de que estaria morto dali a poucas horas.

As imagens seguintes eram dos bastidores, e Hannah estremeceu quando a câmera de Rudy a pegou de costas, entrando no cenário da cozinha. O cabelo chamejava laranja sob as luzes e a bunda parecia bem maior do que ela achava que era. Agradeceu aos céus que aquilo era uma filmagem editada e que uma boa alma a tinha cortado da montagem. E então ela lembrou que precisava se esforçar para perder aqueles cinco quilos a mais.

Havia uma imagem dos âncoras do jornal chegando e se acomodando atrás da bancada. Dee-Dee Hughes discutia com Rayne Phillips, Hannah percebia pela expressão dos dois, mas essa parte da fita era sem som. Rudy tinha feito outra filmagem dela, em que colocava uma fatia de torta no prato de sobremesa. Não parecia gorda, e Hannah respirou aliviada. Talvez fosse apenas o ângulo da primeira imagem filmada por Rudy e ela não precisasse perder peso, no final das contas.

Havia a imagem de várias pessoas sentadas sendo maquiadas, e Hannah procurou por Tracey. Ao ver a sobrinha, que estava uma graça com a capa para maquiagem que a cobria até a ponta dos pés, ela anotou o segmento usando os *time codes* para que o trecho fosse copiado para Andrea. Ao escrever os números, ela deu um suspiro aliviado. Só faltava uma hora.

– Hannah?

Ela se virou para a porta ao ouvir seu nome e viu P.K. parado ali.

– Sim?

– Se você não se importar, pensei em dar um pulo no Quick Stop e comprar umas coisas para comer.

– Não me importo – Hannah garantiu. – Achei imagens da minha sobrinha.

– É só você me dar os *time codes* antes de ir embora que eu copio em uma fita para sua irmã. E você? Vai querer alguma coisa?

– Só a fita para a Andrea mesmo.

– Não. Estou falando do Quick Stop.

– Ah. Claro. – Hannah esboçou um sorriso, mas então se lembrou da dieta. Revirou a bolsa, pegou uma nota de cinco dólares e a entregou a ele. – Eu queria uma Coca Diet grande e todos os chocolates que você conseguir comprar com isso aqui.

– Chocolate e Coca *Diet*? – P.K. indagou, achando graça.

– Preciso da endorfina do chocolate – Hannah explicou, com o que ela imaginava ser uma lógica impecável –, mas não faz sentido ingerir calorias vazias.

P.K. ergueu as sobrancelhas, mas não teceu comentários sobre o raciocínio. Apenas acenou e foi embora.

Depois que ele saiu, o caminhão enorme lhe parecia muito menos afável. Hannah se acomodou para ver a fita, mas estava inquieta. Um vento gelado soprava, e as paredes de metal do caminhão chiavam e rangiam a cada rajada. Hannah não era do tipo que tinha medo de qualquer coisa, mas achou impossível não pensar no que aconteceria se o assassino soubesse que ela estava revisando as gravações de Rudy em busca de um vislumbre de suas abotoaduras. Talvez tivesse matado o técnico Watson no calor da raiva, mas a execução de Lucy fora a sangue-frio e calculada. Se o assassino achasse que Hannah estava fechando o cerco sobre ele, talvez estivesse à espera de uma oportunidade para pegá-la sozinha e...

Hannah precisou se esforçar muito para acalmar os nervos. Disse a si mesma que o assassino não tinha como saber o que ela estava tentando fazer. Só seis pessoas sabiam que ela estava assistindo às filmagens descartadas. Tinha Mason Kimball, que achava que ela estava vendo tudo para saber com quais pessoas da plateia Boyd Watson tinha conversado. Não sabia nada sobre sua verdadeira motivação, e como não sabia, não tinha como contar a ninguém. Também havia Rudy, que achava que estava apenas curiosa com a quantidade de sequências necessárias para a montagem, e P.K., que supunha que elas estavam atrás de imagens de Tracey. Andrea e Bill sabiam, mas tinham ido para casa, e de qualquer forma não comentariam com ninguém. E também havia Mike, e Hannah sabia que nesse front, ela estava segura. Ninguém conseguiria arrancar informações de Mike.

Hannah se recostou e pegou o controle remoto. Estava segura. Não tinha razão para se preocupar. Se estava um pouco assustada, poderia atribuir isso à cafeína do café fortíssimo de P.K. e à sua imaginação hiperativa. Ela apertou o botão de play e suspirou ao ver o *time code* na tela. Ainda faltava uma hora, e qualquer minuto a mais já era muito tempo.

Ela aguentou um close de seu rosto na mesa do júri e resmungou. Dava quase para ver o cabelo arrepiado debaixo das luzes. Havia closes dos outros jurados também, e por isso ela se sentiu melhor. Nenhum deles levava jeito para estrela de cinema. Então Boyd entrou em cena e Hannah se inclinou para a frente para examinar seu rosto. Parecia animado por ter sido escolhido como jurado, mas não estava nervoso, e não havia sinal de medo no rosto. Boyd confabulou com ela um instante, Rudy flagrou o diálogo deles fora de cena com sua câmera vagante, e Hannah ouviu a própria voz baixinha no fundo, dizendo a Boyd como classificar os quatro doces e escrever as notas nas folhas de pontuação.

Boyd parecia animado e saudável, um homem no auge da vida. Embora lutasse contra o sentimento, Hannah sentiu uma leve pontada de tristeza. Boyd era bruto com Danielle, e nada mudaria isso, mas tinha morrido de uma forma horrível, e a pessoa que tinha lhe tirado a vida merecia ser descoberta e punida.

A câmera de Rudy passou as imagens das concorrentes, que davam os toques finais nos doces. Hannah sorriu ao reparar que a participante que tinha feito a torta de limão, vencedora da noite, alternava seu olhar entre a mesa dos jurados e as amostras do doce que havia preparado. Arrumou uma fatia no prato, limpou a borda com um pano de prato, depois recuou e respirou fundo. Hannah percebia seu nervosismo. Àquela altura, ela não tinha como saber que acabaria ganhando e avançando para as fases finais.

O trecho seguinte fez Hannah cair na gargalhada. Era uma imagem das costas do sr. Hart, no instante em que ele se abaixava para pegar um cartão que havia deixado cair. Não era nada lisonjeira, e ela ouviu a voz de Rudy dizer: "Não usa essa imagem. Vai todo mundo para o olho da rua". Então o diretor de cena fez um gesto para que as concorrentes dessem um passo à frente e Rudy as gravou entregando seus pratos aos jurados.

Uma montagem era transmitida durante a avaliação do júri. Hannah meio que esperava que Rudy tivesse apontado a câmera para a tela gigantesca que a plateia via. Seria meio que um *Píramo e Tisbe*, a peça dentro da peça *Sonho de uma noite de verão*, de Shakespeare, mas Rudy tinha evitado esse comodismo e feito uma tomada da plateia. Hannah ouvia a música baixa da montagem em segundo plano, enquanto a imagem era do sr. Avery. Parecia muito nervoso, à beira do pânico, e Hannah sabia o porquê. Ele tinha tentado subornar Jeremy Rutlege no dia em que chegara ali, e Lucy o pegara no flagra.

Havia uma sequência de Maryann sentada ao lado da cadeira vazia de Boyd. Ela sorria para ele em vez de assistir à montagem, e parecia estar toda orgulhosa porque o irmão mais novo tinha sido escolhido como jurado. A plateia estava sossegada, a não ser por algumas tossidas provocadas pelo resfriado típico do inverno, e quase todo mundo olhava para a tela gigante.

De repente, do nada, houve um baque forte. Hannah se inclinou para a frente para olhar o monitor, mas a fita de Rudy continuava rodando e não parecia haver nada de errado. Então Hannah ouviu um segundo baque e apertou o botão de pausar. O barulho não vinha da gravação. Havia alguém do lado de fora, no estacionamento.

Com o coração acelerado, Hannah pulou da cadeira. Alguém tentava entrar no caminhão da produção, e ela precisava achar algum objeto que servisse de arma. Pegou a primeira coisa que viu, um tripé de iluminação desmontado que era tão pesado que serviria de cassetete, e atravessou o corredor às pressas para chegar à porta.

A porta estava trancada, mas não parecia muito firme. Hannah estava prestes a imitar uma técnica de um filme que tinha visto e pegar uma cadeira para enfiar debaixo da maçaneta. Então se deu conta de que a porta abria para fora. A cadeira não faria diferença nenhuma.

Hannah engoliu em seco, tentando conter a onda de pânico. Os ouvidos estavam totalmente alertas, tentando escutar passos nos degraus de metal. O único barulho que ouviu foi do vento e dos rangidos do caminhão ao ter as laterais atingidas por rajadas geladas.

Hannah achava impossível se mexer. As pernas estavam bambas demais. O assassino podia estar do outro lado da porta, se preparando para derrubá-la. Como se passaram alguns minutos sem que nada acontecesse, ela se arrastou devagar até um canto perto da porta, de onde via a maçaneta. Se o assassino entrasse, ela não morreria sem tentar lutar. Ficou ali, trêmula, a adrenalina em disparada e o cassetete improvisado em punho, rezando para que fosse apenas o vento sacudindo a tampa das caçambas, mas, no fundo, sabendo que não era.

Capítulo 21

Hannah sabia que não poderia ficar ali parada para sempre, esperando alguma coisa acontecer. Por que dissera a P.K. que não tinha problema ele sair? Devia ter falado que iria junto com ele. Poderiam ter trancado o caminhão da produção por alguns minutos e naquele instante ela estaria no balcão do Quick Stop, pagando a Coca Diet e os chocolates. Mas ela estava completamente sozinha, prestes a enfrentar o homicida que tinha matado Boyd Watson a marteladas e dado um tiro na cabeça de Lucy quando ela estava de costas.

A cabeça de Hannah era um turbilhão, não parava quieta. Precisava pedir socorro. Mas o telefone estava na mesa, bem em frente à janela, e as frestas da persiana estavam entreabertas. Se usasse o telefone, o assassino a veria. Seria alvo fácil para um tiro rápido através da janela.

No instante em que pensou nisso, Hannah apertou o interruptor ao lado da porta e apagou as luzes. Estar no escuro seria uma vantagem para ela. Em seguida, ela se arrastou até a mesa e pegou o fone, se preparando para discar o número da polícia. Mas o telefone não funcionava. A ventania devia ter derrubado as linhas telefônicas temporárias instaladas no caminhão da produção.

Por outro lado, uma ideia ainda mais assustadora passou pela cabeça de Hannah e seus dedos tremeram ao colocarem o fone no gancho. As linhas telefônicas passavam por fora do caminhão. Era possível que o assassino as tivesse cortado.

Com o coração batendo de pânico, Hannah se aproximou da janela e espiou pelas frestas da persiana. Nada se mexia além das rajadas de neve que subiam a cada ventania. Faziam barulho contra as paredes de metal do caminhão feito um tambor. Hannah se lembrou dos tambores abafados de *Os amores de Henrique VIII*, logo antes de Ana Bolena ser decapitada.

Esse tipo de pensamento fez Hannah estremecer, e ela tirou a imagem da cabeça. Era a neve, só a neve gelada que balançava as paredes, e as rajadas de vento lhe davam outra vantagem. Era a queda de temperatura. A temperatura verdadeira era de alguns graus abaixo de zero, mas o vento roubava o calor do corpo humano. Acrescentando o fator ventania, a perda de calor seria comparável a muitos graus abaixo de zero. O assassino precisaria usar luvas forradas de pele para evitar o congelamento dos dedos, e, portanto, teria que tirar as luvas antes de disparar o primeiro tiro. Talvez ela só ganhasse mais um ou dois segundos, mas já era alguma coisa.

Hannah olhou para o estacionamento, com o olhar atento a qualquer movimentação. Quanto mais tempo o assassino ficasse ali fora, mais frio sentiria. Ela não ouvia nenhum motor de carro ligado no silêncio entre as rajadas. Pelo menos não estava sentado dentro do carro com o aquecedor a todo vapor para descongelar o dedo com que apertaria o gatilho.

Havia uma luz no estacionamento, um poste alto que jogava uma luz estranha sobre tudo, laranja-rosada. Os bancos de neve pareciam ter sido feitos pela máquina de raspadinha de manga do Quick Stop. Ainda via um sulco na superfície do asfalto coberto de neve onde o carro de P.K. estivera minutos antes, mas os ventos os preenchiam rapidamente. O Suburban estava ao lado, parecendo mais laranja do que vermelhão.

Hannah pensou no pé de cabra no porta-malas, ao lado do estepe. Seria uma arma melhor do que o tripé de alumínio, mas ela não se arriscaria a sair para pegá-lo. Ficar ali dentro não seria tamanho tiro no escuro.

Ela estremeceu com a expressão "tiro no escuro". Será que o assassino ia simplesmente disparar contra o caminhão da produção, tentando matá-la sem ver nada? Será que devia ficar encolhida debaixo de uma das mesas de metal, na esperança de ser protegida pelos painéis finos? Mas o assassino não teria a audácia de atirar muitas vezes. Havia gente morando do outro lado da rua. Alguém poderia ouvir e ligar para a delegacia para avisar sobre os tiros. Ele teria que fazer o primeiro tiro valer e para isso teria que entrar no caminhão.

Enquanto olhava por entre as frestas, os olhos doendo pelo esforço de não piscar, ela de repente teve uma ideia. Onde estava o carro do assassino? Precisaria estar parado do outro lado do caminhão. Se conseguisse vê-lo, poderia anotar a placa. Poderia deixar a anotação para Mike e Bill, só para garantir...

Hannah interrompeu o pensamento no meio. Não ia pensar na pior das hipóteses: só serviria para atrasá-la. Ela foi tateando até o outro lado do caminhão segurando o tripé com força, mesmo que não servisse para nada. Em seguida, se contorceu atrás do armário onde ficavam o fax e a copiadora, e se arrastou até a janela.

Não havia nada ali. Nadica de nada. O estacionamento estava totalmente deserto. Mas o assassino tinha que ter chegado ali de carro, a não ser...

Os olhos de Hannah focaram a rua em frente à escola, o quarteirão onde Danielle morava. Havia alguns carros estacionados, mas estavam tão distantes que ela não enxergava as placas. Eram apenas blocos cobertos de neve debaixo do poste de luz. O assassino teria parado o carro ali. Não havia luz acesa em nenhuma das casas. Todos os vizinhos de Danielle tinham ido dormir. Com a ventania do lado de fora, nenhum deles ouviria um carro chegar e estacionar.

Também podia ter estacionado na frente do auditório, na área reservada à plateia. A escola não tinha vigia noturno.

Os alunos da Jordan High eram legais e adoravam a escola. Ela nunca tinha sido vandalizada e não havia necessidade de vigia noturno.

Hannah se assustou quando ouviu outro baque vindo do lado do caminhão do qual havia acabado de se afastar. Ela voltou correndo para a janela e olhou para fora a tempo de ver uma figura grande sumindo do outro lado do Suburban. Um cachorro? Não, a figura era grande demais para ser um cachorro. Um homem de casaco volumoso, abaixado e correndo, com medo de ser visto? Era bem mais provável.

Os ventos uivaram de novo, sacudindo o caminhão, e no intervalo entre rajadas, Hannah escutou uma pancada alta. Alguém tinha batido na lateral do Suburban com bastante força. Será que o assassino estava tentando arrombar o carro de cookies? Achava que ela estava escondida lá? E quando descobrisse que não estava, iria até o caminhão da produção para matá-la?

Houve uma segunda pancada ainda mais alta do que a primeira, algo parecido com um rosnado raivoso, e então Hannah viu os faróis chegando por trás do Suburban. Uma lanterna iluminou a lateral do carro, clareando a área inteira, e Hannah observou boquiaberta, atônita, um enorme urso preto emergir de trás do carro. Por um instante, ele ficou imóvel sob a luz, depois correu pelo estacionamento numa velocidade muito acima do que pensava que ursos fossem capazes de correr. Ela o viu sumir entre os arbustos que davam na mata do outro lado do campo de atletismo, e então ela desmoronou na cadeira.

– Hannah? – Há uma batida à porta. – Abre, Hannah. É o Mike.

– Já vai. – Hannah se levantou sobre as pernas ainda bambas. Abriu a porta, viu Mike parado, inteiro e tranquilizador sob a luz laranja-rosada, e fez a primeira coisa que lhe passou pela cabeça. Ela passou os braços em volta de seu pescoço e deu o abraço mais forte que conseguiu.

– Ei, olha, uma imagem da sua mãe – Mike disse, apontando para o monitor. – Ela está ótima. Sua mãe é linda, Hannah.

– Que bom que você pensa assim. É muito importante. – Hannah esboçou um sorriso. Estavam comendo chocolate e assistindo à gravação que Rudy fizera da plateia saindo do auditório.

– Por que é importante? – Mike estava com um olhar confuso.

– Dizem que se você quer saber como a filha vai ficar, basta conhecer a mãe dela. – Hannah deu uma olhadela para Mike e reparou que ele estava bastante constrangido. Era óbvio que não sabia se devia concordar ou discordar dela. O sorriso de Hannah se alargou mais e ela esticou a mão para dar palmadinhas no braço dele. – Deixa para lá. Eu estava brincando. A Andrea e a Michelle puxaram à minha mãe. Eu não.

– É, mas você também é linda. Mas não é parecida com a sua mãe, só isso.

Agora era Hannah quem estava constrangida. Não estava jogando verde para receber elogios, mas Delores tinha ensinado às três filhas que quando um homem fazia um elogio, elas deviam apenas agradecer e deixar por isso mesmo.

– Obrigada – Hannah disse, lutando contra o ímpeto de dizer mais alguma coisa. Mas o silêncio entre eles se estendeu e ela ficou incomodada demais para não o quebrar. – E obrigada por espantar o urso. Eu estava morrendo de medo.

– O urso era uma ursa, e você tinha toda razão de ter medo. Ela era enorme e estava com fome. É uma combinação perigosa.

– Com fome? – Hannah aproveitou o rumo que a conversa tinha tomado. – Como é que você sabe?

– A maioria dos ursos está hibernando a esta altura. Alguma coisa a despertou, e ela veio aqui em busca de comida. Ela conseguiu alguma coisa na cafeteria Caçamba. Estava tombada, com lixo espalhado pelo chão. Imagino que ela tenha jantado e estivesse atrás da sobremesa.

– Sobremesa?

– Seu carro. Deve ter cheiro de cookie.

– Ela ficaria decepcionada. A Andrea comeu todos os cookies que eu tinha. – Hannah viu algo na tela e pegou o controle remoto. – Espera aí, Mike. Eu vi uma coisa.

Hannah voltou a fita e eles fixaram o olhar na tela quando ela apertou o play de novo, congelando a tela no momento crítico. Era outro alarme falso, apenas o botão reluzente da manga do casaco de um homem, vislumbrado por Hannah quando ele destrancava o carro.

– Aí vem o Boyd Watson. – Mike se ajeitou na beirada da cadeira.

Hannah observou Boyd caminhar até o carro, carregando a embalagem com a torta nos braços. Ele a entregou a Maryann para destrancar e abrir a porta do carona para a irmã, pegou a torta de volta para ela se acomodar e a passou a Maryann de novo. Quando já tinha certeza de que Maryann estava bem instalada, fechou a porta e foi para a porta do lado do motorista.

– Educado ele, né? – Mike comentou, com as sobrancelhas formando uma ruga.

– Claro que é. Pode ter gente vendo. – Hannah não teve como evitar o tom sarcástico na voz. Ela também já tinha visto Boyd sendo muito solícito com Danielle quando iam a eventos públicos.

– A Maryann não sabe, né? – Mike perguntou.

– Não. – Hannah sabia exatamente ao que ele se referia. – Ela jamais acreditaria que o irmão batia na esposa, a não ser que visse as provas. E depois de ver as provas, ela diria a todo mundo que a Danielle tinha feito alguma coisa para provocar.

– Que mundo doente.

– Não é o mundo todo. – Hannah balançou a cabeça. – Existe gente muito boa por aí. Você está em desvantagem porque é policial. Não é sempre que pode lidar com as boas.

Mike se virou para olhar para ela e então começou a abrir um sorriso.

– Você é exatamente como eu precisava, Hannah. Você é otimista.

– Talvez. – Hannah retribuiu o sorriso. – Neste momento, estou otimista porque acredito que ainda tenha sobrado um chocolate.

Mike olhou para o saquinho em cima da mesa e o amassou com a mão.

– Você é otimista demais. Acabei de comer o último.

– Poxa vida. – Hannah suspirou e então teve uma ideia. – Por que a gente não acaba de ver a fita e vai ao Corner Tavern? O bife com ovo de lá é ótimo, e eles ficam abertos a noite inteira. Eu até te convido para o café da manhã por ter me salvado da ursa esfomeada.

– Acho uma boa. Faz muitos anos que uma mulher bonita não me convida para o café da manhã. Se você continuar assim, quem sabe não viro um otimista também?

– Você tem razão. – Mike cortou um pedaço do bife e o olhou com satisfação. – O bife daqui é uma delícia. Veio exatamente como eu pedi.

Hannah olhou para o pedação de carne no garfo dele e fechou a boca. Não entendia como alguém conseguia comer bife bem passado. A carne dela estava malpassada, justamente como ela gostava. Ela fizera o pedido do jeito padrão: "Trinta segundos de um lado, trinta segundos do outro e põe no prato. Se não der para fazer assim, pode trazer a carne crua com uma caixa de fósforos".

– A gente precisa conversar, Mike – Hannah anunciou, mergulhando o canto da torrada na gema do prato. – Eu sei algumas coisas sobre o seu caso.

Mike engoliu em seco e ergueu as sobrancelhas.

– Sabe mais do que me contou na viatura?

– Sei. Eu te conto, mas você tem que me prometer que não vai me acusar de intromissão.

Mike pensou um pouco.

– Está bem. Não vou tocar nessa palavra. O que é?

– Não é uma coisa só. É uma série de coisas. Vamos primeiro terminar o café antes que o ovo esfrie e eu te conto tudo o que eu acho que você precisa saber.

Mike largou o garfo e a encarou.

– Você vai me contar tudo o que *acha* que eu preciso saber?

– Isso. Tem coisa que é sigilosa e não tem nada a ver com os assassinatos. Você vai ter que confiar em mim. Combinado?

Mike pegou o talher e garfou outro pedaço da carne com uma força desnecessária. Pensou um pouco enquanto mastigava e engolia, depois suspirou.

– Está bem, Hannah. Não posso dizer que gostei da ideia, mas está combinado.

Capítulo 22

Quando o despertador tocou, às seis da manhã, Hannah rolou na cama e o desligou. Fez isso tateando, sem sequer se dar ao trabalho de abrir os olhos. Em seguida, rolou de novo, puxou as cobertas até o queixo e voltou a dormir.

Pouco depois, Hannah se deu conta de que alguma coisa cutucava sua bochecha. Por obra do acaso, sonhava com pica-paus homicidas, uma grande revoada de aves de cabeça vermelha aglomeradas ao redor da garagem da Lucy, bicando a porta para tentar entrar. Ela acordou no susto, abanando os braços para se desvencilhar dos bicos afiados feito agulha, e acabou derrubando Moishe, que tentava acordá-la batendo no seu rosto. Ele berrou com a reação grosseira às suas tentativas, saltou para a mesa de cabeceira e ficou lá encarando-a com um olhar acusatório.

– Desculpa, Moishe – Hannah murmurou, se sentando. Olhou para o relógio e fez uma careta. Seis e meia. Tinha dormido além da conta. Alguém devia aprovar uma lei que tornasse as manhãs ilegais.

Vinte minutos depois, Hannah estava sentada à mesa da cozinha, de banho tomado, vestida, e já na segunda xícara de café. Moishe perdoou a violência no instante em que ela encheu seu pote de comida. Agora ele mastigava o café da manhã e ronronava alto.

Hannah olhou pela janela. Eram dez para as sete e o céu estava escuro como se ainda fosse noite. O dia mais curto do ano estava chegando. Em 21 de dezembro, o sol não brilharia nem por nove horas, e a maioria dos moradores de Lake Eden iria e voltaria do trabalho com os faróis do carro acesos.

Ficar sentada ali pensando nos dias e nas noites no hemisfério norte não serviria de muita coisa. Hannah tomou o resto do café e empurrou a cadeira. Era hora de ir para o trabalho, decidir o que cozinharia diante das câmeras naquela noite e ligar para Andrea para colocá-la a par do que havia contado a Mike no Corner Tavern.

Hannah botou o casaco, pegou as chaves do carro e o lixo, e resmungou quando ouviu o toque do telefone. Delores. Era melhor atender ou fingir que já tinha saído de casa? É claro que também podia ser Mike. Ou Bill. Ou outras centenas de pessoas. Hannah ficou ali e ouviu a secretária eletrônica atender o telefonema.

A mensagem que ela gravara tocou e ela ouviu a voz da mãe.

– Hannah? Atende se você ainda estiver aí. Tenho uma coisa importante para te contar sobre os Gulls.

Hannah correu até o telefone. Os Gulls eram o time de basquete da Jordan High, e havia a possibilidade de que Delores tivesse ouvido alguma coisa sobre o jogador que usava anabolizantes.

– Estou aqui, mãe. – Hannah tirou o casaco e o jogou nas costas da cadeira. Delores não sabia como ter conversas curtas. Se passasse a ligação inteira de casaco, ela acabaria esgotada de tanto calor. – O que tem os Gulls?

– O que o Mason Kimball fez. Ele não é um homem maravilhoso?

– Acho que sim. – Hannah pegou a xícara da pia e a encheu com o restinho de café da garrafa. Ela levaria um tempo para tirar os fatos relevantes da mãe. – O que foi que o Mason fez?

– Eu sei que você está sem tempo, então vou falar rápido – Delores prometeu.

– Obrigada, mãe – Hannah disse, em vez de dizer: "Vai, sim, claro. Até parece".

– Eu fui à pousada com a Carrie para a festa de ontem à noite e lá a gente esbarrou com o Mason. A Sally faz um bufê e tanto, né?

– Faz. E o Mason?

– Ele estava falando dos Gulls e que os meninos estavam muito chateados porque tinham perdido o técnico. O Gil Surma está de técnico provisório, mas ele admite não saber muita coisa sobre basquete. Você conhece o Gil, né, querida?

Hannah tomou um gole grande de café.

– Conheço, sim. O que mais o Mason fez?

– Ele contou para a gente que arrumou um técnico de basquete profissional para assumir o posto até a escola poder contratar alguém.

– É sério? – Hannah ficou surpresa. – Eu não sabia que a escola tinha orçamento para esse tipo de coisa.

– E não tem mesmo. É por isso que eu disse que o Mason é legal. Ele está pagando o técnico do próprio bolso.

– Quanta generosidade. – Hannah pensou nisso por um instante e franziu a testa. – Por que o Mason tomou essa atitude?

– Porque ele tem interesse de verdade no programa de basquete da Jordan High. O filho dele joga nos Gulls. Você conhece o Craig Kimball, não conhece, querida?

Hannah precisou de um instante, mas conseguiu ligar o nome à pessoa. Craig já tinha ido à Cookie Jar algumas vezes para pegar cookies para o time.

– Claro, eu conheço ele. Parece ser um menino legal.

– Ele é. O Mason falou que o Craig ficou muito abalado com a morte do técnico Watson. E ele está bem preocupado com os recrutadores das universidades que vão assistir à partida contra os Little Falls Flyers no fim de semana que vem. O Craig estava com medo de que o Gil cometesse erros táticos, e foi por isso que o Mason contratou um técnico profissional para cuidar do time.

Hannah esboçou um sorriso. Finalmente entendia boa parte da situação.

– O Craig é candidato a uma bolsa de atleta, e o Mason quer que ele se saia bem na quadra?

– Foi isso o que eu disse, querida.

Hannah sorriu. Delores não tinha dito isso, mas talvez dissesse caso Hannah lhe desse mais uns vinte minutos para falar.

– O Craig joga bem?

– Agora sim. O Craig passou boa parte do ano passado no banco, mas ele melhorou muito de lá para cá. Este ano ele virou o astro dos Gulls.

Os sentidos de Hannah ficaram totalmente alertas. Anabolizantes melhoravam o desempenho dos jogadores.

– Por que você acha que o Craig melhorou tanto?

– O Mason o mandou para um intensivão de basquete no verão. Lá tem técnicos e treinadores profissionais, e a matrícula é limitada a vinte meninos. Cada garoto tem um mentor, e a maioria acaba fazendo sucesso no basquete de nível universitário.

As desconfianças de Hannah sofreram uma morte fulminante. Um intensivão de basquete durante o verão poderia muito bem explicar a melhora de Craig.

– Esse intensivão tem cara de custar uma nota.

– E custa mesmo. O Mason não me contou quanto é, mas disse que valeu cada centavo. O Craig já tinha muitas das habilidades necessárias, mas o intensivão melhorou muito a autoconfiança dele. Poucas semanas atrás, ele quebrou o recorde da escola de pontos marcados numa partida. Os outros meninos o escolheram para ser o capitão do time este ano, e o Mason diz que vivem pedindo conselhos a ele.

– Obrigada por me contar, mãe. – Hannah escreveu o nome Craig Kimball no bloco de anotações. Talvez devesse conversar com ele. Se soubesse quais colegas de time estavam usando anabolizantes, talvez lhe contasse quem eles eram, principalmente se ela o convencesse de que eram substâncias perigosas e o jogador que as usasse precisaria de ajuda médica para parar de tomá-las. – Preciso ir, mãe. Já estou atrasada.

– Só mais uma coisinha. Esbarrei com o Rod Metcalf na festa ontem à noite e ele falou que a Lucy Richards quer escrever uma matéria sobre minha coleção de joias antigas. Ele vai mandá-la aqui às onze horas para tirar fotos e eu queria sua opinião de quais peças mostrar para ela. Eu pensei em arrumar as joias em cima de um veludo azul e...

– Não precisa – Hannah a interrompeu. – A Lucy não vai.

– Como é que você sabe?

Hannah suspirou. Não queria tomar esse caminho, mas não podia deixar que a mãe pegasse todas as peças da coleção de joias para fotos que ninguém tiraria.

– A Lucy não vai porque ela morreu.

– Morreu?

– É, mãe. A Lucy foi assassinada.

– Mas ainda não noticiaram no rádio! Eu estava ouvindo. Impossível você saber, a não ser que... – Delores se calou e Hannah entendeu que a mãe estava se recompondo para fazer a pergunta mais óbvia. – Hannah? Me diz que você não... – Delores se interrompeu para pigarrear, e quando tornou a falar, titubeava bastante. – Você por acaso...?

– Infelizmente sim, mãe. Eu achei a Lucy ontem à noite.

– Hannah! Você precisa parar de fazer essas coisas!

– Não é uma caça ao tesouro, mãe. Eu não saio por aí procurando vítimas de assassinato de propósito. – Hannah se deu conta de que parecia estar na defensiva e tentou amenizar o tom. – Aconteceu por acaso. E precisei informar à polícia.

– Imagino que você esteja certa. Mas eu queria que você fosse um pouco mais cuidadosa, Hannah.

Hannah riu. Não conseguia evitar. O que ser cuidadosa tinha a ver com encontrar corpos?

– O assunto é sério – Delores a repreendeu.

– Eu sei. – Hannah conteve outra risada. – Você tem razão, mãe. Prometo dar tudo de mim para não encontrar mais nenhum corpo.

– Que bom. Me conta o que aconteceu.

– Não estou com tempo, mãe. Ouça o rádio se quiser os detalhes. A notícia deve ser divulgada a qualquer instante. Preciso ir para o trabalho.

Antes que a mãe pudesse fazer objeção, Hannah desligou e respirou fundo. Olhou para Moishe, percebeu que ele a encarava com expectativa e pegou a ração para reabastecer o pote de comida. Em seguida, vestiu o casaco pela segunda vez, pegou o lixo pela segunda vez e tateou para ter a certeza de que as chaves do carro ainda estavam no bolso.

– Te vejo à noite, Moishe – ela disse. Depois correu porta afora antes que o telefone voltasse a tocar.

Um jato de ar gélido saudou Hannah quando ela desceu os degraus até a garagem. A escada não estava coberta de neve graças à empreiteira de Minnesota que a planejara. Eram degraus ao ar livre feitos de blocos de cimento texturizados e cobertos por um telhado inclinado. O telhado protegia da chuva no verão e da neve e do gelo no inverno.

Depois de botar o saco de lixo na caçamba que ficava em cima do que parecia ser um bunker de concreto na garagem, Hannah desligou o carro da tomada, enrolou o fio no para-choque e se sentou atrás do volante. Ligou o carro, acendeu os faróis, subiu a rampa e saiu do condomínio no piloto automático. Ao virar na Old Lake Road e tomar a direção do centro da cidade, ela voltou a pensar em Craig Kimball. Ela o abordaria como uma amiga capaz de ajudá-lo. Se Craig soubesse quem estava usando anabolizantes e estivesse enfrentando o problema sozinho, talvez aceitasse bem a ajuda de um adulto.

O que ela faria quanto a Mike? Hannah ficou pensativa. Se Mike soubesse que ela tinha a intenção de conversar com Craig Kimball sobre o uso de anabolizantes, iria querer acompanhá-la. Mike era um cara legal, mas acabaria deixando-a de mãos atadas. Não só era meio que recém-chegado na cidade como era policial. Craig não daria nem um pio sobre anabolizantes na frente de um policial. Ela precisava falar com Craig a sós e deixar Mike de fora até que precisasse dele.

Hannah pisou no freio e xingou quando um carro a ultrapassou pela esquerda e entrou na sua pista rápido demais. O carro tinha placa da Flórida e obviamente era de alguém que não sabia nada sobre direção no inverno. Hannah teve vontade de emparelhar seu carro ao dele e falar poucas e boas, mas precisaria de tempo para isso, e tempo era uma coisa que ela não tinha.

Um cookie melhoraria seu estado de espírito. Hannah esticou o braço para trás e lembrou que Andrea tinha comido tudo. O dia já tinha começado mal. Tinha dormido poucas horas, estava atrasada para o trabalho, Delores tinha telefonado, ela quase tinha sofrido um acidente de trânsito, o aquecedor do carro estava soprando ainda menos ar quente do que o normal, e não tinha cookies para comer de café da manhã. Se não tivesse tendência a se queimar em trinta segundos, cogitaria seriamente pegar o primeiro voo rumo ao Havaí e trocar tudo por um fim de semana na praia.

– Oi, Hannah. – Lisa a recebeu com um sorriso radiante quando ela irrompeu pela porta dos fundos, e no mesmo instante Hannah se sentiu melhor. – Tira o casaco, vou te servir um café.

– Tem cookie? – Hannah perguntou, pendurando o casaco no gancho.

– Os crocantes com gotas de chocolate ainda estão quentes. Quer uns?

– Mais que uns – Hannah respondeu, puxando um banquinho para perto da ilha de trabalho. – Me traz quatro para começar.

Lisa era tão eficiente na cozinha quanto era no salão, e alguns instantes depois Hannah estava sorrindo ao tomar o café quente e mastigar os cookies. Se chocolate fosse obrigatório no café da manhã, as pessoas seriam menos rabugentas de manhã.

– Você me pediu para pensar no que a gente devia preparar hoje à noite – Lisa lembrou a ela. – Que tal cookies? Você ainda não fez, apesar de ser famosa por eles.

Hannah ergueu as sobrancelhas.

– Tem razão! Quais a gente faz?

– Os de melaço. Todo mundo ama e eles ficam lindos quando saem do forno.

– Perfeito. Você vai ter tempo de misturar a massa? Eu tenho uma coisa para fazer agora de manhã, e a massa tem que esfriar antes de ir ao forno.

Lisa deu um sorriso convencido.

– Enquanto você está indo com a farinha, eu já estou voltando com o bolo. Fiz a massa ontem à noite, está na câmara fria. Eu até fiz uma fornada de teste agora de manhã, para ter certeza de que os cookies estão perfeitos.

– Você tinha tanta certeza assim de que eu ia aceitar sua sugestão?

– Nem tanta. Pensei que se você quisesse fazer outra coisa, eu poderia assar os cookies e guardar no congelador para a festa de Natal das crianças. Eles ficam lindos com glacê verde na borda e um laço de glacê vermelho, como uma guirlanda.

Hannah estremeceu. Havia prometido levar dez dúzias de cookies para a festa no Centro Comunitário de Lake Eden e tinha se esquecido completamente disso. Mas Lisa não tinha se esquecido. Estava sempre planejando o que preparar. Lisa era muito mais do que uma ajudante, e com isso Hannah ficou ainda mais convicta de que devia oferecer a ela uma espécie de sociedade.

– Vou arrumar a caixa de ingredientes para esta noite. Ainda tenho bastante tempo antes de abrir a loja. Quer mais café? Eu pego.

– Não precisa. Minhas pernas não estão quebradas – Hannah disse com um sorriso. Ela se levantou e cruzou a porta vaivém que dava na loja de cookies e pestanejou, atônita. Lisa não só tinha terminado as fornadas, arrumado as mesas, enchido os potes de vidro de cookies atrás do balcão e anotado os cookies do dia no quadro que servia de cardápio, como também tinha achado tempo para decorar o salão para o Natal.

"Sem dúvida a sociedade", Hannah pensou, ao ver o sagaz centro de mesa de pinho e bala de bengala listrada que havia em todas as mesas, as luzes natalinas em miniatura que emolduravam a janela de vidro laminado, as meias de Natal afixadas aos lambris que revestiam as paredes, a guirlanda na porta da frente e a árvore de Natal que Lisa havia montado no canto da loja. "Se eu pagasse o que a Lisa realmente merece, ficaria sem dinheiro num piscar de olhos."

Hannah se aproximou da árvore para olhá-la direito e balançou a cabeça. Lisa tinha se superado. A árvore estava perfeita. Era decorada por luzes em miniatura, fitas reluzentes de ouropel e enfeites que pareciam cookies de verdade.

– Quis te fazer uma surpresa. – Lisa estava no limiar da porta, com um sorriso feliz no rosto. – Sei que devia ter perguntado antes, mas você tem andado tão ocupada que não quis te incomodar. Gostou?

– Está de brincadeira? Está tudo lindo, principalmente a árvore. Esses enfeites são de cookies de verdade?

Lisa confirmou.

– Passei verniz. Segui as instruções de um livro de artesanato, que diz que eles vão durar muitos anos.

– Eu acredito. – Hannah riu ao tocar em um dos cookies. – Estão uma pedra.

– Então você não ficou chateada por eu ter feito isso sem perguntar?

– Não estou chateada, estou impressionada. A Cookie Jar está mais bonita do que nunca. No Natal passado eu só pendurei o fio de luz. – Hannah olhava ao redor e pensava nos talentos de Lisa. Não só era confiável e leal como cozinhava divinamente, era boa com a clientela, decorava cookies melhor do que Hannah e tinha preparado a loja para o Natal feito uma profissional. Era hora de tomar providências antes que outra pessoa de Lake Eden descobrisse os dons de Lisa. Hannah se virou, foi até Lisa e balançou a cabeça. – Bom trabalho, sócia.

O rosto de Lisa se tornou um estudo de contrastes. Estava claro que torcia para ter ouvido direito, mas estava com certo medo de perguntar. Por fim, engoliu em seco e indagou:

– Sócia?

– Sócia – Hannah repetiu e sorriu. – É o mínimo que eu posso fazer, já que você está fazendo boa parte do trabalho. Vou resolver os detalhes com o Howie Levine e pedir para ele preparar a papelada antes do Natal. Nem por um decreto vou correr o risco de perder você, Lisa.

Lisa balançou a cabeça.

– Você não vai me perder. Eu amo trabalhar aqui. Você não precisa me dar a sociedade para eu continuar.

– Jogada ruim, Lisa. – Hannah não resistiu à tentação de caçoar um pouco dela. – Quando alguém te oferece a sociedade, você não deve tentar convencer a pessoa a mudar de ideia. Diga apenas "não, obrigada" ou "eu aceito", e assunto encerrado.

Lisa assentiu e Hannah percebeu que seus olhos brilhavam.

– Tem razão, Hannah. Eu aceito.

Depois de um breve telefonema para Charlotte Roscoe, a secretária da Jordan High, Hannah foi à escola. Descobriu duas coisas. Mike tinha ligado para Charlotte e ela tinha lhe mandado por fax a lista completa do time de basquete dos Gulls, e Craig Kimball estava passando o primeiro período, que ia das 8h45 às 9h30 da manhã, na biblioteca, estudando para o teste de Literatura Inglesa.

Ao parar o carro na parte do estacionamento dos professores reservada a visitantes, Hannah lembrou que tinha planejado já levar a caixa com os ingredientes da receita daquela noite. Ela desceu do carro com a testa enrugada. Por que sempre se lembrava das coisas tarde demais? Estava com as provas dos cookies de melaço que Lisa tinha assado. Pelo menos se lembrara de pegá-los. Ela os daria a Craig para facilitar na hora de obter respostas.

Um ônibus escolar amarelo estava parado na entrada quando Hannah se aproximou da porta. Estava cheio de alunos do ensino fundamental, uma professora e três responsáveis. Era óbvio que se tratava de algum passeio, e quando Hannah passou, algumas das janelas do ônibus foram abaixadas e as crianças puseram a cabeça para fora para acenar para a Moça dos Cookies. Hannah retribuiu a saudação e escondeu a fornada de prova dos cookies de melaço debaixo do casaco, se lamentando por não ter mais cookies para distribuir às crianças.

A portaria da escola estava sossegada, e Hannah se deu conta de que as aulas já deviam ter começado. O cheiro do colégio era o mesmo de sempre, uma mistura de material de limpeza, corpos quentes e giz. Hannah sempre adorara aquele cheiro. Significava cérebros funcionando. Ela atravessou o corredor, passando pela sala do diretor, e acenou para Charlotte, que estava com o nariz afundado no arquivo e não a viu.

A biblioteca ficava onde sempre estivera, nos fundos da escola e vizinha à passarela coberta que ligava o prédio do ensino médio ao do fundamental. Hannah se lembrava de ir do prédio do ensino fundamental para o ensino médio quando estava na quarta série, agarrada a um bilhete da professora, a srta. Parry. A biblioteca do ensino médio era seu lugar preferido, e a srta. Parry permitia que Hannah a visitasse sempre que terminava as lições antes do resto da classe.

A parte principal da biblioteca estava exatamente como nas lembranças de Hannah. A única mudança era o laboratório de computação, incorporado quando ela já estava formada. Ela deu uma olhada nas mesas compridas de carvalho espalhadas pelo salão e viu Craig na que ficava perto das pilhas de livros. Estava sozinho, e Hannah agradeceu aos céus. Pelo menos não teria que afastá-lo dos amigos.

– Oi, Craig. – Hannah falou baixinho, um hábito que a bibliotecária, a sra. Dodds, incutira nela em sua primeira visita. Fazia uns anos que a sra. Dodds tinha se aposentado e Hannah reparou que uma moça de aparência bem jovem, jovem demais para ser bibliotecária, tinha assumido seu posto atrás da mesa antiga e curva na entrada do salão. – Você teria um minutinho?

– Claro. – Craig parecia surpreso de vê-la, mas puxou uma cadeira para ela.

Hannah se sentou, com o sorriso ainda no rosto. Ela começaria com alguns elogios e seguiria em frente.

– Parabéns por ter quebrado o recorde da escola de pontuação por partida. Eu te trouxe uma dúzia de cookies de melaço.

– Obrigado, srta. Swensen. – Craig sorriu ao pegar o saquinho. – Eu não sabia que você vinha às partidas do nosso time de basquete.

– Sempre que posso. – Hannah contou uma mentira à toa. Nunca tinha sido fã de basquete, nem quando estava no colégio, e tinha comparecido a seu último jogo mais de uma década antes. – Preciso conversar sobre os Gulls com você, Craig.

– Certo. – Craig botou o lápis dentro do livro para marcar a página antes de fechá-lo.

Hannah conseguiu manter o sorriso no rosto, embora fosse difícil. Era bom que a sra. Dodds estivesse aposentada. Ela teria palpitações se visse Craig usar o lápis como marcador. Sua máxima preferida era: "Livros são nossos amigos, e a gente não quebra as costas dos amigos".

Craig a fitava com ares de expectativa.

– Não quero ser rude, srta. Swensen, mas só tenho uns minutos. Preciso estudar mais para o meu teste.

– Literatura Inglesa?

– Isso. Como você sabe?

– Eu liguei para a sra. Roscoe para descobrir qual é o seu cronograma de aulas e ela me falou. O que cai no teste?

– Os poetas ingleses do século XIX. – Craig fez uma careta.

– Talvez eu possa te ajudar a estudar para o teste. – Hannah se aproximou um pouco. – Você deu sorte, Craig. Eu estudei Literatura Inglesa na faculdade.

– Estudou? – Craig a encarou com um respeito renovado. – Você sabe alguma coisa do... hmm... Byron?

– *Lord* Byron. O poema mais famoso dele é *A peregrinação de Childe Harold*, e ele caminhava pelo Lake District inteiro mancando, com ar emotivo, com as meninas correndo atrás dele.

Craig ergueu as sobrancelhas.

– O Lord Byron mancava?

– Sim – disse Hannah. Talvez acabasse virando uma boa professora, afinal. – Ele nasceu com o pé deformado, mas isso não demovia ninguém. Ele não conseguia sair de casa sem ser perseguido por tietes.

– Então ele era como um astro de rock?

– Era o mais próximo que alguém chegaria disso na Inglaterra do século XIX. Ele teve um casamento curto, teve uma filha, se divorciou e foi embora do país. Na Grécia, ele pegou uma febre e morreu.

– De febre?

– É. As pessoas morriam por bobagens como resfriado forte ou gripe naquela época. Não tinham os remédios que nós temos agora.

Era nítida a surpresa de Craig. A professora de literatura obviamente não tinha preparado o terreno direito.

– Nem aspirina?

– Só na forma de casca de salgueiro. Quando as pessoas ficavam doentes, os médicos não tinham muito o que fazer. Elas ficavam bem por conta própria ou morriam.

– Não diz nada disso aqui. – Craig batucou o livro de literatura. – A vida do Lord Byron acabou de ficar bem mais interessante, como num filme.

– Eu sei. – Hannah se solidarizava. Uma lista de datas e títulos tampouco a conquistava. – Dá para lembrar muito melhor das coisas sabendo de alguns dados pessoais.

Craig se inclinou para a frente.

– Então... você sabe de alguma história do Shelley e do Keats?

– Pode apostar. – Hannah pegou o livro de Craig e o abriu, depois olhou para a lista de poetas estudados na matéria. – E posso te contar os podres todos do Coleridge, do Wordsworth e do Southey.

Craig desconfiou.

– Eu li sobre esses caras. Eles são uns chatos.

– É porque você não sabe nada sobre a vida pessoal deles. O Coleridge foi deserdado pela família por lutar na Revolução Francesa, o Wordsworth declarou que escreveu seus melhores poemas chapado, e o Southey pirou e morreu louco. Não é chato, né?

– Acho que não! – Craig balançou a cabeça.

Hannah revirou a bolsa e pegou uma caneta. Era a caneta que P.K. tinha lhe dado na véspera, uma Cross banhada a ouro com uma gravação na lateral. Tinha se esquecido de devolver, mas seria fácil resolver essa situação. Logo depois que acabasse a conversa com Craig, iria à caminhonete da produção e a entregaria ao dono.

– Certo, Craig. Vamos lá. – Hannah se preparou para esboçar seu plano. – Pega a caneta, abre o caderno e eu te conto tudo sobre os poetas do seu livro.

– Ok, mas preciso avisar. Não sou bom de fazer anotação.

– Não precisa ser – Hannah lhe garantiu. – É só anotar as coisas que vão estimular sua memória.

– Como assim?

– Você escreve "Lord Byron" e sublinha. E depois escreve coisas tipo "pé ruim", "tietes" e "morreu na Grécia". Eu anoto as outras coisas para você. Me dá uma folha em branco.

– Aqui. – Craig arrancou uma folha do caderno para ela. – Mas e os Gulls? Você falou que queria me fazer umas perguntas.

– A gente fala disso depois de eu te ajudar a estudar para o teste. – Hannah sabia que estava agindo certo. Depois de ajudar Craig, ele ficaria mais disposto a ajudá-la. – Vamos começar pelo John Keats. Sabia que ele quase virou cirurgião em vez de poeta?

Craig se inclinou para a frente, a caneta em punho e os cookies de melaço esquecidos. Hannah sorriu. Talvez devesse pensar em começar um grupo de estudos de literatura inglesa na Cookie Jar.

Cookies de melaço

Não preaqueça o forno por enquanto.
A massa tem que ser refrigerada antes de ir ao forno.

1 ½ xícara de manteiga derretida (*375 ml*)
2 xícaras de açúcar refinado
½ xícara de melaço (*use um melaço bem escuro*)
2 ovos batidos (*é só batê-los com o garfo*)
4 colheres (chá) de bicarbonato de sódio
1 colher (chá) de sal
3 colheres (chá) de canela*
1 colher (chá) de noz-moscada (*de preferência moída na hora*)
4 xícaras de farinha de trigo (*não precisa peneirar*)

* Eu uso 2 ½ colheres (chá) de canela e ½ colher (chá) de cardamomo quando quero um sabor mais intenso, mais suntuoso.

Derreta a manteiga em uma tigela grande que vá ao micro-ondas. Junte o açúcar e o melaço e misture. Deixe esfriar um pouco. Em seguida, junte os ovos batidos, o bicarbonato, o sal, a canela e a noz-moscada, misturando bem a cada ingrediente acrescentado. Acrescente a farinha, misturando bem depois de despejar cada xícara. A massa ficará bem dura.

Cubra e guarde na geladeira por no mínimo 2 horas. (*De um dia para o outro também fica bom.*)

Preaqueça o forno a 175 °C, use a grelha do meio.

Enrole a massa fria em bolinhas do tamanho de uma noz. Ponha açúcar em uma tigela pequena e role as bolinhas dentro dela. Coloque-as em uma assadeira untada (*a assadeira de tamanho padrão comporta 12 bolinhas*). Aperte-as um pouco para que não rolem dentro da assadeira na hora de colocá-la no forno.

Asse por 10 a 12 minutos. Os cookies vão se achatar sozinhos. Deixe por 2 minutos na assadeira e depois transfira para uma grade para que terminem de esfriar.

Os cookies de melaço congelam bem. Enrole-os em papel alumínio e guarde em um saquinho. Eles duram cerca de 3 meses. (É melhor você botar uma tranca no congelador caso queira que eles durem tanto.)

Esses eram os cookies preferidos do papai. Ele me pedia para fazê-los nas manhãs de domingo, para comê-los enquanto lia o jornal. Minha mãe também adora, embora não tenham chocolate.

Capítulo 23

Hannah deu a volta no edifício balançando a cabeça. Craig se sairia bem no teste. Ela tinha quase certeza. Mas não tinha lhe dado nada em troca. No instante em que ela mencionou anabolizantes e os Gulls, o simpático capitão do time ficou tenso e impaciente. Negava saber o que quer que fosse sobre a suspensão que era planejada ou sobre qualquer tipo de uso de drogas, fosse para melhorar o desempenho em quadra ou não, mas Hannah viu o pânico maldisfarçado no fundo dos olhos do garoto. Não tinha nenhuma dúvida de que Craig sabia qual jogador estava usando anabolizantes. Tampouco tinha dúvida de que nada neste mundo o faria dizer o nome do menino. Craig queria contar o segredo a Hannah, mas a lealdade aos pares vencera.

Havia um bilhete afixado à porta do caminhão da produção, e Hannah subiu os degraus para ler direito. "Reunião de equipe – volto logo", dizia. Hannah bateu à porta, só para o caso de alguém ter voltado e esquecido de tirar o papel dali, mas ninguém atendeu. Tinha conseguido dois fiascos, um com Craig e outro no que dizia respeito à devolução da caneta.

Hannah estava indo embora quando teve uma ideia. Talvez pudesse deixar a caneta com Herb. Ele a entregaria a alguém da equipe de produção, que a devolveria a P.K. Ela enfiou a mão na bolsa, pegou a caneta e imediatamente rejeitou a ideia ao ler as letras gravadas na lateral. A caneta dourada Cross era de Mason Kimball, e ele a ganhara de presente ao vencer um prêmio de melhor curta documental em uma competição de estudantes de cinema. Era uma lembrança, e Hannah não queria correr o risco de que alguém a perdesse.

Ela pensou em Craig Kimball e suspirou. Caso tivesse se dado ao trabalho de ler a gravação quando estava com Craig na biblioteca, poderia ter entregado a caneta ao menino, que a entregaria ao pai. Mas talvez não fosse uma atitude sensata. Se Mason soubesse que o engenheiro noturno havia se apossado de sua caneta, P.K. poderia arrumar encrenca. A melhor ideia era devolvê-la nas mãos de P.K., que poderia colocá-la na sala de Mason.

Hannah tornou a olhar para o bilhete. "Volto logo", podia ser alguns minutos ou uma hora, e ela não tinha tempo a perder. Falaria com P.K. quando voltasse à noite, para o concurso, e torcia para que não fosse muito tarde.

Hannah deu meia-volta, desceu os degraus de metal e atravessou o estacionamento coberto de neve rumo a seu carro. Tinha desperdiçado boa parte da manhã, e sua cabeça girava. Precisava mesmo era voltar à Cookie Jar para uma segunda dose de chocolate.

– Então, o que o Craig disse? – Andrea perguntou, se debruçando na superfície da ilha de trabalho. Tinha passado na loja no horário de almoço para saber o que tinha acontecido desde que se despedira de Hannah no caminhão da produção, e já tinha sido informada da história toda da ursa, do fato de que a irmã conseguira localizar algumas filmagens de Tracey e da sessão de estudos com Craig Kimball.

– Nada.

– Quer dizer que ele se recusou a responder às suas perguntas?

– Não. Ele respondeu, mas não disse nada. Ele falou que não sabia de ninguém nos Gulls que usasse anabolizante ou qualquer outro tipo de droga.

Andrea encolheu os ombros.

– É o que eu esperava que ele dissesse. Ele não seria muito popular se dedurasse os colegas de time. Você acha que ele sabe e não quis te contar?

– Exatamente. Tive a impressão de que pelo menos ele entende a seriedade da situação. Ele disse que aprendeu sobre anabolizantes no intensivão de basquete, e tenho a sensação de que ele vai conversar com o colega de time e tentar arrumar ajuda para o menino. É bom, mas não ajuda a gente.

– E o Mike? Você acha que ele descobriu alguma coisa a partir da lista?

Agora foi a vez de Hannah encolher os ombros.

– Sei lá. Não falei mais com ele depois do café da manhã no Corner Tavern.

– Do café da manhã? – Andrea lançou um olhar ferino para Hannah. – Você passou a noite com o Mike?

Hannah sabia muito bem o que a irmã estava perguntando, e riu.

– A maior parte dela, mas não é o que você está pensando. Acabamos de ver as fitas, comemos um bife com ovo e fomos para casa... separados.

– Ah. – Andrea ficou decepcionada. – O que você vai fazer agora?

– Vou para casa correndo, vou dar comida ao Moishe e pegar a roupa que vou usar de noite. Se eu der sorte, consigo tirar um cochilo de uma hora.

– Mas e o assassino?

– Ele pode esperar. Estou sem nenhuma ideia nova e não consigo pensar quando estou cansada assim. Tenho que recarregar as baterias.

– Está bem. Vou dar uma passada na vizinhança da Lucy e distribuir uns folhetos. Consegui umas informações boas da última vez que fiz isso.

– Se tem alguém que consegue, essa pessoa é você. – Hannah se levantou e foi pegar o casaco. Estava tão exausta que precisou de algumas tentativas para enfiar o braço esquerdo na manga. – Me liga em casa se você descobrir alguma coisa importante.

– Achei que você fosse tirar um cochilo.

– Vou tirar. – Hannah deu um bocejo enorme. – Mas estou disposta a acordar nesse caso.

Quando Hannah despertou, às três e quinze, se sentiu noventa por cento melhor. Ela se arrastou até a cozinha, passou um café e se sentou à mesa para esperar que a água gotejasse na garrafa. Moishe foi direto para o pote de comida e pareceu surpreso ao ver que ainda estava cheio. Tinha escolhido acompanhá-la no cochilo em vez de devorar a ração.

– Não é de manhã, Moishe – Hannah explicou. – É de tarde.

Moishe inclinou a cabeça para fitá-la. Parecia confuso, e Hannah achou graça.

– Deixa para lá. Tempo é um conceito complicado. Eu também não sei se entendo.

O café estava pronto e Hannah se levantou para servir uma xícara. Inspirou o vapor e melhorou mais dez por cento, o que a levou aos cem por cento. Não existia nada melhor do que uma xícara de café ao acordar de manhã, ainda que a manhã na verdade fosse a tarde.

Quando terminou a terceira xícara, Hannah estava pronta para enfrentar o resto do dia. Não tinha mais muito o que fazer. O dia estava nublado e o céu já escurecia do outro lado da vidraça da cozinha.

– Preciso ir, Moishe – Hannah anunciou, e como se isso fosse uma deixa, o telefone tocou. Delores? Andrea? Mike? Hannah queria deixar a secretária eletrônica atender, mas estava curiosa demais para esperar a mensagem. Arredou a cadeira, pegou o fone e atendeu.

– Hannah? – a voz era de Mason Kimball. – A gente está com um problema e eu preciso que você chegue mais cedo no set.

– Está bem. Qual é o problema?

– A gente vai mudar o formato do programa esta noite, e eu preciso repassar algumas coisas com você.

– A que horas você quer que eu chegue?

– Dez minutos atrás. É que pode demorar um tempo. Melhor você trazer a roupa que vai usar hoje e se trocar no trailer da Dee-Dee Hughes. Em quanto tempo você consegue chegar?

Hannah olhou para o relógio. Eram três e meia.

– Estou saindo de casa. Preciso passar na loja para pegar a caixa com os ingredientes que vou usar hoje à noite, depois vou direto para aí. Devo chegar no máximo às quatro e quinze.

– Ótimo. Vem direto para o set. Ninguém chegou ainda e essa vai ser minha única chance de ver os ângulos da câmera com você.

Hannah se despediu e foi ágil ao pegar suas coisas e sair do condomínio.

O trânsito estava bom e Hannah conseguiu chegar rápido. Entrou correndo pela porta dos fundos da Cookie Jar às 3h45 e empurrou a porta vaivém para avisar a Lisa que estava de volta.

– Oi, Lisa. – Hannah pegou a nova sócia no flagra, pendurando uma guirlanda feita de galhos de pinheiro no espelho atrás do balcão. – Que bonito.

– Obrigada, Hannah. O meu pai fez em uma das aulas de artes do centro para idosos. Você veio para ficar?

Hannah negou.

– Não, estou aqui só de passagem. O Mason Kimball ligou pedindo que eu chegue mais cedo no set. Passei só para pegar a caixa com os ingredientes desta noite.

– Está na bancada, ao lado da pia. Leva só a caixa. Eu levo a massa fria e meu pai pode levar a caixa com as panelas e tigelas.

– Seu pai vai ao set de novo?

– O sr. Drevlow não vai poder ir, mas a sra. Beeseman se ofereceu para ficar ao lado dele enquanto eu te ajudo no set.

– Sério? – Hannah tentou não demonstrar a surpresa que sentia. Marge Beeseman geralmente se sentava com seu grupo de amigas.

– O Herb pediu para ela. Meu pai disse que queria muito ir e o Herb falou que daria um jeito.

Hannah esboçou um sorriso. As coisas deviam estar bem sérias entre Herb e Lisa se ele havia pedido à mãe para fazer um favor a ela.

– Depois do programa, vamos todos para a festa na pousada. Meu pai disse que vai tirar a sra. Beeseman para dançar. Ele ainda dança muito bem. E ela prometeu ao Herb que se meu pai a chamasse para dançar, ela iria.

O sorriso de Hannah ficou ainda maior quando ela imaginou a dupla improvável de casais.

– Preciso ir, Lisa. Te vejo mais tarde, na escola. Se o Mike ligar antes de você sair, diz para ele que não descobri mais nada depois de ontem à noite.

– Eu digo. – Lisa deu um passo para trás e olhou para a guirlanda com um ar crítico. – Acho que precisa de uns laços de veludo vermelho.

– Você é a minha especialista em decoração. Se quiser comprar os laços, pega dinheiro do caixa. Pega o recibo e deixa na caixa do imposto embaixo do balcão.

– Dá para deduzir laço de veludo vermelho na declaração do imposto de renda?

– É o Stan Kramer quem faz nossa declaração. E com o Stan, dá para deduzir tudo.

Hannah olhou para o relógio ao entrar no estacionamento da escola. Estava dez minutos adiantada, o que era um milagre. Daria para devolver a caneta antes de se encontrar com Mason no set.

Ao contornar o prédio e se preparar para estacionar ao lado do caminhão da produção, ela viu P.K. nos degraus de metal, fumando. Hannah abaixou a janela do carro e o chamou.

– Estou com a caneta que você me emprestou ontem à noite. Espera um segundo, eu já te dou.

P.K. foi até o carro enquanto ela estacionava. Hannah deixara o saco com a roupa pendurado no gancho do banco traseiro do carro. Poderia pegá-lo mais tarde, depois de conversar com Mason no set. P.K. pegou sua caixa de ingredientes e eles foram juntos até o caminhão da produção.

– Posso abrir para você, mas tenho que ir – P.K. informou, deixando a caixa no degrau mais alto e destrancando a porta. – Tenho que ir correndo na emissora para pegar umas coisas. Quer que eu leve a caixa para o set?

– Eu posso levar. Tenho que ir para lá mesmo. Quer que eu deixe a caneta na sala do Mason?

– Isso. Tem um porta-canetas na mesa dele. Põe lá e não esquece de trancar a porta quando sair.

– Pode deixar – Hannah prometeu, dando um passo para o lado para que P.K. descesse os degraus. Ela fez um leve aceno quando foi para o carro dele, depois abriu a porta e entrou no caminhão da produção.

A sala de Mason ficava no final do corredor, na parte de trás do caminhão. Hannah passou pela sala onde tinha assistido às filmagens feitas por Rudy e titubeou com a mão na maçaneta da porta fechada de Mason. Sabia que ele não estava ali, mas bateu mesmo assim, só para garantir caso outra pessoa estivesse usando o escritório e Rudy não estivesse a par disso. Como não ouviu resposta, ela abriu a porta e entrou.

A sala era bem menor do que Hannah imaginava que seria, era apenas um cubículo com mesa, cadeira giratória e paredes nuas. Por um instante, Hannah se perguntou por que ninguém tinha se dado ao trabalho de decorar a sala do patrão, mas aí se lembrou de que aquilo era um caminhão de produção. Os quadros cairiam das paredes e se quebrariam no trânsito.

Havia retratos na mesa de Mason. Hannah reparou nisso ao colocar a caneta no potinho. Provavelmente ficavam na gaveta quando o caminhão estava em movimento, mas como ficaria estacionado até o fim do concurso, ele os pegara e colocara em cima da mesa. Uma moldura dourada continha uma foto de Ellen, que sorria para a câmera e estava uns dez anos mais nova. Havia outra foto de Mason com Craig, e Hannah percebeu que era uma foto recente. Pai e filho estavam radiantes, e erguiam juntos um troféu. Era uma copa com uma bola de basquete prateada na base e os dois pareciam orgulhosos e felizes.

Ela examinou o retrato. Devia ter sido tirado na cerimônia de premiação mencionada por Delores, quando Craig quebrou o recorde de pontos da Jordan High. Craig estava com o uniforme do time de basquete e Mason usava um paletó azul com uma camisa branca e...

Hannah perdeu o fôlego ao perceber alguma coisa reluzente na manga da camisa de Mason. A manga do paletó havia repuxado quando ele ergueu o troféu com Craig e a abotoadura estava à mostra. Ela pegou a foto para olhar de perto e quase a derrubou quando se deu conta de que a peça tinha o formato de uma cabeça de cavalo com um diamante no lugar do olho.

Ficou ali parada um instante, os joelhos bambos e o coração acelerado com aquela conclusão terrível. Mason tinha mentido para ela a respeito das abotoaduras. Estavam com ele o tempo todo.

E isso queria dizer que Mason era o assassino.

Hannah gelou ao ouvir passos do lado de fora, se aproximando do caminhão da produção. Alguém estava chegando, e ela precisava sair da sala de Mason depressa. Ele não podia descobrir que ela tinha visto a foto e constatado seu segredo.

Por um instante assustador, os pés de Hannah se recusaram a obedecer ao comando de fugir. Então o pânico dominou seu corpo e ela saiu correndo da sala de Mason, chegando ao fim do corredor e indo direto para o telefone na mesa de P.K. Precisava ligar para Mike logo e avisar que Mason Kimball era o assassino.

Hannah tinha acabado de pegar o telefone quando ouviu passos firmes nos degraus de metal. E então a porta se abriu e Mason entrou. Estava com um sorriso que fez Hannah estremecer enquanto o telefone caía de seus dedos fracos.

Capítulo 24

— Aí está você, Hannah. – Mason deu seu sorriso horripilante. – Acho que a gente tem um encontro marcado?

Hannah respirou fundo. Sua única alternativa era manter a compostura. Talvez Mason não percebesse que ela tinha concluído que ele era o assassino, e estivesse se deixando enganar pelo medo.

– Tem razão. Vamos lá, Mason. – Hannah passou por ele para chegar à porta. – Estava só devolvendo a caneta que peguei emprestada com o P.K. ontem à noite. Não me deixa esquecer de trancar a porta.

Mason não disse nada, mas Hannah sentia sua presença ameaçadora atrás dela ao pegar na maçaneta. Ela precisava sair dali. Estavam a sós, mas talvez houvesse alguém no estacionamento. Estaria segura com outras pessoas por perto.

Suas mãos tremiam tanto que ela não conseguia girar a maçaneta. Hannah fez uma tentativa e não deu certo. Então Mason esticou o braço, passou a mão rente à sua cintura, e Hannah teve que se esforçar para não dar um grito apavorado.

– Eu abro – Mason disse, girando a maçaneta e empurrando a porta. Mas em vez de deixá-la passar na frente, ele obstruiu a passagem com o braço e se virou para ela. – Por que suas mãos estão tremendo desse jeito?

– Porque estou morrendo de frio. – Hannah disse a primeira coisa que passou pela cabeça. Se Mason achasse que estava com medo dele, saberia que ela tinha descoberto a verdade. – O aquecedor do meu carro pifou.

Mason sorriu de novo.

– Muito bom, Hannah. Se eu fosse bobo, talvez acreditasse em você.

– O quê? – Hannah tentou adotar sua expressão mais inocente.

– Eu sei que você descobriu. Está na cara.

Hannah sentiu sua esperança morrer, mas fez uma última tentativa.

– Descobri *o quê*, Mason?

– Tarde demais para joguinhos. – Mason deu uma risada amarga. – Você mostrou suas cartas quando me perguntou sobre as abotoaduras. Eu sei que você viu as fotos que a Lucy tirou. Mas imaginei que ninguém fosse ligar as abotoaduras a mim e que, mesmo se ligassem uma coisa à outra, ninguém teria como provar nada. Então o Craig veio ao caminhão agora à tarde para contar que você andou perguntando sobre anabolizantes e eu entendi que não demoraria muito para você juntar as peças do quebra-cabeça. É uma pena que você tenha descoberto, Hannah. Agora vou ter que te matar.

Hannah engoliu em seco, tentando desfazer o nó de pânico alojado na garganta.

– Você não pode me matar aqui. O P.K. vai voltar a qualquer instante.

– Não vai, não. Eu esperei ele ir embora para entrar no caminhão. Mas você tem razão, Hannah. Alguém pode passar e ouvir o tiro. – Mason pegou Hannah pelo braço. – Vamos. A gente vai para a cozinha cenográfica. Quando acharem seu corpo durante o jornal de hoje, a audiência vai dar um salto.

Hannah fincou o pé e se recusou a sair do lugar. Mason era forte, mas ela também era. Se conseguisse empurrá-lo e fechar a porta, poderia ligar para pedir socorro a Mike.

– Esquece, Hannah. – Mason puxou uma arma do bolso e bateu o cano contra seu tronco. – Eu te mato aqui mesmo se não tiver alternativa.

Mason falava sério. Hannah percebia pela expressão decidida em seu rosto. Ele *mataria* ela ali, mas se ela cooperasse e fosse até a cozinha com ele, ganharia um tempo para pensar numa forma de escapar.

– Você venceu, Mason. Eu vou. – Hannah não ia discutir com uma arma carregada. Ao descerem os degraus, ela viu a caixa que P.K. deixara na escadinha e seu cérebro entrou em ação. Se continuasse ali quando P.K. voltasse, ele a carregaria para a cozinha para entregá-la a Hannah. Se ela conseguisse protelar o ato de Mason, talvez P.K. chegasse a tempo de salvá-la.

– O que é isso? – Mason deu um chute na caixa.

Hannah pensou em mentir, mas sabia que ele não acreditaria.

– É a minha caixa de ingredientes.

– Pega para levar – Mason ordenou, mas mudou de ideia logo depois. – Não. Espera aí. O que tem aí dentro?

– Manteiga, açúcar, ovos, melaço, farinha, bicarbonato e especiarias – Hannah enumerou os ingredientes.

– Pega.

Hannah pegou a caixa. Deu uma olhada e suspirou ao se dar conta de que Lisa tinha colocado tudo em potes de plástico mole. Ela tinha a esperança de poder bater com o frasco de melaço na cabeça de Mason, mas o ingrediente estava em um Tupperware, que não serviria de arma.

– Anda.

Mason a cutucou com o cano da arma dentro do bolso e Hannah obedeceu. Ela se sentia uma presidiária caminhando rumo à execução até lembrar que Herb estaria a postos no auditório. Talvez conseguisse lhe dar algum sinal que Mason não percebesse, dizer uma frase capciosa que o fizesse ligar para Bill e Mike na delegacia. Ela ainda estava tentando pensar no que poderia dizer quando Mason abriu a porta do auditório e a empurrou para dentro.

Herb não estava. Ao ver a cadeira dele vazia, o coração esperançoso de Hannah foi ao chão. Devia ter imaginado. Mason tinha planejado tudo. Devia ter mandado Herb buscar comida, assim como fizera com P.K.

– É uma má ideia, Mason. – Hannah fez o possível para soar razoável. Precisava ganhar tempo, pensar em uma forma de atrasá-lo. P.K. poderia voltar e entrar no auditório, Herb poderia voltar ao seu posto, Mike poderia ligar para Lisa e descobrir que ela estava na escola, o sr. Purvis poderia aparecer para verificar o estado do chão do palco, praticamente qualquer um poderia dar as caras. Não faria muita diferença caso ela já estivesse morta, mas ela ainda estava viva.

– É uma ótima ideia. Eu organizei tudo para ninguém nos atrapalhar.

Mason apontou para um cartaz afixado à porta do auditório. Lia-se: "SET FECHADO – ENTRADA PROIBIDA" em letras garrafais, e embaixo um bilhete com a letra de Mason: "Hannah – tenho reunião de equipe às 4h45. Me encontre no caminhão da produção às cinco".

– Quando acharem seu corpo, vão pensar que você ignorou o aviso e entrou para deixar sua caixa. Também vão achar que o assassino te seguiu até o set e te matou – Mason explicou, muito orgulhoso de si.

A cabeça de Hannah começou a desacelerar por conta do medo, mas ela se obrigou a se concentrar. Mason não a mataria, não se conseguisse pensar num jeito de impedi-lo.

– Você cometeu um erro crasso, Mason. Vão desconfiar quando você não comparecer à reunião de equipe.

– Eu vou à reunião de equipe. São 4h35. Tenho mais dez minutos até lá e para matar você só preciso de um ou dois minutos. Abre a porta, Hannah. Minha agenda está apertada.

Hannah pensou em rodopiar e tentar golpear Mason com a caixa, mas sabia que seus movimentos não seriam mais ligeiros do que o dedo dele no gatilho. Ela abriu a porta, entrou no auditório e atravessou o corredor que dava na escadinha para o palco.

– Vai primeiro. – Mason a cutucou com o cano da arma. – Estou logo atrás de você.

Hannah subiu os degraus e foi em direção à cozinha que tinha usado nos outros três programas. Ao se aproximar, reparou que Rudy tinha deixado sua câmera na bancada. Talvez não conseguisse evitar que Mason atirasse nela, mas poderia deixar provas para Bill e Mike. Se a câmera estivesse com fita e com a bateria carregada, poderia ligá-la.

– Opa! – Hannah fingiu tropeçar em um dos cabos grossos que serpenteavam pelo chão. Segurou a bancada para se equilibrar e a caixa voou de suas mãos. Mason olhou para a caixa e nos poucos segundos em que sua atenção foi desviada, Hannah ligou a câmera. Quando ele ergueu os olhos, as mãos dela já estavam junto ao tronco.

Mason apontou a arma em sua direção outra vez.

– Recolhe tudo e põe dentro da caixa. Rápido.

Hannah fez exatamente o que ele mandou: se ajoelhou e pôs os potes de volta no lugar. Ao pegar a farinha, ela lembrou que a bisavó sempre deixava uma tigela de farinha na mesa de cabeceira, pois poderia jogá-la na cara do invasor caso alguém arrombasse sua casa. Pelo que Hannah sabia, a bisavó Elsa nunca tinha colocado a ideia à prova, mas era melhor do que nada.

Farinha não parecia fazer frente a uma arma, mas Hannah pôs o pote na parte de cima. Caso não tivesse outra ideia melhor, tentaria aquela. O importante era incitar Mason a continuar falando, o que não seria fácil.

– Eu tenho uma pergunta, Mason.

– O quê?

Mason apontou para a bancada ao lado da pia, e Hannah deixou a caixa ali. Ela conseguiu abrir a tampa da farinha e deixá-la solta sobre o pote.

– Você queria matar o técnico Watson?

– Se eu quisesse matar ele, teria levado minha arma. – Mason franziu a testa. – Eu só queria que ele concordasse em não suspender o Craig.

– Mas se foi uma briga que saiu do controle, por que você não disse isso à polícia? Você poderia ter declarado que foi legítima defesa.

– Eu teria que contar à polícia o motivo da nossa briga, e isso eu não podia fazer. Depois que o Craig entrar para o time de uma boa faculdade, ele vai chegar ao nível profissional. Mas se os recrutadores das faculdades descobrirem que ele está usando anabolizantes, ele pode dizer adeus à possibilidade de ganhar uma bolsa de atleta.

– Eles não fazem exames para ver se ele está usando anabolizantes antes de oferecer a bolsa? – Hannah esticou o braço para trás para pegar o pote de farinha, à espera do momento perfeito.

– Claro, mas não vão detectar nada. A droga que arrumei para ele é tão nova que ainda não existe exame para ela. Tudo ficaria bem se o Craig não tivesse esquentado a cabeça com uns efeitos colaterais bobos. Depois de tudo o que eu fiz por ele, o Craig contou a história toda para o técnico Watson e suplicou a ajuda dele.

Hannah ficou enojada. Mason tinha arranjado anabolizantes para o filho e obrigado Craig a usá-los. E então, quando Craig tentou obter ajuda, Mason matou a única pessoa que poderia ter ajudado seu filho. Mas sentir repulsa pelo que Mason tinha feito não servia de nada. Precisava fazer com que ele continuasse falando.

– A Lucy Richards sabia dos anabolizantes?

– Claro que não. Depois que me livrei do técnico Watson, esse vazamento foi estancado.

Hannah tremeu. Apesar de não gostar de Boyd Watson, ele era um ser vivo, uma pessoa que respirava, não um vazamento que um encanador estancaria.

– Então por que você matou a Lucy?

– Ela falou que tinha fotos de mim com o técnico Watson. – Mason parecia achar muita graça. – Você acredita que ela teve a audácia de tentar me chantagear?

Hannah não sabia muito bem se devia acenar que sim ou que não. Em vez de reagir, talvez da forma errada, ela fez outra pergunta.

– Ela *tinha* fotos?

– Vai saber. Ela veio com a história de que ainda não tinha conseguido revelar o filme, e propôs que eu comprasse o rolo.

– Mas você não caiu nessa.

– Não. A chave do apartamento estava no chaveiro dela. Eu voltei no dia seguinte e dei um jeito em todos os filmes dela.

– Por que você não fez isso logo depois de matar ela? Outra pessoa podia ter achado o filme e revelado as fotos.

– Quem? – Mason sorriu, como se aquilo fosse uma piada muito divertida. – A Lucy não tinha amigos e nunca recebia visitas. Eu sabia que ia demorar para que alguém percebesse que ela tinha sumido e que eu tinha tempo para resolver as pendências. E por falar em tempo, o seu está acabando.

Hannah tentou pensar em outra pergunta, mas não lhe veio absolutamente nada. Mason ia matá-la. Tinha planejado tudo.

– Está vendo essa lona? – Mason apontou para o chão, revestido por uma lona de plástico azul. – O Purvis é tão cri-cri com o chão do palco que eu não quis deixar nenhuma mancha. Acho que tive muita consideração, não concorda?

Hannah encolheu os ombros. Sabia muito bem a que tipo de mancha Mason se referia. Estava falando de manchas de sangue, do sangue *dela*. Ela sabia que precisava dizer algo e se agarrou à primeira coisa que passou pela sua cabeça.

– Você tem mais consideração pelo chão do palco do que pela Lisa. Pensa em como vai ser horrível para ela me encontrar.

– Não tem jeito. – Mason encolheu os ombros. – É uma pena para a Lisa. Ela é uma garota brilhante e sempre gostei dela, mas tenho que pensar na audiência.

Hannah sentiu sua raiva chegar ao ápice. Mason era um monstro, e se ela tivesse uma arma guardada na caixa de ingredientes, daria um tiro no meio da testa dele sem sentir remorso. Mas tudo que ela tinha era um pote de plástico com farinha.

– Está ficando tarde. – Mason olhou para o relógio, a oportunidade que Hannah estava esperando. – Acho que você não vai mais preparar esses cookies superestimados. Está na hora de você...

Hannah aguardou Mason erguer os olhos e jogou a farinha no rosto dele. Ele soltou um berro, levou as mãos aos olhos e Hannah avançou para pegar o braço com que ele segurava a arma.

Mason era forte, mas Hannah tinha o estímulo da ira. Ele tinha viciado o filho em anabolizantes, matado Boyd Watson e Lucy, pretendia aumentar a audiência deixando a coitada da Lisa achá-la na frente das câmeras e tinha dito que seus cookies eram superestimados. Hannah não sabia quais desses pecados a incomodavam mais, mas ela estava louca de raiva.

A luta pareceu durar uma eternidade. Mason tentou puxar a arma para baixo e apontá-la para ela, mas Hannah já tinha visto muitos filmes de detetive e sabia alguns truques de briga de rua. Ela levantou o joelho com força, acertando exatamente onde causaria mais danos. E enquanto Mason tentava se recuperar do ataque inesperado, ela o empurrou para trás usando todo o peso do corpo e socou o punho dele contra o puxador do forno.

Ele ficou com o rosto pálido. Hannah sabia que estava sentindo dor, portanto ela repetiu o golpe várias vezes. Ouviu um estalo da terceira vez que o punho bateu contra o puxador do forno e a arma voou de seus dedos e deslizou pelo chão.

Mason soltou um uivo de dor, mas Hannah não sentiu nem um pingo de empatia pelo homem que tentara matá-la. Enquanto ele se contorcia no chão, segurando o punho e gemendo alto, ela pegou a arma e se sentou em cima das costas dele.

– Se você se mexer, você morre – ela ameaçou –, e não pense que isso não vai me dar um prazer enorme.

– Hannah! Está tudo bem?

A voz era de Mike, e Hannah ergueu os olhos e viu Mike e Bill no corredor. O socorro estava chegando, mas ela manteve a arma encostada à cabeça de Mason.

– Hannah?

Mike estava subindo a escada e Hannah lhe deu o maior sorriso possível.

– Eu estou bem, mas o Mason está bem encrencado. Ele matou o Boyd e depois matou a Lucy. Gravei a confissão dele em vídeo.

– Você *o quê*? – Mike basicamente voou pelo palco com Bill logo atrás.

– Mais tarde eu te explico. – Hannah pressionou a arma contra a cabeça de Mason com um pouco mais de força. – Algema e tira ele da minha frente logo, antes que eu faça alguma coisa ilícita, por favor?

Capítulo 25

Hannah enrolou a massa e jogou as bolinhas na tigela de açúcar que Lisa segurava. Sabia que aparentava calma, mas era só porque ainda estava em estado de choque. Mason tinha chegado bem perto de matá-la, e sua única salvação tinha sido a defesa com farinha inventada pela bisavó Elsa. Mas não ousava pensar nisso agora. Precisava colocar as bolinhas de massa nas assadeiras e enfiá-las no forno.

– Você está legal? – Lisa sussurrou enquanto Hannah distribuía doze bolinhas na assadeira e as apertava um pouco para que não rolassem quando ela as levasse para o forno.

– Estou legal – Hannah respondeu, também sussurrando.

– Você ainda parece meio abalada. Quer que eu leve essas?

– Eu dou conta. – Hannah sorriu ao se lembrar da velha máxima do teatro: "o show tem que continuar".

Depois de Hannah abrir o forno para colocar duas assadeiras com cookies de melaço, ela vislumbrou a fita amarela que cercava a cena do crime, esticada pelos delegados na entrada da quarta cozinha cenográfica. O xerife Grant tinha decidido que o concurso podia seguir em frente, mas ninguém poderia usar aquela cozinha. A verdade é que isso não tinha importância, já que havia só três finalistas, os vencedores de quarta, quinta e sexta-feira. Ainda assim, a cozinha vazia com a farinha de Hannah espalhada pelo plástico do chão ainda era uma lembrança tangível de que por pouco ela não acabara morta que nem Boyd e Lucy.

Esse pensamento ocorreu a Hannah naquele instante, com toda a força, e ela se apoiou na bancada para não perder o equilíbrio. Se não tivesse conseguido abrir a tampa do pote de farinha, ou se Mason tivesse resolvido atirar nela no caminhão da produção, ou se...

"Mais tarde", Hannah disse a si mesma. "Você pensa nisso mais tarde. Agora você precisa assar os cookies e sorrir."

Wingo Jones anunciava as novidades do mundo dos esportes, falava tudo sobre times que tinham trucidado, aniquilado, dado uma surra e derrotado os rivais. Hannah olhou para a plateia e viu a mãe sentada ao lado de Carrie Rhodes. Marge Beeseman e o pai de Lisa estavam algumas fileiras à frente. A fita que isolava a cena do crime ficava abaixo do campo de visão da plateia, e os espectadores ignoravam totalmente o que havia acontecido menos de duas horas antes, na quarta cozinha do set. A delegacia só divulgaria informações na manhã seguinte, e então ela viraria uma celebridade na cidade. O que Hannah almejava não era status. Se era para se tornar uma celebridade, preferiria ganhar fama como a Moça dos Cookies.

Doc Knight tinha engessado o punho quebrado de Mason, que estava sob custódia na penitenciária do condado. Mike tinha pegado a fita que ela gravara com a câmera de Rudy, e ela seria usada como prova no tribunal. Depois que o julgamento chegasse ao fim e Mason fosse condenado, ele passaria o resto da vida atrás das grades, onde não poderia fazer mal a mais ninguém.

O cronômetro do forno emitiu um bipe no instante em que Rayne Phillips se levantou para dar a previsão do tempo. Hannah tirou as assadeiras do forno e as levou para Lisa, que transferiria os cookies para uma grade. Estava direitinho dentro da programação, e só precisava entregar os cookies aos jornalistas e julgar o concurso. Quando tudo acabasse, aquele dia completamente pavoroso estaria encerrado.

Hannah deu uma olhada para Rayne Phillips, parado ao lado da tela azul, apontando para alguma coisa que só os espectadores veriam na televisão, e dizendo a todos eles que o tempo estaria frio e haveria algumas nevascas durante o dia. É claro que estaria frio. Era inverno em Minnesota. E é claro que nevaria. Sempre nevava.

Lisa se aproximou de Hannah e lhe deu um tapinha nas costas.

– Você é como um herói, Hannah. Jamais pegariam o Mason se não fosse por você.

– Heroína – Hannah a corrigiu, e então ela refletiu. O argumento de Lisa era válido. Tinha sido ela quem achara as fotos do assassinato de Boyd. Se não tivesse levado o filme para ser revelado por Norman, Mason talvez o achasse e destruísse como havia destruído todos os outros rolos de filme de Lucy.

Enquanto Rayne Phillips falava de International Falls e comentava que esta era de novo a cidade mais fria do país, Hannah pensou nas outras pistas que tinha descoberto com Andrea. A sra. Kalick não tinha contado a Bill ou a Mike que havia um terceiro carro. Andrea tinha arrancado essa informação dela. E Danielle não mencionara o telefonema a Mike ou a Bill. Não o considerara relevante. Norman não tinha ido à delegacia para dar queixa da extorsão de Lucy. Tinha confiado em Hannah porque acreditava que ela guardaria segredo. E como Mike e Bill não sabiam da reunião de pais e mestres que Boyd fizera, não haviam interrogado Gil Surma.

O fato de Mike e Bill terem entrado no auditório a tempo de prender Mason foi um golpe de sorte. Hannah preparara o terreno, mostrando aos dois as fotos que Lucy tinha tirado do assassino e os botando a par da referência de Gil a anabolizantes. Mike e Bill tinham passado a manhã interrogando os meninos dos Gulls. Quando um jogador mencionou que Craig tinha ficado mais forte durante o verão, eles foram à escola para falar disso com Mason. E quando viram o carro de Hannah parado ao lado do trailer da produção trancado, foram ao auditório para perguntar se ela tinha visto Mason. Mike e Bill teriam prendido o homem certo mais cedo ou mais tarde, eram bons policiais, mas Hannah e Andrea tinham providenciado peças cruciais do quebra-cabeça e acelerado o processo.

– Você está legal?

– Estou, sim. – Hannah se virou para dar um sorriso largo a Lisa. Era bom à beça que tivesse interferido na investigação de Mike. Do contrário, Mason ainda estaria à solta, forçando Craig a tomar anabolizantes e destruindo o futuro do filho.

– Está na hora, Hannah. – Lisa apontou para Rudy, que gesticulava para elas. Rudy dirigiria o jornal e o concurso naquela noite, e o diretor de cena original assumiria as responsabilidades de Mason no caminhão da produção.

Hannah pegou a travessa de cookies e piscou para Lisa. Tinha voltado ao normal e estava ansiosa para entrar em cena. Se Dee-Dee Hughes dissesse uma palavra sobre calorias quando Lisa distribuísse os cookies de melaço, o plano de Hannah era retaliar a apresentadora mencionando a caixa de bombons de chocolate pela metade que tinha visto no trailer dela.

Epílogo

O bar do Lake Eden Inn estava apinhado de gente, e a festa de encerramento era um grande sucesso. A vencedora do Concurso de Doces das Farinhas Hartland recebia as felicitações na mesa no meio do salão. Era a mesma mulher que tinha feito a torta de limão na primeira noite da competição, e todos os jurados tinham concordado que sua torta de maçã suculenta, que havia apresentado naquela noite, era a melhor que já tinham provado na vida.

Logo depois que a festa começou, o sr. Hart anunciou que seu plano era tornar Lake Eden a sede permanente do Concurso de Doces das Farinhas Hartland. Agora ele estava reunido com o prefeito Bascomb e Rod Metcalf num canto do bar, e Hannah desconfiava de que conversavam sobre qual era a melhor maneira de aproveitar a publicidade trazida pelo evento.

Claire Rodgers dividia uma mesa com o reverendo Knudson e a avó dele. Hannah a puxara para um canto, antes de a festa começar, para lhe entregar o envelope com as fotos e os negativos incriminadores de Lucy. O reverendo e Priscilla não eram conhecidos pelas conversas brilhantes. Talvez Claire estivesse pagando penitência pelos erros do passado. Mas ela parecia mais feliz do que vinha aparentando nos últimos meses, e Hannah suspeitava que ela tivesse rompido com o prefeito.

O casal Avery compartilhava a mesa com outras participantes do concurso. Hannah tinha lhes devolvido o dinheiro, além das fotos e dos negativos de Lucy. A sra. Avery disse que iam doar o dinheiro para a caridade, e o sr. Avery não fez objeção. Enquanto Hannah os observava, a sra. Avery esticou o braço para afagar a mão do marido. Ao que constava, tudo tinha sido perdoado, mas Hannah estava disposta a apostar que o sr. Avery nunca mais cometeria aquele erro.

Danielle ainda estava no hospital. Hannah tinha passado lá para vê-la quando estava a caminho da festa, e juntas elas rasgaram as provas de Lucy, jogaram no vaso e deram descarga. Ninguém jamais saberia do problema de Boyd, a não ser que Danielle resolvesse falar. Hannah achava que ela não faria isso. Os alunos de Boyd ainda o idolatravam, e sua violência era uma coisa vergonhosa que deveria continuar em segredo.

Hannah estava sozinha a uma mesa que era para quatro pessoas. Mike e Norman estavam no bufê imenso preparado por Sally, repetindo o prato. Ela tinha pegado uma das barrinhas de cookie assadas na cozinha de Sally para celebrar o fato de que Mason Kimball estava atrás das grades, e a provou. Era uma receita que tinha acabado de aprimorar, e tinha batizado a invenção de barras de cookie de chocolate *highlander*. Eram feitas de uma camada de biscoito amanteigado coberta de chocolate amargo, cremoso, e eram tão gostosas que Hannah resolveu colocá-las no cardápio da Cookie Jar.

Norman e Mike gargalhavam ao se servir da Lasanha Verde de Sally, e Hannah sorria ao observá-los. Um era o contrário do outro. Mike era tão lindo que poderia ser o protagonista de qualquer filme romântico. Norman não era. Seu encanto não vinha de fora, mas Hannah achava sua corpulência e as entradas na testa cativantes. Mike era tão sexy que ela sentia um frio na barriga, já Norman era confiável e reconfortante, como um ursinho de pelúcia querido. Se ela fosse mágica e soubesse combinar os dois para criar o homem perfeito, acataria o conselho da mãe e se casaria naquela noite mesmo.

– Oi, Hannah. – Lisa passou pela mesa de Hannah segurando um prato de sobremesa vazio. – Meu pai e a sra. Beeseman me pediram para pegar mais da sua barrinha de cookie, mas acabou.

– Tem outra fornada na cozinha. Sirva-se.

Lisa foi em direção à cozinha e Hannah tomou outro gole de vinho. Mike tinha pedido o vinho especialmente para ela, como um agradecimento por tê-los ajudado a desvendar o caso. Hannah sabia que era um vintage de boa qualidade e que era bem caro, mas ela ainda preferia o vinho do galão verde.

Herb foi até a mesa dela, distraído.

– Cadê a Lisa? O pai dela acabou de tirar minha mãe para dançar e ela não ia querer perder essa.

– Ela volta num instante. Ela só foi na cozinha para pegar mais barrinhas. – Hannah o pegou pelo braço para impedi-lo de ir embora. – Senta aí um segundinho, Herb. Preciso de um favor seu. – Hannah esperou ele se acomodar na cadeira ao lado e se inclinou na direção dele para não ser ouvida por outros. – Você ainda frequenta aqueles finais de semana dos caubóis, Herb? Com competição de tiro?

– Sempre que posso. Por quê?

– Preciso aprender sobre armas. Você poderia me ensinar?

– Sem problema nenhum. Meu clube de tiro tem estande. Eu te levo um domingo desses. Você está querendo comprar uma arma para proteger sua casa?

– Não exatamente. – Hannah olhou em volta, mas ninguém a escutava. – A Lisa te contou que eu imobilizei o Mason com a arma dele?

– Contou.

– É isso, Herb. Sei atirar de espingarda. Meu pai me ensinou. Mas nesse caso não era uma espingarda e eu... hmm...

– Você não sabia usar? – Herb a interrompeu com um palpite.

– Exato. É claro que eu sabia onde ficava o gatilho. Isso qualquer idiota sabe. Mas não sabia direito se precisava fazer alguma coisa primeiro, antes de atirar.

– Eu levo minha coleção de armas e te ensino a usar todas elas. Depois que souber o básico, você vai se sair bem. Eu ensinei à Lisa e ela ficou em segundo lugar na última competição de caubóis.

– Bom para ela. – Hannah esboçou um sorriso. Lisa tinha talentos que ela nem sequer conhecia.

Depois que Herb se afastou, Norman voltou para a mesa. Estavam conversando sobre o programa de computador que ele tinha acabado de instalar para criar a casa para o concurso quando Mike retornou.

– Oi, Mike. – Hannah sorriu para ele e se virou para Norman de novo, para responder à sua pergunta. – Acho que a gente não vai se entender sem ter pelo menos três banheiros. A gente precisa de um para a suíte principal, um entre o quarto das crianças, no segundo andar, e um no andar de baixo, para as visitas.

– Que tal um no subsolo, ao lado da sala de recreação? A gente podia botar ele debaixo da escada.

– Boa ideia – Hannah concordou, e então ela por acaso viu Mike. Ele a encarava em estado de choque. – Que foi, Mike?

– Você e o Norman vão comprar uma casa juntos?

– Não, nós estamos *planejando* uma casa juntos – Norman o corrigiu. E então fechou a boca e não deu mais nem um pio.

Hannah olhava de um para o outro, lendo a expressão no rosto deles. Nos olhos de Norman havia um brilho triunfante. Curtia o fato de Mike estar suando. E Mike meio que parecia um fazendeiro que tinha ido ao estábulo de madrugada e flagrou um ladrão de cavalos levando embora sua melhor égua.

Hannah sabia que era melhor explicar antes que a situação descarrilhasse, mas seu dia tinha sido exaustivo. Não tinha sido assassinada por um triz, e o fato de Norman e Mike estarem incomodados um com o outro lhe parecia irrelevante diante do contexto geral.

– Tem alguma coisa que você queira me dizer, Norman? – Mike perguntou em tom beligerante.

– Não. Tem alguma coisa que você queira *me* dizer, Mike?

Hannah não continuou ali para ouvir a resposta. Andrea saberia muito bem o que fazer numa situação como aquela, mas Hannah decidiu que já estava de saco cheio de homens ciumentos. Ela arredou a cadeira, se levantou e encarou os dois.

– Preciso ir. Tenho alguém em casa, esquentando a cama para mim.

Mike a olhou atônito, e Norman ficou igualmente chocado. Por um instante, os dois se calaram e Hannah sentiu uma vontade quase incontrolável de rir.

– Quem? – Norman indagou, quebrando o silêncio. Parecia chateadíssimo.

– É, quem? – Mike ecoou a pergunta, e Hannah reparou que ele tampouco parecia feliz.

Hannah pensou na velha provocação da infância, "cabe a mim saber e a você descobrir", porém não a repetiu. Não era porque os reduzira a dois adolescentes que precisava responder à altura. Ela apenas deu um sorriso doce e se virou para ir embora, mas sua consciência pesou antes que pudesse dar mais que um passo. Ela se virou e sorriu.

– O Moishe. Quem vocês achavam que era?

E então ela cruzou o salão rumo à porta, fazendo uma saída quase digna de sua ídola das telas, Katharine Hepburn.

Barras de cookie de chocolate highlander

Preaqueça o forno a 175 ºC,
use a grelha do meio.

1 xícara de manteiga em temperatura ambiente (*250 ml*)
½ xícara de açúcar de confeiteiro (*não deixe passar nenhum torrão grande*)
¼ colher (chá) de sal
2 xícaras de farinha de trigo (*não precisa peneirar*)

4 ovos batidos (*é só batê-los com o garfo*)
1 xícara de manteiga derretida, resfriada a temperatura ambiente (*250 ml*)
1 xícara de açúcar refinado
1 colher (chá) de fermento químico
¼ colher (chá) de sal
½ xícara de farinha de trigo (*não precisa peneirar*)
2 ½ xícaras de gotas de chocolate (*meça ANTES de derreter*)

⅓ xícara de açúcar de confeiteiro para salpicar em cima da forma

PRIMEIRO PASSO: Misture a manteiga com ½ xícara de açúcar de confeiteiro e o sal. Junte a farinha e misture bem. Com os dedos, distribua em uma forma untada de 23 cm por 33 cm. (*É uma forma de bolo de tamanho padrão.*)

Asse a 175 °C durante 15 minutos. Essa é a casquinha de biscoito amanteigado. Retire do forno. (*Não desligue o forno!*)

SEGUNDO PASSO: Misture os ovos à manteiga derretida e ao açúcar refinado. Junte o fermento, o sal e a farinha e misture bem. (*Uma batedeira faz isso caso você esteja cansada de misturar.*)

Derreta as gotas de chocolate em uma panela pequena para banho-maria, uma panela em cima de água fervente no forno ou as coloque no micro-ondas por 3 minutos na potência mais alta. (*Não deixe de misturar – talvez as gotas mantenham o formato mesmo depois de derretidas.*)

Junte as gotas de chocolate derretidas à tigela e misture bem.

Derrame essa mistura em cima da forma que você acabou de assar, inclinando-a para que cubra a camada de biscoito por inteiro. Leve de volta ao forno e asse por mais 25 minutos. Depois tire do forno e salpique o açúcar de confeiteiro.

Deixe esfriar completamente e corte em barrinhas do tamanho de brownies. Só ponha na geladeira depois de cortá-las. (*Elas ficam bem duras quando frias.*)

Andrea disse que as barrinhas são tão pesadas que ninguém consegue comer mais de uma. (Eu a vi comer três na festa de encerramento.)

Índice de receitas

lepmeditores

www.lpm.com.br
o site que conta tudo

Impresso na Gráfica COAN
Tubarão, SC, Brasil